ヘザー・グーデンカウフ
久賀美緒 訳

招かれざる宿泊者

二見文庫

THE OVERNIGHT GUEST
by
Heather Gudenkauf

Published by arrangement with the Proprietor,
c/o Brandt & Hochman Literary Agents, Inc.,
New York, U.S.A.
through Tuttle-Mori Agency, Inc., Tokyo.

グレッグ・シュミーダとミルト・シュミーダとパトリック・シュミーダ
——世界最高の兄弟にささげます。

招かれざる宿泊者

登　場　人　物　紹　介

ワイリー・ラーク	作家
ジョージー・ドイル	12歳の少女
ベッキー・アレン	ジョージーの親友
イーサン・ドイル	ジョージーの兄
ブロック・カッター	イーサンの友人
デブ・カッター	ブロックの母親
ランディ・カッター	ブロックの父親
リン・ドイル	ジョージーの母親
ウィリアム・ドイル	ジョージーの父親
ジョン・バトラー	保安官
ジャクソン・ヘンリー	ドイル家の近所に住む男性
マーゴ・アレン	ベッキーの母親

1

二〇〇〇年八月

二〇〇〇年八月十二日の夜、アビー・モリスはリボンのように曲がりくねった灰色の砂利道を汗が額を伝うのを感じながら早足で散歩していた。長袖シャツとズボンに身を包み、虫よけスプレーをたっぷり吹きつけたにもかかわらず、蚊の大群がむきだしの肌を求めて顔のまわりを飛びまわっている。幸い月明かりであたりは明るいし、黒毛のラブラドールレトリバーのペッパーが一緒だ。夫のジェイは夜に散歩をするなんてやめろと言うが、一日じゅう働いたあと保育所から子どもを連れ帰って家事をこなすと、自由になる時間は夜の九時半から十時半のあいだしかない。

それに怖くはなかった。こういう道は子どもの頃から歩き慣れている。トウモロコシ畑のあいだの砂利道や土の道は。引っ越してきて三カ月が経《た》つが、夜の散歩のあいだに誰かに会ったことはなく、快適な時間を過ごせていた。

「ロスコー、ロスコー！」遠くから女の声が響いてきた。暗くなったから、犬を家に呼び戻しているのだろう。「ロースーコー」歌うように引き伸ばされた声には、いらだちがにじんでいる。

ペッパーはせわしなく呼吸していて、だらりと垂らしたピンクの舌が地面につきそうだ。

およそ五キロメートルの道のりの半分あたりに差しかかり、アビーは足を速めた。砂利道がトウモロコシ畑にのみ込まれそうな土の道とぶつかったところで右に曲がって、ふいに足を止める。三十メートルほど先の道端にピックアップ・トラックが止まっているのが見えたのだ。不安が背筋を這《は》いあがるのを感じている彼女の横で、犬がどうしたんだというように見あげている。おそらくパンクかエンジンの故障でトラックを止めざるをえなくなり、乗っていた人間はどこかへ行ったのだろう。

アビーは自分にそう言い聞かせながらふたたび歩きだしたが、月にガーゼのような薄い雲がかかって空が暗くなり、また足を止めた。トラックの中に人がいるのかどうかは目で確認できず、アイドリング状態のエンジン音がしないか耳を澄ましても、無数のセミが奏でる電動のこぎりのような音とペッパーの湿った呼吸の音しか聞こえない。

「おいで、ペッパー」アビーは言い、あとずさりした。だがペッパーは地面に鼻を近づけ、ジグザグの道をトラックのタイヤを目指して進んでいく。「ペッパー！　戻りなさい！」

飼い主の声の強さにペッパーはさっと顔をあげ、名残を惜しみつつにおいを追うのをやめてアビーのところに戻ってきた。

トラックの暗い窓の向こうで、何かが動いただろうか？　はっきりと見えたわけではないけれど、誰かに見られているという感覚をどうしても振り払えない。そのとき雲が晴れ、ハンドルの前に座っている人影が見えた。野球帽をかぶった男で、月明かりに照らされた肌は青白く、顎は尖《とが》り、鼻はやや曲がっている。彼はそこにただじっと座っていた。

あたたかい風が吹き渡って畑のトウモロコシがざわめき、アビーはうなじの毛が逆立った。右のほうから、かさかさと何かがこすれあうような音がする。ペッパーが首の毛を逆立てて、低くうなった。

「行くわよ」アビーはそのまま何歩かあとずさりしたあと、向きを変えて家へと急いだ。

午前〇時五分

ジョン・バトラー保安官は自宅の裏手にあるデッキに立って、庭を見つめていた。素足の下で腐りかけた床板がギイギイときしむ。まわりの家はどこも暗く、住人はぐっすり眠っている。彼らは起きている必要がないのだ。すぐそばに保安官が住んでいて、何も心配しなくていいのだから。

バトラーは息苦しさを振り払えなかった。熱気が抜けきらない夜の大気はねっとりと重く、胸の中でよどんでいる。地平線のすぐ上に見えるチョウザメ月《スタージョンムーン》は花粉団子のように黄色く大きい。いや、この月は男鹿月《バックムーン》と呼ぶのだったか。バトラーは思い出せなかった（アメリカの先住民は八月の満月をスタージョンムーン、七月の満月をバックムーンと呼んだ）。

ここ一週間はあまりにも平穏だった。強盗も重大な交通事故も麻薬製造工場での爆発もなく、家庭内暴力の通報すら一件もなかった。ブレイク郡は無法地帯というわけではないが、それなりに暴力事件は起こる。たまたまこの一週間はなかったというだけだ。

バトラーも最初の四日間は静けさに感謝していたものの、だんだん奇妙に思えてきて、落ち着かなくなった。保安官になって二十年。初めて書類仕事に忙殺される日々に違和感が募った。

「わざわざ自分から苦労を探しに行くのはやめなさいよ」柔らかい声が響いた。三十二歳の妻、ジャニスが彼の腰に腕をまわして、肩に頭をのせてくる。

「そんなことはしないさ。たいてい、あっちのほうからつかまえに来るからな」バトラーは小さく笑った。

「じゃあ、ベッドに戻ってきて」ジャニスが夫の手を引っ張る。

「すぐに行くよ」そう返すと腕組みをしたジャニスににらまれ、バトラーは右手をあげた。「あと五分だけ。約束する」すると妻はしぶしぶ戻っていった。

バトラーはたこができてかたくなった手をシーダー材の手すりに滑らせた。このデッキはそっくり取り替えなければならない時期が来ている。完全にばらして、作り直すべきだ。明日、スーシティのロウの店に行くのはどうだろう。この平和な状況が続けば、デッキを直す時間はたっぷり取れる。

バトラーはあくびを噛《か》み殺しながら家の中に戻って鍵をかけ、ジャニスが待っているベッドのほうへと廊下を歩きだした。平和な夜が続くうちに、それを堪能しない手はない。

午前〇時三十分

風船が割れる音がして、ぐっすり眠っていたデブ・カッターは目が覚めた。破裂音がさらに二度続く。風船ではなく、独立記念日の残りのクラッカーで子どもたちが遊んでいるのかもしれない。「ランディ」小声で呼びかけたが、返事はなかった。隣に手を伸ばしてみたが夫はおらず、ぬくもりも上掛けに寝乱れた様子もない。デブはベッドを出て窓の前に行き、カーテンを開けた。搾乳小屋の横のいつもの場所にランディのトラックはなく、ブロックの車もない。時計を見ると、真夜中を過ぎていた。

十七歳の息子は他人も同然になってしまった。かわいい息子には昔からやんちゃなところがあったが、今では手に負えなくなっている。このままでは完全によからぬ方向に行ってしまうと、デブは確信していた。ブロックが生まれたのは、彼女も夫も十八になったばかりのとき。彼ら自身がまだ子どものようなもので、赤ん坊の面倒なんてうまく見られなかった。

ランディはブロックに厳しい。厳しすぎると思うこともある。ブロックが小さい頃は、にらむかぴしゃりと叩《たた》くかすれば言うことを聞かせられたが、そんな時代ははるか彼方《かなた》だ。今は頭のてっぺんを平手で強く叩いて、ようやく彼の注意を引くことができる。あちこちにできたあざ、切れた唇、鼻からの出血などから、ランディの制裁がたびたび適正なラインを越えているのは認めざるをえない。だがランディはいつもあとになって、自分を正当化する。生きていくことは簡単ではない、ブロックがそれを理解するのが早ければ早いほどいいのだ、と言って。

ランディは最近ひどく忙しくしていて、家にほとんどいない。両親の手伝いをしているだけでなく、古い農場の家屋の修復もしているのだ。そこには老朽化した建物が六棟と豚用の囲いもある。それらに加えて自分の畑の世話までしようとしているのだから、昼間に彼の姿を見かけることはほとんどない。

デブは夫へのいらだちを抑えようとしたが、喉につかえてうまくのみ下せなかった。取りつかれたようになってしまう、それがランディだ。あの古い家屋を修復することに取りつかれ、あの土地に取りつかれている。このままでは今に立ちゆかなくなるだろう。農場をふたつなんて彼らの手に余る。デブはそろそろ堪忍袋の緒が切れそうだった。

ふたたび遠くで破裂音が響いた。子どもたちときたら本当にしょうがない、とデブは考えた。すっかり目が覚めたデブはゆるゆるとまわっている頭上のファンを見つめて、夫と息子の帰宅を待った。

午前一時十分

最初、十二歳のジョージー・ドイルと親友のベッキー・アレンは大きな音がしたほうに向かって走った。家に戻るのは当然だった。父親も母親もイーサンもいるそこは一番安全な場所だ。だがジョージーとベッキーはその考えが間違っていたことに、遅ればせながら気がついた。

ふたりは音がしたほうにあわてて背を向け、暗い中をトウモロコシ畑に向かって走った。背の高いトウモロコシが密集しているそこなら、身を隠せる。

ジョージーは追いかけてくる足音が聞こえたような気がして振り返った。だが、何も見えなかった。動くものはなく、暗がりに家の輪郭がぼんやりと見えるだけだ。

「もっと速く。急いで」ジョージーはあえぐように息をしながら、ベッキーの手を引いた。しかし必死に走ってもうすぐトウモロコシ畑というところで、ベッキーがつまずいた。悲鳴とともに、つないでいた手が離れる。膝ががくんと折れ、ベッキーが倒れ込んだ。

「早く立って！　お願いだから」ジョージーは必死になってベッキーの腕を引っ張った。振り返ると、細く差した月の光が納屋の裏から出てきた人影を一瞬照らし出した。ぞっとしながら見守るジョージーの前で、人影が両手を持ちあげて狙いを定める。ジョージーはあわててベッキーの腕を放すと、男に背を向けて走りだした。あともう少し。もう少しでトウモロコシ畑だ。

畑に入った瞬間、ふたたび轟音《ごうおん》が響いた。同時に腕に激痛が走って、肺から空気が抜ける。だがジョージーは止まらなかった。かたい地面の上に熱い血を滴らせながら、ひたすら走り続けた。

2

現在

ワイリー・ラークは急速に近づきつつある嵐に追いたてられるように、薬局とエルクスのロッジのあいだに鎮座するシェファーズ食料品店の前の唯一空いていた路上駐車スペースに車を入れた。本当ならアルゴナにあるもっと品ぞろえのいい食料品店まで行きたいが、すでに灰色の雪雲がバーデンの町の上に重く垂れ込めている。フォード・ブロンコからおりると、歩道の上にたっぷり撒《ま》かれた融雪剤が長靴の下できしんだ。予報ではこれからみぞれになり、ひと晩で六十センチの積雪になる。

ワイリーは震えながら、使い古された赤やピンクのハートと弓矢を持ったキューピッドというバレンタインデーの飾りつけが施されたウィンドウに歩み寄った。ドアを開ける前に、一瞬足を止める。家族経営のシェファーズ食料品店が扱っているのはノーブランド品が多く、品ぞろえは限られている。それでも便利ではあるのだが、いつも詮索好きな地元の人間でごった返しているのだ。

これまでのところバーデンに来ても住民とは関わらずにすんでいるが、滞在が長くなればそうもいかなくなるだろう。

中に入ると、一気にあたたかい空気に包まれた。ニット帽と手袋を取りたいという誘惑に耐えてワイヤレスイヤホンを耳に押し込み、犯罪ノンフィクションのポッドキャストのボリュームをあげる。

カートは出払っていたので買い物かごを取り、目を伏せて歩きながら冷凍ピザ、スープの缶詰、チューブ入りのチョコチップクッキーの生地など、買うものを次々に放り込んでいく。ところがワインの棚の前で少ない品ぞろえを見渡していると、茶色いつなぎを着て緑と黄の野球帽をかぶった男にぶつかられて、耳からイヤホンが落ちてしまった。

「おっと、申し訳ない」男が彼女を見おろして、謝罪の笑みを向ける。

「大丈夫よ」ワイリーは男の目を見ずに返し、一番近いワインのボトルをさっとつかんで、レジの前にできている長い列の最後尾に向かった。

ひとりしかいないレジ係の女性の白髪交じりの茶色い髪は、疲労のにじむ顔に落ちてこないように銀のバレッタでとめられている。彼女は早く帰宅したくていらだっている客たちの様子に気づいていないのか、商品をスキャナーにかざす手つきは信じられないほど遅い。

じりじりとしか進まない列の最後尾にいたワイリーは、後ろに大柄な人間が立った気配に振り返った。ワインの棚のところにいた男を目にして、コートの下で汗が噴き出した。レジ係を見ると、目が合う。

「失礼」ワイリーは男やほかの客たちを押しのけ、買い物かごを床に置いて外へ出た。顔に当たる冷たい空気にほっと息をつく。

そのとき、ポケットの中で携帯電話が震えた。

取り出すと別れた夫からだったが、ワイリーは電話に出る気になれなかった。オレゴンに戻って息子の世話を手伝え、執筆作業なら家でもできるとしつこく言われるだけだ。そのまま放っておき、留守電になるにまかせた。

彼は間違っている。あの家では作品を仕上げられない。帰宅が遅かったり、そもそもまったく帰ってこなかったりする十四歳の息子、セスとの怒鳴りあいや叩きつけられるドアの音にいらいらして、集中してものを考えられないのだ。だからセスにモップみたいなぼさぼさの髪の下からにらまれ、〝母さんなんか嫌いだ。父さんと暮らす〟と言われたとき、思わず〝いいわよ、行きなさい〟と返してしまった。

そして背中を向けたら、セスは本当に行ってしまった。翌朝も戻らず、電話をかけてもメールを送っても何も言ってこないので、ワイリーは荷造りをして家を出た。安易な道を選んでいるとわかっていたが、セスの秘密主義と怒りにもう一秒も我慢できなかった。元夫だって数日なら対応できるだろうと思ってのことだったが、数日は数週間に、数週間は数カ月に延びている。

ワイリーは携帯電話をポケットに戻そうとしたが手が滑り、落としてしまった。電話がコンクリートにぶつかって弾んだあと、シャーベット状の雪がたまったわだちにはまる。

「ああ、もう」身をかがめ、冷たい雪の中から電話を拾った。電話はびしょ濡《ぬ》れで、画面は割れてしまっている。

ワイリーは車に乗り込んだ。帽子を取ってコートを脱ぐと、髪もTシャツも汗で湿っていた。とりあえず電話を拭いてみたものの、急いで家に戻って乾かさなければ故障してしまうだろう。割れた画面をつついてみても、うんともすんともいわない。

車で二十五分の家までの距離が、ひどく遠く思えた。しかもわざわざ出かけてきたのに、得たものは何もない。食料もワインも買えなかった。つまり嵐のあいだ、今家にあるものでどうにかしなければならないということだ。

バーデンを出るのにたった二分しかかからなかったのに、目の前に延びている黒いハイウェイはどこまでも続いているように見えた。二度ほど融雪用の塩を積んだトラックの後ろになってしまったが、北に進めば進むほど車が少なくなっていく。誰も彼も、嵐に備えて家にこもっているのだろう。ようやく広い道を外れて、家まで続く手入れの行き届いていない砂利道に入る。

ブレイク郡の田園地帯に来て六週間になるが、天候は厳しかった。寒さは骨身に染みるようだし、これほど多くの雪を見るのは生まれて初めてだった。道を進むにつれて家や農場が減っていき、やがて見渡す限り白い海になる。あたたかい季節にはトウモロコシや大豆やアルファルファの畑が広がっている場所だが、何カ月かしたらここが緑色や金色で覆い尽くされるなんて想像がつかない。

さらに七、八キロ走ったあと、なぜか二本の砂利道が交差している真ん中に生えているビターナットの木をスピードを落としてゆっくり迂回《うかい》し、凍った流れの上にかかっている小さなトレッスル橋を渡った。

そこから、肩の高さほどもある雪の吹きだまりに挟まれた細い道を二百メートルほど進めば家に着く。ワイリーは風よけのために一列に植えられた背の高い松の前を過ぎ、雪をかぶった色あせた赤い納屋に向かって車を走らせた。エンジンをかけたままブロンコをおり、ガレージにしている納屋の大きな扉を開けて車に戻る。そして中に乗り入れてエンジンを切ると、キーをポケットにしまった。外に出て木の扉を閉め、広い平原を見渡す。

あたりに響くのは吹きあがる風の音だけで、人っ子ひとりいない。一番近い隣人でさえ何キロも離れているこの孤独こそ、彼女が求めているものだった。

空から冷たいみぞれが落ちてくる。嵐が来たのだ。

ワイリーは濡れた電話をポケットに入れ、母屋へ向かった。

裏口から入って施錠し、ブーツを蹴り捨てるように脱いで、内側にフリースが貼ってあるモカシンを履く。それから急いで戸棚に行って、電話を乾かすのに使える生米の入った箱を探したが、見当たらなかった。つまり残された選択肢は、修理に出すか新しいのに買い替えるかのいずれかだ。ワイリーは外用の靴や服を脱ぎ着するためのマッドルームでフード付きの防寒コートをフックにかけ、ニット帽をかぶったまま家の奥に向かった。

築百年の母屋は老人のように気難しく、ぎしぎしときしむ。暖炉では勢いよく火が燃えているのに、窓の隙間やドアの下から忍び入る冷気に対抗しきれていない。ここにはほんの一、二週間滞在するつもりで来たが、長く過ごすにつれて出ていきがたくなっている。

最初は元夫やセスとの険悪な関係を恨み、彼らを責めていた。ふたりとの争いに疲れ果てていて、集中できる場所で作品を仕上げる必要があった。

そこであちこち電話をかけてみたところ、二十年前に犯罪現場となった人里離れた農場が空き家になっていると知って、滞在することにした。家には電気と水道という最低限の設備しか備わっておらず、Ｗｉ‐Ｆｉもテレビもないが、彼女がどれだけ出来損ないの母親かを思い知らせるティーンエイジャーの息子もいない。ここは彼女の心をかき乱すものから、二千四百キロ隔たっている。ところがそんな場所で、彼女は携帯電話を落とし、びしょ濡れにしてしまった。今や外界との通信手段は固定電話だけで、インターネットもメールもフェイスタイムも使えない。

実在の事件を題材にした四冊目の本を執筆中のワイリーは、その取材のために頻繁に家を空けることはあっても、これほど長く自宅を離れるのは初めてだった。バーデンに長く滞在すればするほど、この事件にはもっと掘りさげるべき部分があるという思いが強くなる。そう感じていなければ、今頃はもう作品を仕上げて家に戻っていただろう。

クーンハウンド系ミックスの老犬タスが、ラジエーターの隣にある犬用ベッドから黄色い目でだるそうに見あげている。ワイリーが無視していると、タスはあくびをして長い鼻面を前脚の上に戻し、目をつぶった。

日没まであと三時間あるが、窓から入ってくる光が嵐のせいで弱々しいため、ワイリーは明かりをつけた。マッドルームから運んできた最後の薪《まき》を暖炉の横に置き、火をかき立てる。納屋まで薪を取りに行きたくないので、今夜はこれで足りてくれることを祈った。

外ではみぞれの勢いが増して窓にバチバチと当たり、葉が落ちた木々の枝はどんどん白くなっている。すでに冬に飽き飽きしていなかったら、その光景に心を引かれただろう。グラウンドホッグ（マーモットの一種）が影を見たので、これからもっと雪が降るはずだ（アメリカおよびカナダで二月二日に行われるグラウンドホッグを使った天気占いによると、冬眠から覚めたグラウンドホッグが自分の影を見れば、冬がまだ長引くという）。春は遠い。

ワイリーは家じゅうをまわって窓とドアの施錠を確認し、ブラインドをおろした。この六週間、夕方になると必ずこうしている。人里離れた場所で犯罪に関する本の執筆にいそしむのが好きなだけで、日没後に闇の中を徘徊《はいかい》するものが好きなわけではない。ワイリーはベッド脇のテーブルの引き出しを開け、九ミリ口径の拳銃が入っていることを確認した。

途中で湯がぬるくなるのがいやなので手早くシャワーを浴び、タオルで髪を拭く。

長袖と長ズボンの下着の上にセーターとジーンズを身につけてウールのソックスを履いてから、ワイリーはキッチンに戻った。

グラスにワインを注《つ》いでソファに座ると、タスが立ちあがって横に来ようとした。しかし、お座りとそっけなく言うと、ラジエーターのそばの自分の場所に戻った。

固定電話でセスに電話をかけようかとも思ったが、元夫がそばにいて電話に出られたらいやなのでやめておく。彼の文句なら、もう充分に聞いた。

元夫と話すと、どうしても激しい言葉と非難の応酬になってしまう。〝さっさと戻ってこいよ。ばかな真似はやめろ。ワイリー、きみには助けが必要だ〟最後に電話で話したとき、元夫にそう言われた。

そのとき、胸の内側にひびが入ったような気がした。小さなひびだが、今すぐ電話を切らなくてはという焦燥感に駆られた。以来、セスとも一週間以上話していない。

ワイリーはグラスを持って階段をあがり、執筆用にしている部屋の机の前に座った。ついてきたタスが窓の下に横たわる。家じゅうで一番小さなこの部屋は幅木にメジャーリーグの黄色いシールがぺたぺた貼られていて、机は窓とドアの両方が見える隅に置かれていた。

先週アルゴナの図書館で印刷した原稿が、最終チェックのためにパソコンの横に積んである。しかし執筆を終わりにすることに、ワイリーはためらいを覚えていた。

一年以上かけて犯罪現場の写真を調べ、新聞記事や警察などの報告書を読み込んだ。目撃者や当時の保安官、保安官補といった捜査関係者に連絡を取って話を聞いたし、アイオワ州犯罪捜査局の主任捜査官も彼女の取材に応じてくれた。誰も彼も驚くほど率直に語り、ワイリーの事件への理解は深まった。

ただし被害者の家族とは話せていない。すでに亡くなっているか、にべもなく拒否されたからだ。けれど、拒否されてもワイリーは彼らを責められなかった。そのあと執筆に没頭し、ひたすらキーボードに指を走らせて本を書きあげたものの、満足のいく仕上がりではない。犯人はわかっているのに、いまだ正義はなされていないからだ。

ワイリーの中にはまだ多くの疑問が渦巻いているのに、時間切れになってしまった。原稿に目を通して最終チェックをすませ、編集者に送らなければならない。

ワイリーは行き詰まって、赤ペンを机に放った。立ちあがって体を伸ばし、キッチンにおりて空になったワイングラスをカウンターに置く。寒さに手がかじかんでいるが、サーモスタットの温度をあげる気はなかった。代わりにケトルに水を入れてコンロの上にのせ、湯が沸くのを待つあいだ、冷えた手も火にかざす。

外で吹き荒れる風の音が、悲しみに泣き叫ぶ声に聞こえた。数分後、ケトルの笛の音がそれに加わる。ワイリーはお茶の入ったカップを持って二階にあがると、机の前に座って原稿を脇によけ、次のプロジェクトに思いをはせた。

凄惨な殺人事件はいくらでもあり、選択肢がなくて困ることはない。ただし実在の事件について書く作家の多くはマスコミの見出しや大衆の関心の高さで題材を決めるが、ワイリーは違った。彼女は事件の現場から始める。その現場が物語るストーリーが彼女の中に入り込み、血の流れに乗って体じゅうを駆けめぐると、その事件を手放せなくなるのだ。

ワイリーはいつも現場の写真をじっくり眺める。犠牲者が息を引き取った場所のイメージをつかみ、遺体の姿勢や永遠に凍りついた表情や飛び散った血痕を目に焼きつけるのだ。

今、彼女の前にあるのは、アリゾナで起こった事件の写真だった。一枚目は赤錆色《あかさびいろ》の石にもたれて座っている女性を遠くからとらえたもので、顔は前を向いていないため見えないが、シャツの前には黒い染みが広がり、汚れたタワシの毛束がリースのように彼女を囲んでいる。

ワイリーはその写真を横に置き、次の写真を手に取った。同じ女性が写っているが、さっきより近い距離で別の角度から撮ったものだ。女性の口は苦痛にゆがみ、だらりと垂れた舌はどす黒くふくれあがっている。胸にはワイリーの手が入る大きさの穴が開いていて、その内側には骨と軟骨がのぞいていた。

悪夢に出てきそうな血みどろの恐ろしい光景だが、殺害された犠牲者の姿を目に焼きつけなければ、事件を自分のものにはできないとワイリーは信じていた。

十時になりタスが鼻を押しつけてくると、ワイリーは階下におりた。タスが関節をきしませながら、のろのろとついてくる。老犬のタスは遠からず階段をのぼりおりできなくなるに違いない。

農家の玄関の前に座っていた野良犬を飼っていると元夫に話したら、なんと言われるか。だが、何度追い払っても動かなかったのだ。

おそらく前にここを借りていた人々が置いていったのだろう。ワイリーは最初の本で扱った事件で三人の若い女性の遺体が発見されたアイタスカ州立公園にちなんで、犬をタスと名づけた。

しかしそれほどかわいいとは思えず、犬のほうもワイリーを好いていない。とりあえず一緒に生活するしかないという共通の認識のもと、お互いになんとかやっている。

ワイリーは玄関の鍵を開け、ドアを細く開けてタスを外に出し、すぐに閉めた。だがそのわずかなあいだに冷気と雪とみぞれが入ってきて、体がぶるりと震える。

一分が過ぎ、二分が過ぎた。いつもなら寒さを嫌うタスはさっさと用を足して、中に入れてくれとドアを引っかく。

窓の前に行ってみたが、ガラスが曇って霜で覆われていた。粒子の粗い写真を見続けていたので砂が入ったように感じられる目をこすり、ドアに背中を預けて待つ。今夜はきっと、太陽がのぼるまで眠れないだろう。

明かりがまたたき、ワイリーの心臓が跳ねた。息を止めてランプを見つめたものの、それきりあたたかい光は揺らがなかった。停電してパイプが凍ったら厄介なことになると思いながら、暖炉に薪を足す。それからドアを細く開けて白一色の世界に目を走らせたが、タスの姿はなかった。

「タス！　戻っておいで！」暗闇に向かって怒鳴った。雨はかたい氷の粒に変わっていて、それが家にぶつかる音がネズミのかじる音のように聞こえる。ドアの隙間からもれる光では、そう遠くまでは見えなかった。「もう、わかったわよ」ワイリーはぶつぶつ言いながら、しまってあったスペアの長靴と古い作業用のコートを身につけ、家のあちこちに置いてある懐中電灯をひとつ持った。

支度を終えたワイリーはポーチに出て、滑らないように注意しつつ階段をおりた。「タス！」いらいらしながら、もう一度呼ぶ。吹きつける風から身を守るために肩を丸め、細かい氷の粒が当たらないように顔を伏せる。すでに十センチ以上積もっている雪の上にみぞれが重なり、庭はスケート場のようになっていた。

それを見てワイリーは、またしても不安に襲われた。電線の上に氷や雪が積もれば、そのうち切れて電気が通らなくなり、真っ暗闇になる。さっさとタスを見つけて、家の中に戻りたかった。

ポーチの手すりをつかんで体を支えながら、懐中電灯の光を頼りにそろそろと足を進め、犬の名を呼び続ける。暗闇に目を凝らし、道路まで続いている小道に懐中電灯を向けると、不気味なふたつの赤い点が光を反射した。「タス、こっちにおいで」呼んでも犬は無視して、頭をさげた。

しかたなくワイリーは頑固な犬に向かって歩きだした。やや前傾し、重心が足の真ん中に来るように平らに足をおろしながら進む。それでも滑って尻もちをつき、尾てい骨を打ちつけた。

「ああ、もう腹が立つ!」ワイリーは立ちあがった。コートの襟元からみぞれが中に入り込んでくる。手袋をつけていないのでポケットに手を入れたいが、また転ぶかもしれないので外に出しておくしかない。

相変わらずタスは動こうとしなかった。近づくと目の前にある何かに気を取られているのがわかったが、ワイリーのところからはそれが何かは見えない。タスは用心深くにおいを嗅ぎつつ、その物体のまわりをまわっている。

「そこから離れなさい」ワイリーが命じながらすり足で近づくと、生死は不明ではあるものの、その物体が生き物らしいことがわかった。ボールのように丸まったそれは、うっすら氷に覆われていて、懐中電灯の光を受けてきらきら輝いている。

「タス、お座り！」タスが彼女を見て今度はおとなしく座ったので、ワイリーはさらに近寄って丸まった体に目を走らせた。黒い髪は短く刈り込まれていて、柔らかそうなグレーのスウェットシャツと色あせたブルージーンズに身を包んでいるものの、靴は片方脱げている。血の気の失せた唇《う》に小さなこぶしを押しつけていて、頭から細く流れている血は凍っていた。

それは動物ではなく、地面の上で凍りついている少年だった。

3

「外に出て遊んでもいいんじゃないかな」少女は窓を覆う分厚いカーテンの端から外をのぞいた。灰色の空から細かい水滴が次々に落ちてきて、音もなくガラスに当たっている。

「今日はだめよ。雨に濡れたらとけちゃうから」母親が返す。

少女は小さく噴き出すと、窓の前に引きずっていってよじのぼっていた椅子から飛びおりた。母親がからかっているのはわかっていた。雨の中に出ていっても、とけるはずがない。それでも外に出てぽつぽつと落ちてくる雨を肌に感じ、氷がとけるように水滴が滑っていくところを想像すると、体が震えた。

ふたりは外へ行かずにカードテーブルを挟んで座り、工作用紙から切り抜いたピンクや紫や緑の卵に水玉や縞《しま》模様をつけて午前中を過ごした。

母親は卵のひとつに小さく尖ったくちばしと目を描いた。それから少女の両手を黄色い紙の上に置いて輪郭を鉛筆でなぞったあと、「見ててね」と言って線に沿って紙を切り抜き、卵形の紙の後ろに貼りつけた。

「鳥だね」少女はうれしくなって言った。

「イースターの鳥よ」母親が言う。「あなたくらいの年の頃、わたしも作ったわ」

ふたりができあがった卵と鳥とウサギをコンクリートの壁に丁寧に貼りつけると、薄暗い部屋に陽気で楽しい雰囲気が広がった。「さあ、これでいつでもイースター・バニーに来てもらえるわ」母親は得意そうに言った。

その夜、ベッドに入ってからも少女はふわふわと気持ちが浮き立っていてちっとも眠れず、母親に何度も注意された。「じっとしていなさい。そうすればすぐに眠れるから」

そんなふうにはとても思えなかったが、少女が次に目を開けるとカーテンの隙間から細く光が差し込んでいて、朝になっているのがわかった。

飛び起きて母親を探しに行くと、すでに起きていつも食事をするテーブルの前に座っていた。「イースター・バニーは来た？」少女は長い黒髪を耳にかけながらきいた。

「もちろん来たわよ」母親が色紙を細く切って編んだバスケットを差し出す。少女の手のひらにおさまるくらい小さなバスケットだったが、とてもかわいらしかった。中には草を模した紙切れが敷きつめられていて、その上にシナモン味のガムのパックとジョリーランチャーのスイカ味のキャンディがふたつのっている。

少女は笑みを作ったけれど、本当はがっかりしていた。チョコレートでできたウサギか、割ると黄色い部分がとろりと出てくる卵形のキャンディがよかったのだ。

「ありがとう」それでも少女は言った。

「イースター・バニーにお礼を言いなさい」

「ありがとう、イースター・バニー」少女はテレビで見たキャンディのコマーシャルに登場する子どものように声を張りあげ、母親と一緒に笑った。

ふたりはひとつずつガムを食べ、そのあと昼まで、前の日に壁に貼った紙の鳥やウサギが登場する話を作って楽しんだ。

ガムの味がしなくなったあと、少女がジョリーランチャーのキャンディを薄い円盤状になるまでゆっくりなめていると、階段の上のドアが開いて父親が現れ、ふたりのところまでおりてきた。レジ袋とビールの六缶パックを持った父親を見て、あっちに行って父さんと母さんをふたりにして、と母親が無言で伝える。

少女はイースターのバスケットを持っておとなしく窓辺に行き、あたたかい光が細く差し込んでいる床の上に座った。そして壁のほうを向いてガムをもうひとつ口に入れ、ベッドがきしむ音や父親が息を吐いたりうなったりする音を聞かないようにした。「もうこっちを向いていいわよ」ようやく母親に言われると、少女はぴょんと立ちあがった。

水の流れる音が響いているバスルームのドアの隙間から父親が顔を出す。「ハッピー・イースター」父親は笑顔で言った。「イースター・バニーからちょっとした贈り物を預かってきたぞ」

少女はキッチンのテーブルの上に置いてある袋に目を向けた。それからベッドの端に座って手首を撫《な》でている母親を見る。母親は赤くうるんだ目でうなずいた。

「ありがとう」少女は小声で言った。

しばらくして父親が階段をあがってドアの向こうに消え、鍵がかかる音がすると、少女はテーブルの上の袋をのぞいた。中には青い目をしたチョコレートのウサギが入っていた。黄色い蝶《ちよう》ネクタイをしていて、ニンジンを持っている。

「食べていいわよ」母親は手首に氷の入った袋を当てながら言った。「母さんは子どもの頃、いつも耳から食べていたわ」

「今はあんまりおなかがすいてない」少女は言い、チョコレートの箱をテーブルの上に戻した。

「食べても大丈夫。それはイースター・バニーがくれたもので、父さんからじゃないから」

少女は少し考えたあと、チョコレートのウサギを取り出して耳を小さくかじった。甘いチョコレートの味が口いっぱいに広がって止まらなくなり、ひと口、またひと口とかじっていく。それから母親に差し出すと、母親は残りの耳をぱくりと食べてしまった。ふたりは笑い、代わる代わるウサギを食べて、残りは尻尾だけになる。

「目をつぶって口を開けて」少女が言われたとおりにすると、母親が残りのチョコレートを舌にのせた。そして鼻にキスをしてささやいた。「ハッピー・イースター」

4

二〇〇〇年八月

二〇〇〇年の夏、アメリカの中北部に位置するアイオワ州ブレイク郡では犯罪がほとんど起こらず、穏やかな日々が続いていた。農業が盛んで当時人口が七千三百十人だったブレイク郡はもともと犯罪の温床とは言いがたい場所で、二〇〇〇年八月十三日まで殺人の通報は一件もなかった。

そして〝重荷《バーデン》〟という陰鬱な意味の名前がついているにもかかわらず、ブレイク郡の南西の隅にある人口八百四十四人の町、バーデンは子育てに最適な住みやすい場所として知られ、犯罪率は州平均の四分の一だった。

二十一世紀になってもバーデンの産業の中心は相変わらず農業のままで、主要作物であるトウモロコシと大豆を何世代も住み続けている人々が育てていた。子どもたちは両親や祖父母と同じように、アネモネやプレーリー・ラークスパーやイエロースターグラスといった野草のあいだを裸足《はだし》で駆けまわりながら大きくなった。

夏は全力で働き、全力で遊ぶ季節だった。農家の子どもたちは、種まきの季節には父親と一緒にトラクターの高い運転席に座る。納屋の干し草置き場で遊んだり、仕事が終わると魚釣りに行ったりした。女の子は一年のうちの九カ月を学校で過ごし、やがて医者になる子も弁護士になる子もいるが、そうなっても仕事の合間には故郷へ戻り、母親や祖母がバターピクルスやルバーブのジャムを作るのを手伝う。親をなくした子ヤギにミルクをやり、トウモロコシの貯蔵庫の裏で本を読み、バーデン川の上でスケートをし、干し草の塊から塊に飛び移って鬼ごっこをしながら子どもたちは大きくなる。

二〇〇〇年八月十二日の朝、まさにそういう生活を送っていた十二歳のジョージー・ドイルは、期待に胸をふくらませながら目を覚ました。すばやく着替えて、なかなか言うことを聞かない茶色の髪をポニーテールにまとめる。

これから出かける準備を終わらせ、初めて州のお祭り《ステート・フェア》に行く親友のベッキーのために絶対に見逃せないアトラクションのリストを作らなければならないのだ。けれどもまずは朝食と仕事で、ジョージーは急いで朝食をすませると、割り当てられている仕事をものすごい勢いで片づけた。

そのときになって、ジョージーはチョコレート色のラブラドールレトリバーのロスコーがいないことに気づいた。とはいえ、それ自体は珍しいことではない。ロスコーには放浪癖があった。何時間も姿をくらませて、あちこちほっつき歩くのだ。でも必ず帰ってくるし、朝食に戻ってこなかったことはない。いつもならジョージーが二十キロ入りのフードの袋が入っているプラスチック容器の蓋を開けると、よだれをだらだら垂らしながら駆け寄ってくる。

だがその朝はロスコーが来なかったので、ジョージーは犬用の皿にフードをすくい入れて水入れにホースで水を注ぐと、鶏小屋に向かった。

そのあとはベッキーが来るまでの時間をつぶそうと、厳しい冬の風から家を守るために松を植えている父親を手伝った。それから農場の北の境界線沿いの柵を直しに向かった父親についていき、手袋をはめた手で有刺鉄線を器用に扱っている父親のまわりをちょこまかと動きながら、これから行くステート・フェアについてしゃべり続けた。その途中でつまずいて、錆《さ》びた柵に突っ込みそうになる。年のわりに体が小さいジョージーは、無尽蔵のエネルギーを持っているとみんなに思われていた。

そのときジョージーはトラックが近づいてくる音を聞きつけた。車体が視界に入るよりも先にタイヤが砂利を踏むポップコーンがはじけるときのような音に気づいて振り向くと、道がカーブしているところにトラックの先端が見えた。そこで立ち止まって待っていたが、トラックが動かなかったのでジョージーは歩きだした。するとまたタイヤが石を踏む音がしたので振り返ると、トラックは止まってしまう。歩きだすとゆっくりついてくる。ジョージーは目を細めて誰が乗っているのか見ようとしたが、東の空で太陽が金の円盤のように輝いていて、どんなに頑張っても見えなかった。でも、怖くはなかった。兄の友だちがからかっているに決まっているからだ。「ははは、おっかしい！」ジョージーは大声で言って小石を拾い、トラックに向かって投げた。けれども届かずに落ちてしまったのでゆっくり近づいていくと、トラックはじりじりバックした。

変だと思ってさらに近づくと、トラックがさらに数メートルさがる。ジョージーは兄のむかつく友人たちが鬼ごっこをしているのだと確信して駆け寄った。するとトラックの中に人影がひとつだけ見えた。野球帽のつばを引きおろし、前かがみになっている。トラックがバックした。

突然、大きな声がした。父親が呼んでいるのだ。ジョージーはエンジンをかけたまま止まっているトラックをもう一度だけ振り返って走りだし、父親のもとにたどり着いたときにはトラックのことなど忘れていた。

家に戻ると、ジョージーはロスコーを探すのを手伝ってもらいたくて、思いきって兄の部屋のドアを開けた。

「おれにかまうな」イーサンは床に座ってベッドにもたれていた。

「でも、ロスコーが戻ってこないの。心配じゃない？」

「全然」イーサンが冷たく言い、雑誌のページをめくる。

「車にひかれてるかもよ」ジョージーは声を大きくして訴えたが、イーサンは肩をすくめるだけで目も向けない。

「このまま帰ってこなかったら、後悔するからね」ジョージーはドレッサーの上に置いてあるペーパーバックをつかんで投げつけた。兄の持っていた雑誌が叩き落とされたので、思わず噴き出す。

「おれの部屋から出ていけ」イーサンが怒鳴り、爪先に鉄芯が入ったワークブーツを投げつけてきた。ブーツがジョージーの頭のすぐ上に当たって、戸枠が小さく欠ける。

ジョージーはあわてて部屋の外に出ると、バスルームに入って鍵をかけた。最近のイーサンは様子がおかしい。酒を飲んだりけんかをしたりして、学校や保安官からしょっちゅう電話がかかってくる。顔を合わせたときにどんな態度を取られるか予想がつかないが、家にいるときは部屋にこもっているので、そういう機会はめったにない。ジョージーはイーサンが部屋を出て階段をおりる音がするまで待って、バスルームから顔を出した。

四時半にベッキーと母親のマーゴ・アレンが来るのが見え、ジョージーは急いで外へ出ると、スクリーンドアを叩きつけるように閉めて駆け寄った。表情豊かで大きな茶色い目を持つベッキーは、自分のカールした長い黒髪が嫌いで、〝ジョージーの名前とわたしの髪を取り替えたい〟といつも言う。

そんな取引ならジョージーは大歓迎だった。ベッキーはきれいだと思うし、みんなもそう思っている。ベッキーが十三歳になると男の子たちが家に来るようになり、ベッキーは町の子と遊ぶためにジョージーとの時間を犠牲にするようになった。でもこの週末はそうではなく、ジョージーがベッキーを独占できる。思う存分おしゃべりをして笑いあい、町の子が関わってくる前にしていたことを何もかもできるのだ。きゃあきゃあ言いながら抱きあったあと、ジョージーはベッキーから寝袋と枕を受け取った。

「土曜の夜、帰りにベッキーをお宅でおろすわね。八時頃になると思うわ」ジョージーの母親のリン・ドイルが、人目を気にして耳の後ろに髪をかけながら言う。

マーゴはリンに、父親の家でベッキーをおろしてほしいと頼んだ。

「まあ、そっちにいるのね」リンが驚いた顔で口ごもる。ベッキーの両親が別居していることを、ジョージーは母親に伝えていなかった。「わかったわ。そうする」リンは目を伏せた。

気まずい沈黙のあと、リンが口を開いた。「今日も暑いこと。まあ、風はあるけど」そう言って、熱風で吹き飛ばされて雲ひとつない空を見あげる。人は話すことがなくなると、必ず天気の話をするものだ。

「楽しんできてね、ベッキー」マーゴは娘に向き直って抱きしめた。「ドイルのおじさんとおばさんの言うことをよく聞くのよ。わかった？　愛してるわ」

「うん、そうする。わたしも愛してる」母親に愛情をあからさまに示されて恥ずかしいのか、ベッキーがぼそぼそと返す。ジョージーとベッキーは家に駆け込み、明るい黄色に塗られたジョージーの部屋まで階段を走ってあがった。

部屋の床に寝袋と枕とお泊まり道具の入ったかばんを落とすと、ジョージーはきいた。「まず何をしたい？」

「ヤギのところに行きたい」ベッキーが答えたとき、外で怒声がした。

ふたりが開いている窓から外をのぞくと、マーゴが車のドアに手をかけたまま動きを止め、リンが午後の日差しをさえぎるため敬礼するように額に手を当てていた。ふたりとも納屋に視線を向けている。

最初にイーサンが飛び出してきた。すぐに父親のウィリアムも出てきて、最近定番になっている険しい表情の息子の肩を大きな手でつかんで振り向かせる。ふたりのやりとりは熱風に吹き飛ばされてわからなかったが、〝くそ親父《おやじ》〟という言葉だけははっきり聞こえた。居心地が悪そうな様子を見せるマーゴにリンが謝るような笑みを向け、〝最近の男の子は〟とかなんとか言っている。リンは最近こういう言い訳をたびたび口にしていた。イーサンは父親の手を叩いて逃れようとしているが、うまくいっていない。

「あなた」リンが呼びかけると、ウィリアムは妻の横に人がいるのを見てイーサンの肩から手を離した。突然解放されたイーサンがよろけて片膝をつき、父親が差し出した手を無視して自分で立ちあがる。ウィリアムが手をあげてマーゴに挨拶をすると、イーサンはまた殴られると思ったのか、びくりとした。

「さあ、外に行こうよ」ジョージーは目をしばたたいて涙をこらえながら、ベッキーを引っ張った。最近、父親と兄はしょっちゅうあんなふうにぶつかっている。

イーサンは突然、家族と距離を置くようになった。唐突に態度が変わって何も話さなくなり、話したとしても出てくるのは怒りに満ちたとげとげしい言葉ばかり。あからさまに親に反抗し、農場の手伝いを拒否している。

「ジョージーのお兄ちゃん、お父さんのこと〝くそ親父〟って呼んでたね」ベッキーが言うと、ふたりはくすくす笑いが止まらなくなった。ひとりがなんとか落ち着きを取り戻しても、もうひとりが〝くそ親父〟とささやいて、飽きずに笑い崩れた。

夕食後、リンは道沿いに一・五キロメートルほど行ったところにある祖父母の農場までパイを届けてほしいと、イーサンに頼んだ。「届けたらまっすぐ帰ってくるのよ」母親に言われて、イーサンがぐるりと目をまわしてみせる。「イーサン、言うことを聞きなさい」

兄の生意気な返事が聞こえる前に、ジョージーはベッキーと一緒に外へ出た。

ジョージーが農場の中で一番気に入っている場所は、赤い寄せ棟屋根の大きな納屋だった。八十年前に建てられたその納屋は、毎朝大きな赤い顔をジョージーに向けて挨拶する。広く間隔を空けて作られている上のふたつの窓が目、干し草置き場のドアが鼻、トラックが通れる大きな入口が口だ。

納屋の中は太陽の光をたっぷり浴びた干し草の甘い香りと、トラクターのオイルのにおい、それにほこりとヤギのにおいがした。ジョージーが真ん中に置かれた細長い容器に餌を入れ、小さなバケツを粒状の餌でいっぱいにしているあいだ、ベッキーは隅をまわって母猫と子猫を探したが、子猫たちはどこかに隠されているらしく見つからなかった。

ジョージーとベッキーは納屋につながっている柵で囲われたところに行った。日中、三十頭以上のヤギがそこで過ごしている。バケツがジョージーの脚にぶつかる音を聞きつけたヤギたちがヒョロヒョロした脚で駆け寄ってくると、ジョージーとベッキーはバケツの中の餌を取り、柵の隙間から差し入れた。ヤギたちの黒いイモムシのような形の目や人間みたいな鳴き声がおかしいと、ベッキーは笑った。

「ねえ、お兄ちゃんは何するつもりなのかな?」ベッキーがきく。

ジョージーが顔をあげると、おんぼろのトラックに向かって歩いていくイーサンが見えた。片手にショットガンを持ち、もう片方の手に祖父母に届けるパイを持っている。「知らない。でも、あれは絶対だめなはずだよ」ジョージーは腰に両手を当てた。

「お兄ちゃんがいて、ジョージーはラッキーだね。すごくかっこいいし。どこに行くのか見に行こうよ」ベッキーは手についている餌を払うと、ジョージーが止める前にイーサンを追いかけて走り始めた。

「ねえ、何を撃つつもり?」イーサンに追いつくと、ベッキーは息を切らしながらきいた。

「おれのことをつけまわして、うざいガキどもだな」イーサンはふたりのほうを見ようともしない。

「ふうん、いいのかな。まだ狩猟シーズンじゃないのに」ジョージーは兄に言い返した。「おじいちゃんのところに銃を持っていくこと、父さんは知ってるの？」

「ハトやグラウンドホッグならいつでも撃っていいからな。それから親父には言ってない。何をするか、細かいことまでいちいち報告する義務はないんだ。ちょっと的撃ちをするだけだし」

「へえ。父さんには銃声が聞こえないだろうしね。よく考えたじゃん」ジョージーは嫌味っぽく言ったあとベッキーと目を合わせようとしたが、ベッキーはイーサンから視線をそらそうとしない。

「一緒に行ってもいい？」ベッキーがきいた。

「勝手にしろ」イーサンは言い、リアウィンドウの銃架に慎重にショットガンを置いた。トラックに乗り込むと、きれいにしているとベッキーは感心したように言い、グローブボックスの中を勝手にかきまわして、ガムのパックとミントの缶を取り出した。

「息をいいにおいにするのが好きなんだ」ベッキーが笑うと、イーサンは赤くなった。それからベッキーはイーサンが幸運のお守としてグローブボックスの中にしまっているグリーン・ランタンの小さな人形も取り出し、低い声を作ってしゃべりながら彼の腕の上で人形を歩かせた。

「やめろよ」イーサンは言ったが、その声からベッキーに注意を向けられて喜んでいるのだとジョージーにはわかった。

イーサンが赤いドアの家のポーチの真ん前にトラックを止めるまで、ベッキーは楽しげにしゃべり続けた。「ばあちゃんにこれを渡して、すぐに戻ってこい。くだらないおしゃべりに時間をかけんなよ。おれは急いでるんだ」イーサンが命令する。

ジョージーはパイをひっくり返さないように苦労しながらベッキーの上を乗り越え、トラックをおりた。兄の機嫌を損ねたくなくて、すぐに祖父母の家へ向かい、ノックをせずに玄関のドアを開けてキッチンに急ぐ。

夕食を終えたところだったマシューとキャロライン・エリスにパイを渡してすぐにトラックに戻ると、ベッキーがイーサンと脚が触れあうくらいくっついて座っていた。ジョージーが乗り込んだ次の瞬間、ドアを閉め終わる前にトラックが走りだす。イーサンは家へ向かわずに急角度で右に曲がり、川沿いの土の道に入っていった。

「何やってるの？」ジョージーはきいた。「まっすぐ帰ってきなさいって母さんに言われたじゃない」

「ほんのちょっと的撃ちをするだけさ」祖父の土地の西の端にあるカナダトウヒが群生している場所に向かいながらイーサンは返し、道端に止まっている錆の浮いた銀色のトラックの横に車を止めた。「カッター」イーサンが開いている窓から呼びかける。

「よお」青年がにきびのできている顎をしゃくった。カッターというのは、もうつきあってはいけないとイーサンが言われている仲間のひとりだ。

「ここで待ってろ」

ジョージーとベッキーはイーサンの言葉を無視して、トラックからおりた。

「ジョージー」イーサンが脅すように言う。

「なあに?」目を見開いて無邪気な表情を作っているジョージーの横で、ベッキーが笑いを嚙み殺している。

「なんでそいつらを連れてきたんだよ」カッターがジョージーとベッキーを顎で示した。カッターにはファーストネームがあるが、誰もそちらでは呼ばない。長身でがっちりとたくましく、髪は麦わら色。家の農場を手伝っているので、肌は褐色に焼けていた。丸顔でにこやかな彼は一見穏やかで明るい性格に思えるが、よく見ると目がきつく、いたずら好きというより意地が悪いのだとわかる。

「わたしたちは子どもじゃないわ」ベッキーが言う。

カッターは意地悪くぷっと噴き出すと、ふたりをじろじろ眺めまわしてベッキーの胸で視線を止めた。「おまえらのうち、ひとりは違うかもな」

「早く行こうぜ。数分しかいられねえんだ」イーサンがショットガンを銃架から外す。

「そいつはじいさんにもらったってやつか？」

「ああ」イーサンがトラックの荷台から取ってきた古ぼけたバケツを、数十メートル離れた切り株に逆さにかぶせて戻ってくるのを、少女たちは見守った。「おまえら、さがってろ」

カッターは動かなかったが、ベッキーとジョージーは三歩さがった。イーサンがポケットから弾をひとつ出して装填し、フォアエンドを引いて押し戻す。それから銃を持ちあげ、肩につけて構えると、足を開いて銃床に頬を寄せた。

「耳をふさいだほうがいいよ」ジョージーが助言すると、ベッキーは両手を耳に当てた。轟音が響き、金属と金属がぶつかる鋭い音とともにバケツが地面に落ちる。

ふたりが手をおろすと、イーサンは得意げに笑いながら銃を肩からおろした。

「かっこいい」ベッキーが声をあげる。

「まずまずだな。今度はおれだ」カッターが手を伸ばして、イーサンから銃を奪った。

「行こうよ。こんなの退屈じゃん」ジョージーはベッキーをトラックのほうに引っ張っていこうとした。

「そんなことないよ。わたしもやりたい」ベッキーがそう言うのを聞いて、ジョージーは嫉妬に駆られた。親友が彼女ではなく兄やカッターと過ごしたがっているのだと思うと、兄たちが妬ましくてならなかった。

「だめだよ。危ないよ」

「やれよ、カッター。さっさと撃て。そろそろ帰らねえとやばい」

「ああ。小さい女の子はこういう大きな武器で遊んだらいけねえからな」カッターがショットガンを股間の高さに構え、舌を出して思わせぶりに動かす。

「ばっかみたい」ベッキーが笑いながら言う。

「そうよ、ばっかみたい」ジョージーも繰り返した。

「勝手に言ってろ。どうせ怖いんだろう」カッターが言う。「お子様は家まで送ってやらなきゃな。そろそろ寝る時間だろ」

「怖くなんかないもん」ジョージーは口ごもった。

「じゃあ、やってみせろよ」カッターが銃口を下に向けて、銃を突き出す。

ジョージーは受け取りたいという衝動に駆られた。いつもなら挑戦されて引きさがることはない。だが、銃は別だった。銃はおもちゃではないと、父親に繰り返し言われている。目立とうとして不注意な扱いをする人間や、銃器の持つ力を過小評価している浅はかな人間が事故を起こすものなのだと、叩き込まれていた。

「やりたくないからいい」ジョージーはさりげなく断った。

「怖いんだな」カッターがあざける。

「わたしは怖くないよ」ベッキーが口を挟んだ。「やってみてもいい？」

「ああ、じゃあ来いよ。手本を見せてやる」カッターに呼び寄せられて銃を受け取ったベッキーは、あまりの重さに落としそうになった。

「気をつけろ」カッターが叫ぶ。「誰かに当ててえのか？」

「ごめんなさい」ベッキーは狼狽《ろうばい》して謝った。

「じゃあ、やってみせるからな」カッターはベッキーの後ろにまわって、銃に手を伸ばした。ベッキーの背中に腰を押しつけてウエストに腕をまわし、シャツの下にゆっくり指をもぐり込ませていく。ベッキーはもがいたが、カッターはがっちり抱え込んでいた。

「イーサンにお手本を見せてほしい」ベッキーが肘で押しやって逃れると、カッターはむっとしたように口を尖らせた。

イーサンが肩をすくめて、ベッキーにショットガンの持ち方と照準器の使い方を教える。

「思ってたより重いね」ベッキーは地面に転がっているバケツに狙いを定めた。

「やめといたほうがいいよ」ジョージーは警告し、誰かに見られていないかあたりを確認した。見られたら、まずいことになる。

「持ってみたいだけだから」ベッキーの声からは、ジョージーをお子様だと思っているのがまるわかりだった。

「じゃあいいわ。足を吹き飛ばしても知らないから」ジョージーは三人に背を向けると、トラックに戻って耳を澄ました。銃声が響き、ベッキーが興奮した声をあげる。

カッターがベッキーからショットガンを奪った。「今度はおれだ」そう言って弾を込めて銃を肩に当てると、銃口をバケツではなく木立に向け、左から右にゆっくり動かした。顎に力を入れ、目を細めて引き金を引く。バンという音とともに木の葉が揺れたあと、何かが地面に落ちる鈍い音がした。

「やだ」ベッキーが言う。「鳥を撃ったんだ。どうしてそんなことしたの？」

木立まで距離がありすぎてどんな種類かは見えないが、結構な大きさの黒い鳥だ。おそらくカラスかヒメコンドルだろう。

「鳥なんてごみと同じだからさ」カッターが返す。「なあ、あとで出てくるか？」

イーサンは妹をちらりと見た。「いや、外出禁止だ」

「そんなの今まで従ったことねえくせに」カッターは笑い、ジョージーとベッキーに向き直った。「おまえらはどうだ？　今晩一緒に遊ぶか？」

「ううん、やめとく」ジョージーは目をぐるりとまわし、ベッキーが顔を赤くする。それを見てカッターは笑ったが、茶色く日に焼けた顔が赤らんだ。

ベッキーが跳ねた銃の台尻がぶつかった肩をさすった。

「あざになるぞ。イーサンにそこにキスしてもらえばよくなるかもな」

「黙れ、カッター」イーサンは銃をつかんで取り戻した。

「もう一度やってみてもいい？」ベッキーがきく。

ふたたび背後に立ってくれたイーサンに、ベッキーは恥ずかしげにほほえんだ。イーサンがベッキーの肩に顎をのせ、彼女が狙いを定めるのを助ける。そこへウィリアム・ドイルのトラックが通りかかった。トラックがふたりのそばをゆっくり通り過ぎていく。

「まずい、親父だ」イーサンはベッキーが持っているショットガンをあわててつかんだ。

「帰るよ。あとでな」カッターが走って自分のトラックに向かう。

ウィリアムがトラックをUターンさせているあいだに、カッターは走り去った。ウィリアムがイーサンのトラックの横に車を止め、外に出てドアを叩きつける。「こんなところで何をしている？」

「今帰るところだったんだよ」まずいことなど何もないかのように、イーサンは返した。

「おまえたちときたら、いったい何を考えているんだ」ウィリアムは険しい表情でイーサンに歩み寄った。

「騒ぐほどのことじゃねえよ。気をつけてたから」

「気をつけてた？」繰り返すウィリアムの首筋が下から赤く染まっていく。「銃を人に使わせるのは危険な行為だと言って聞かせたはずだ。ジョージー、ベッキー、おれのトラックに乗れ」

「ごめんなさい」目に涙をためて謝るベッキーの手を、ジョージーはつかんだ。

「やめろよ、親父。彼女が怯《おび》えてるだろ」

「銃をよこせ」ウィリアムが脅すように声を低くする。

「いやだね」イーサンは言い、ショットガンを持つ手に力を込めた。「これはおれのだ」

ウィリアムは無理やり奪いたそうにしていたが、暴発の危険をよく承知しているので自制した。その代わりにイーサンのトラックに歩み寄ってドアを開け、キーを取ってポケットに入れる。

「ジョージー、ベッキー、さっさとトラックに乗るんだ」ウィリアムの声にふたりは急いで従った。イーサンも頭を振りながら続こうとしたが、ウィリアムは手をあげて息子を止めた。

からかわれているのだと思って笑ったイーサンは、すぐにそうではないと気づいた。

「家まで歩いて帰れっていうのか？」

「当分のあいだ、おまえの移動手段は足だけだ」

「トラックをここに置いていけってことか？」信じられないとばかりに言う。

「そうだ」ウィリアムが答えた。「トラックはおれがあとで母さんと取りに来る。シートベルトを締めろよ」娘たちに告げる。

イーサンが反抗的に顎をあげ、父親をにらみつけた。ウィリアムは指をぴくりとさせ、息子を殴ろうか迷っているそぶりを見せたが、そのまま息子の横を乱暴な足取りで通り過ぎて、トラックに乗り込んだ。

ウィリアムがギアをドライブに入れて十五メートルほど車を走らせたとき、爆発音が聞こえた。あわててブレーキを踏んで窓から顔を出すと、イーサンがショットガンを手に薄ら笑いを浮かべて見つめていた。

ウィリアムが小声で悪態をつき、ふたたびトラックを発進させる。ジョージーとベッキーは振り返って、ショットガンを抱えたまま歩きだしたイーサンの姿がどんどん小さくなるのをリアウィンドウから見守った。彼の姿は砂利道の上の染みのようになり、やがて完全に消えた。

それから八時間足らずののち、ウィリアム・ドイルとリン・ドイルは死に、イーサンとベッキーは行方がわからなくなった。

5

現在

ワイリーは荒れた冷たい手を顔に当てて、悲鳴を噛み殺した。子どもだ。彼女の家の前に子どもが倒れている。ワイリーは雪を踏んで近づこうとしたが、すぐにバランスを崩し、前に倒れかけた体を右腕をついて支えた。骨に負荷がかかるのを感じ、折れる音がするのを待つ。だが、音はしなかった。

落とした懐中電灯が氷の上を滑っていって、ルーレットのようにくるくるまわったあと止まる。その先から放たれた光に浮かびあがったぴくりともしない子どもは、氷の彫刻のようにきらきら輝いていた。

ワイリーは子どもの顔から数十センチしか離れていない場所に座り込んだまま、しばらく驚きのあまり硬直したようになって子どもを見つめていた。目を閉じて親指を口に入れている少年の頭からは血が細い川のように流れていて、息をしているのかわからない。

　ワイリーはうめきながら、左手だけを使って膝立ちになった。指や肘を曲げたり伸ばしたりして、右腕に大きな損傷がないかすばやく確認する。痛みはあるものの折れてはいないようだと判断し、雪の上を這って子どものそばまで行った。

　しかし少年をどうすればいいのか、ワイリーにはわからなかった。さっさと動かしたほうがいいのだろうか？　とはいえ、明らかにわかる頭部のけが以外に、脊髄にも損傷があったらまずい。助けを呼べたら一番いいが、この嵐の中で救急車がここまで来られるとは思えなかった。

「ねえ」ワイリーは呼びかけながら、子どもの白い頬に張っている氷の薄膜を払ったものの、反応はなかった。鼻の下に指先を当ててみても、息をしているのかよくわからない。ワイリーは大きく息を吸って、考えをめぐらせた。医療の訓練を受けた経験はないけれど、少年を家の中に運んであたためなければならないというのはわかる。さもなければ凍死してしまうだろう。

　体の下に腕を差し入れると、完全には凍りついておらず簡単に動かせたので、ワイリーはほっとした。ゆっくり立ちあがりつつも腕に感じた重みは十三、四キロしかなく、予想よりずっと軽い。向かいあわせに抱いて頭を肩にのせたが、口に入っている親指は外れなかった。

痛めたほうの腕で少年の頭を押さえ、もう片方の腕で体重の大半を支える。これならなんとか少年を落とさずに家まで運べそうだった。

フロントポーチまで五十メートルもないのに、その距離が果てしなく思えた。少年の冷えきった体をしっかり抱えながら少しずつ進み、滑りかけるたびに足を止める。タスは彼女の横に張りつき、ワイリーが止まると止まった。

振り返って目を凝らしても、道路はもう見えなかった。その道の向こうに茫洋《ぼうよう》と広がる平原は嵐にのみ込まれている。この少年はどこから来たのだろう？　こんな嵐の中で長く生きていられる生き物はいない。

ワイリーは頭に浮かんだ考えを振り払い、足元に集中した。少年は華奢《きゃしゃ》だが脱力しているせいで重く、けがをしたほうの腕が痛み始める。走っていきたいが、そんなことをしても転ぶだけだ。ワイリーは呼吸に合わせて一歩ずつ足を動かした。

家の明かりが目印だった。勢いを増した雪が渦巻くように吹きつけ、ふたりの体を白く覆っていく。

「頑張って。もう少しよ」耳元でささやくと、少年が動いたような気がした。それとも自分が動かしてしまっただけで、気のせいだろうか？

ぞっとするような考えがワイリーの頭に浮かんだ。首に当たっている少年の頬が冷たいのは、死んでいるからなのかもしれない。助けが来なかったら、どうすればいいのだろう？　雪のために何日も閉じ込められる可能性がある。助けが来るまで死んだ子どもと過ごすなんて無理だ。

玄関まで十メートル足らずのところまで来た。ところが足が砂利ではなくコンクリートの道にのった瞬間、ワイリーは自分が転ぶとわかった。悲鳴をあげながら子どもの体をきつく引き寄せ、頭を衝撃から守るために抱え込む。

けれどもなんとかうまく膝をつけたおかげで、子どもを地面に打ちつけずにすんだ。ただしコンクリートに膝の骨がぶつかった衝撃はすさまじく、ワイリーは痛みともどかしさに涙があふれ、どうやったら立ちあがれるのかわからなかった。

タスが厳しい目を彼女に向けている。〝急げ。あとほんの少しなのに、あきらめるつもりか？〟とでも言っているかのようだ。

肩の上で少年の頭がぐらりと揺れるのと同時に口から小さな声がもれ、ワイリーはほっとして思わず声をあげそうになった。この子は生きているのだ。ワイリーは少年を抱え直し、疲労に震えている脚に活を入れて立ちあがった。少年の重みで背中の下のほうも痛くなっていたが、少しずつ前進してようやく玄関の赤いドアの前にたどり着いた。

ワイリーは少年の頭を押さえていた手を慎重に外し、取っ手をつかんでひねった。ドアが開くと、まずタスがのろのろと入っていった。そのあとワイリーは荒く息をつきながら両手を伸ばして子どもだけを家の中に入れ、カラフルな素材で編まれたフロアマットの上に置いた。少年が小さくうめくのを聞きつつドアの取っ手をつかんで体を引きあげ、自分も家に入って力まかせにドアを閉める。

それから急いでキッチンへ行った。カウンターの上に置いてある携帯電話が使えないのはわかっていたので、固定電話の受話器を取りあげたが、音がしない。

これは人里離れた場所に住むことのデメリットだ。すべてが凍りつくような冷たい嵐に襲われると、どうしたって電話やインターネットが使えなくなる。「もう、腹が立つ！」今夜は誰にも助けてもらえないと悟り、ワイリーは声をあげた。

だとすれば自分で子どもをあたため、傷がどれだけ深刻か調べなくてはならない。ワイリーは階段を駆けあがって寝室に行き、スーツケースの中から靴下とスウェットシャツを出した。ここには数日しかいるつもりがなかったから、スーツケースの中身は出していなかった。だが滞在は延び、何週間も経つのにまだここにいる。ワイリーはベッドから毛布も取って、一階へ戻った。

少年は玄関のマットの上にそのまま横たわっていた。目も閉じたままだが親指は口から出ていて、胸が規則正しく上下している。ワイリーはほっとして息をつくと、少年に歩み寄った。濡れた長靴が堅木の床にこすれる音を聞いて少年が目を開けようとしたが、まぶたがピクピクするだけで開かない。手を持ちあげて頭の傷に触れた少年は、血で濡れているのを感じたのか泣きだした。

ワイリーは慎重に近づいて、穏やかな低い声で話しかけた。「わたしはワイリー。家の前であなたを見つけたのよ。頭をぶつけたみたいだから、これで押さえましょうね」ワイリーは持ってきた靴下を少年のこめかみにそっと当てた。「名前を教えてくれるかしら。どれくらい前からあそこにいたかわかる？　さあ、手を見せて」

少年は両手を背中に隠した。凍傷になっているかもしれないが、どう手当てすればいいのかわからない。湯をかけるというのは違う気がした。むしろ逆のことをすべきだった気がする──凍傷になっている部分を氷でこするとか。でも、もしそれが間違っていて悪化させてしまったら？

「濡れた服を脱いで、体をあたためなくちゃ」

ワイリーは泣き続けている少年の横にスウェットシャツを置いた。「自分で脱いでくれたら、乾燥機に入れてくるわ」

少年がいきなり上半身を起こして、逃げ道を探すようにせわしなくあたりを見まわす。その目が玄関のドアで止まるのを見て、ワイリーはあわてて言った。「外には出ないほうがいいわよ。まだ雪が降っていて、足元がすごく滑るから。さっきも滑って頭を打ったのかしら？　それで凍ってるところにぶつけて、けがしちゃった？」こめかみの傷を示す。

少年は答えず、ふらつきながら立ちあがった。不ぞろいに短く刈り込まれた髪のせいでやつれた顔が強調されているが、五歳くらいに見える。

「名前は？　どこから来たの？」ワイリーがきいても、少年は黙っている。「電話が使えるようになったら、お父さんとお母さんに連絡してあげる」

そう言っても、少年は罠《わな》にかかった動物のようにひたすらあたりに目を走らせていた。その様子からは、彼女の言葉を理解しているのかどうかさえわからない。ぶかぶかのスウェットシャツと短すぎるジーンズの下の体はぶるぶる震えている。

「それじゃあ寒いでしょう？　脱がなくてはだめよ」ワイリーが近づこうとすると、少年はやけどでもしたかのように後ろに飛びのいた。「大丈夫よ。触られるのがいやなら、あなたには触らないから」

ワイリーはどうしたらいいのかわからなかった。無理じいはできないし、すでに怯えている子どもをこれ以上怖がらせたくない。

「怖いでしょうね。でも信じて。わたしはあなたを助けたいだけ。乾いた服はそこにあるし、毛布はソファの上に置いておくわ」ワイリーは床の上から毛布を取って、ソファの肘掛けにのせた。「だから落ち着いたら着替えて、ここに座ってあたたまってちょうだい」

あとは少年が動くのを待つしかなく、ワイリーは部屋の中をうろうろと歩きまわった。彼女の前に座っている奇妙な子どもは、けがをしているうえに動転している。こんな嵐の日にいったい何をしていたのか。両親はどこにいるのだろう？

「ねえ、お願いだから名前を教えて」だんだん平静でいられなくなり、ワイリーの声が大きくなる。

少年は体を震わせたが、口は開かなかった。その顔は灰色がかった黄色という不自然な色になっている。低体温症に陥った少年の心臓が止まり、手の指が黒くなっていくところがワイリーの頭に浮かんだ。

なんとしても濡れた服を脱がせなければならない。じりじりと近づいて濡れたスウェットシャツに手を伸ばすと、少年が血も凍るような悲鳴をあげた。それでもなんとか肘の部分をつかんで、少年を引き寄せる。

「濡れた服を脱がなくちゃ。体が震えているでしょう？　手伝ってあげるから着替えて」

少年が反撃した。少年の肘鉄をまともに頬に食らったワイリーは仰向けに倒れ、少年をつかんでいた手を離した。

「もう！　あなたのためを思ってしているのに」ワイリーはずきずき痛む顔を指先で押さえた。少年はウィングバックチェアの後ろにすばやく隠れ、ワイリーの様子をうかがっている。

どうしてうまくやれないのだろう。セスに対しても心に届く言葉を見つけられず、何もしてやれなかった。そしてこの奇妙な子どもに対しても、彼女はただ事態を悪化させている。

「勝手にしなさい」ワイリーの胸に自己嫌悪が広がった。「そのまま濡れた服を着ていればいいわ。不快な思いをするのはあなたなんだから」

少年に背を向けて、キッチンへ行く。もう一度受話器を耳に当ててみたが、やはりつながっていない。ワイリーは少年をあたためる方法を必死に考え、戸棚をあさってインスタントココアの粉を発見した。

ワイリーは失敗したと悔やみながら、水を入れたケトルを火にかけた。少年は濡れた服のままだし、どう見ても彼女に対する警戒を強めている。だが、無理もない。見知らぬ他人に対して怯えるのは当然だろう。

この天候では、四十キロ離れたアルゴナの救急病院まで行くのは不可能だ。ということは、ここで少年の状態をよくする方法を見つけなければならない。傷を消毒し、乾いた服に着替えた少年を火のそばであたたまらせ、水分と栄養をとらせる。大した計画ではないけれど、まずはそこからだ。

ワイリーはインスタントココアの袋を開け、マグカップに粉を入れて湯を注いだ。ココアなら喜ぶはずだ。ココアが嫌いな子どもはいない。だからそれを和解の贈り物にするのだ。

熱いココアが手にはね、彼女は小声で毒づいた。やけどをするようなココアを子どもに渡すわけにはいかないので、冷凍庫から氷をいくつかすくってカップに入れる。

ワイリーは湯気が立っているカップを持って居間へ戻り、玄関のドアのそばに目を向けた。しかし、さっきまでいた場所に少年の姿はなかった。ソファを見たが、タスが寝ているだけで少年はいない。ダイニングルームを調べ、クローゼットのドアを開ける。バスルームを見たあとキッチンにも戻ってみた。

どこにも少年の姿はなかった。

6

窓のすぐ下に生えている小さな花が、部屋に紫がかった光を投げかけている。かわいらしいその花はブドウジャムのにおいがするのではないかと、少女は想像した。母親のために摘んであげたかった。体調の悪い母親が花を見て元気になってくれるように。

だから代わりに花の絵を描いた。ただしオレンジのクレヨンをなくしてしまったので、真ん中からつんつん飛び出しているところは描けなかった。「この真ん中のところはなんていうの？」

「覚えてないわ」ソファから答えが返ってくる。母親は日中のほとんどをソファの上で眠ったり起きたりしながら過ごす。だから少女はなるべく音をたてないようにしながら、絵を描いたりベッドの隣にある小さな本棚の本を眺めたりして過ごしていた。

夕食の時間になり、少女は戸棚をのぞいて食べられるものを探した。パンがあったので袋から二枚取り出し、トースターに入れる。

「ああ、どうしよう」母親がよろよろとベッドをおりて、トイレに向かった。

父親が部屋に入ってきたとき、少女は吐き気に襲われた母親がトイレから戻るのを待ちながら、トースターに入れたパンが飛び出すのを待っていた。

「どうした?」父親がトースターから取ってかじったパンを、少女は取り返したかった。それは母親のためのパンだった。食べると胃が落ち着くのだ。

トイレからふらふらと戻ってきた母親は顔が青白く、見るからに弱々しい。

「妊娠しただと?」母親に知らされて、父親は声をあげた。「なんだってそんなことに?」ショックにかすかな怒りが混じっているのがわかり、少女は母親にすり寄った。

母親が目をぐるりとまわして、腕組みをする。「これまでの三回と同じ。妊娠する原因はひとつよ」

怒った父親がドアを叩きつけるようにして出ていったので、少女はトースターにもう一枚パンを入れた。

「あなたの前に男の子をふたり産んでいるのよ、知ってた?」母親が最近よく浮かべる遠くを見るような表情で、少女に問いかけた。

最初の男の子は早産だったと、母親は言った。そのときひとりで家にいたら、突然、ナイフを突き立てられたような痛みを腹部に感じたのだと。「どうすればいいのかわからなかった。何が起こっているのかわからないまま何時間もベッドで横になっていたら、いきなり始まったの。体の内側を引きずり出されるみたいな感じがして、気がつくと生まれてた。すごく小さかったわ」

母親は両手で二十五センチくらいの大きさを示した。「それに肌が青くてね。あんな青色は見たことがなかった——古くなったあざみたいな色よ。わたしは痛いうえに力が入らなくて、ベッドから出られなかった。眠ってしまって、起きたら父さんがいたわ。そして赤ん坊を連れていった」

連れていかれた赤ん坊はどうなったのかと少女が尋ねると、母親は口を引き結んで首を横に振った。「死んだわ。小さすぎたの。父さんはその子にロバートって名前をつけた。一年経って、また男の子が生まれたけど、その子はもっと小さかった。名前はスティーブン」

「そのあとわたしが生まれたのね」

「そう、あなたが」母親は言った。「そのときわたしは父さんに言ったの。この子は生き延びる、名前はわたしがつけるって。そして世界一すてきな名前を選んだ」

少女はほほえんだ。彼女の名前は世界で一番すてきなのだ。

7

二〇〇〇年八月

ジョージーは父親と兄のいさかいが恥ずかしくて、家に着くとベッキーの気をそらすために、いなくなった犬を探しに行こうと誘った。

土ぼこりの立つ坂道を、ジョージーとベッキーはゆっくりのぼっていった。ドイル家の農場は谷間の底のくぼみにあり、道をあがりきると四方が何キロも見渡せた。アルファルファや大豆やトウモロコシの畑が、黄や緑の布をはぎ合わせたパッチワークのようにどこまでも広がっている。そのあいだを走っている細い砂利道は灰色の縫い目で、くねくね流れているバーデン川は布が破けたあとのようだ。

ふたりは代わる代わるロスコーを呼んだ。ふたりが声を張りあげるたび、バタフライミルクウィードやパートリッジピーの茂みに隠れているイナゴヒメドリの甲高い羽音やコオロギの鳴き声が一瞬やむ。ロスコーがこんなに長く戻らなかったことはなく、トラックやトラクターにはねられて、運転していた人間にも気づかれないまま道端に横たわっているのではないかというやな考えが、ジョージーの頭に浮かんだ。

「イーサンはどこにいるのかな?」ベッキーが砂利道に目を凝らしながら言ったが、ジョージーも同じことを考えていた。兄もとっくに家に着いていていいはずだった。

「どうだっていいよ」楽しい夜を台なしにするところだった兄に腹を立てていたジョージーがそう返したので、ベッキーは肩をすくめた。

ふたりは土や砂利の道をのんびり進み、カッター家の新しい豚の飼育場やラスムッセン家の古ぼけた農場を過ぎて、ヘンリー家の農場まで行った。ふたりのゆったりした歩みに合わせるようにじりじりと動く太陽が沈むまで、あと二、三時間ある。

ヘンリー家の地所の実態は、すでに農場とは呼べないものになっていた。耕作地はとうの昔に売り払われ、ヘンリーの名義で維持されているのは痩せ地に立つぼろぼろの二階建ての家と何ダースもの錆びついた車、崩れかけた納屋が六棟に洗濯機や農機具や芝刈り機が詰め込まれたいくつかの小屋といったところだ。

片手に火のついていないたばこ、もう一方の手にバケツを持って雑草が生い茂った庭を横切っている女性が見え、ふたりは近づいた。

部屋着にビーチサンダル、ピンクのロールブリム帽という格好の痩せこけた六十一歳のジューン・ヘンリーに、少女たちは好奇の目を向けた。住民同士はほぼ知りあいという土地柄だが、ジョージーはこれまでジューンや彼女の成人した息子、ジャクソンと顔を合わせたことがなかった。ジョージーは自分とベッキーの素性をおずおずと明かし、いなくなった犬を探しているのだと説明した。

するとジューンは、ここにはしょっちゅう犬が迷い込むのだと言い、あたりを見てまわる許可をくれた。「息子があれこれ作業しているから、建物には近寄らないようにして」

ふたりはジューンに礼を言って、ほぼがらくたで埋め尽くされた五エーカーの敷地の探索を始めた。がらくたは驚くほどきちんと分類されていた。種類ごとに一列に並べられ、列と列のあいだには細い通路が空けてある。土がむきだしになっている通路には草が生えていた。

ある列には骨董品《こっとうひん》のようなトラクター、干し草を集めるヘイレーキ、肥料散布機、種まき機といった農機具ばかりが集められている。古いピックアップトラックの列や古タイヤばかりを積みあげた列もあった。

「うわあ、すごいね」ベッキーが驚いて言う。「こんなもの、どうするのかな?」

「売るのかも」ジョージーは肩をすくめた。「おじいちゃんのとこにもこういうのがあるよ」

ふたりはロスコーを呼び続けたが、みすぼらしい虎猫が近づいてきたのと、寝ていたフクロネズミが目を覚ましただけだった。フクロネズミが歯をむきだして威嚇してきたので、ふたりは悲鳴をあげて互いにしがみついた。

そして引きつった顔で笑いながら、フクロネズミが長い尻尾を引きずって茂みに駆け込むのを見送った。

そのあとふたりはしばらく別々に行動した。ベッキーは骨董品のような農機具が並んでいる列に沿って歩き、ジョージーはタイヤの列の向こうに行く。

数分後、ふたりはそれぞれの列の端まで行き着いて、合流した。そこで振り返ったジョージーは、長身の痩せた男がふたりを見ているのに気づいて不安を覚えた。

「あれ、誰かな?」

ベッキーが肩をすくめる。「さっきの人の息子じゃない? わたしたちが何をしているのか知りたいんだよ」

「なんか気味が悪い」

「変なにおいがするしね」ベッキーが鼻にしわを寄せ、ふたりは噴き出した。

ジョージーとベッキーは母屋のほうへ引き返し、フロントポーチの階段に座っているジューン・ヘンリーに手を振って別れを告げた。振り返ると男がまだ見つめていたので、ジョージーは足を速めた。

ヘンリー家の敷地を出たところで、ベッキーが丸めた布を持っているのに気づいてジョージーは尋ねた。「なあに、それ？」

「なんでもない」ベッキーが布を捨てる。ふたりはドイル家の農場まで三キロちょっとの道のりを歩きだし、途中のバーデン川のほとりで足を止めた。滑らないように注意しながら急な土手をおり、水辺に出る。雨が降らないので普段よりかなり水位が低くなっていて、死んだ魚の腐臭が強く漂っていた。

しかし、そういうにおいは田舎の生活の一部だった。刈りたての干し草の甘い香りに牛の糞《ふん》のにおいが混じっていたり、取り込んだばかりの洗濯物のさわやかな香りに近くの豚の飼育場の鼻をつくにおいが混じっていたりするのはよくあることだ。

ジョージーとベッキーはロスコーの名前を呼びながら土手沿いに歩いていたが、浅瀬で鳴いたり飛び跳ねたりしていたぶちのある小さな茶色いカエルをつかまえるためにひと休みした。手の中でもがいているつるつる滑る生き物を見て、ベッキーが笑う。

もうすぐ午後八時で太陽が木立の向こうに隠れかけているというのに、気温は三十度近くあり、湿度が高くむしむししていた。耳元を飛びまわる蚊が、ふたりが橋にあがって汚れた手をショートパンツでぬぐうまでつきまとってくる。

土手の上に戻ると、道端にトラックが止まっていた。ジョージーには白に見えたが、夕日が当たって色が飛んで見えるだけで、ほかの明るい色である可能性も否定はできない。

「誰だろう?」ベッキーがささやいた。

「わかんない。だけど、今日同じトラックを見た気がする」ジョージーは砂利道を見渡したが、ほかに誰もいなかった。汚れた窓の内側に黒っぽい上着を着た男の姿が見えたものの、帽子を深くかぶっているので額も目も見えない。これほど暑いのにあんな格好をしているなんておかしい。

そう気づくと恐怖がわきあがるのを感じて、ジョージーはベッキーの腕を引いた。

「ねえ、行こう」

「誰かな? あの薄気味悪いカッターかも」

「違うと思うけど、ここからじゃわかんない。早く行こうよ。暗くなってきた」

ふたりが背を向けたとたん、トラックのエンジン音が突然大きく響いた。ふたりは悲鳴をあげて手をつなぎ、あわてて走りだした。振り返りながら必死に走る少女たちの後ろに、蹴立てた土ぼこりが舞う。

そのまま家まで走って帰ると、リンが洗濯物を取り込んでいるところだった。恐怖に引きつった子どもたちの顔を見て、バスケットを草の上に落として駆け寄る。「大丈夫？　何があったの？」

「男の人がいた。トラックの中に」ジョージーはぜいぜい息をつきながら答えた。

「砂利道を行ったところで」

「何かされた？」リンが少女たちの汗ばんで赤くなった顔を交互に手で包む。「なんともない？」

ふたりはうなずいた。「トラックの中からこっちを見てただけです」ベッキーが説明する。

「何か言われたり、されたりはしてないのね？」

「うん」ジョージーは答えた。「気味が悪かったけど」

「それならきっとなんでもないわ。畑の様子を見に来たんじゃないかしら」リンが安心させるように言う。「中に入って、冷たいものでも飲みなさい」

キッチンに入ると、リンは冷蔵庫からレモネードのピッチャーを出した。「ところで、あなたたちイーサンを見かけなかった？」グラスにレモネードを注ぎながらきく。さりげなく見せているが、声に懸念がにじんでいる。

「父さんのトラックに乗って別れたあとは見てない」ジョージーは言い、レモネードをごくごく飲んだ。

リンはカウンターに手をつき、シンクの上の窓から外をのぞいた。「まったく、あの子ときたら。どうしてあんなふうになっちゃったのか、あなたたち何か知らない？」疲れたようにため息をついて振り返ったリンの目は、不安に曇っている。

ジョージーは肩をすくめた。

「たぶん、カッターのせいだと思います」ベッキーが言ったので、ジョージーはテーブルの下で彼女を蹴った。

「そうね」リンがつぶやく。

「わたしたち、二階に行くね」ジョージーは言い、飲み終えたグラスをシンクに運んだ。

「ひと晩じゅうでもしゃべっていたいでしょうけど、あんまり夜ふかししないようにね」リンが声をかける。「明日は六時には出発したいから」

「わかった。おやすみ、母さん」ジョージーがそのまま立ち去ろうとすると、リンが娘のポニーテールをそっとつかんで止めた。

「まだよ。もう大きいから母さんにおやすみのハグとキスができないなんて言わないわよね」

ジョージーが横目でベッキーをうかがうと、部屋の入口で熱心に爪を眺めていた。

ジョージーはのちに、このとき母親をもっとちゃんと抱きしめればよかったと悔やんだ。母親に引き寄せられたとき、その髪がカーテンみたいに彼女を包んだ感触をもっとゆっくり味わえばよかった、と。でもこのときのジョージーはそんなことは考えもせず、母親を一瞬抱きしめたあと、いつものように額にキスされる前にさっさと離れた。

「おやすみなさい、父さん」居間の横を通るときにジョージーは声をかけ、ベッキーと階段をあがった。

「おやすみ」父親が眠そうな声で返した。このときのこともジョージーはあとになって悔やんだ。居間に入って古ぼけたリクライニングチェアに座っている父親のところへ行き、伸びかけたひげを顔に感じながら、おやすみなさいと言えばよかったと。

ふたりはそれぞれの寝袋を広げて横たわった。夏の夜の暑さが分厚いキルトのようにのしかかってくる。

テレビから響く笑い声やキッチンを歩く静かな足音など、さまざまな音が一階から聞こえてきた。しばらくして、トラックのエンジン音とタイヤが砂利を踏む音もした。

ふたりはステート・フェアについて話した。新学期が始まる学校のことや、男の子たちのことも。イーサンには彼女がいるのかとベッキーにきかれて、ジョージーはいると嘘《うそ》をついた。前にある女の子とトラブルになってからは誰もいないはずだけれど、ベッキーがそれを知る必要はない。

話題は音楽や映画に移り、やがて扇風機からのぬるい風を浴びているうちに会話のテンポが徐々に遅くなり、少女たちのまぶたは重くなっていった。

突然ドアがバタンと閉まる音がしてジョージーはびくりとし、ベッキーも驚いて声をあげた。

高くなったり低くなったり、声が絡みあいながら響いてくる。

「今までどこにいた?」ウィリアムが詰問する声が聞こえた。くぐもった答えに続いて、ドスドスと階段をあがる音。「好き勝手に出入りできると思うな。ショットガンを持ち歩いているならなおさらだ。そいつをよこせ」

「トラックを使わせなかったじゃないか」イーサンが言い返した。「それなのに、こいつだけあそこに置いてくると思うのか? それにこのあたりにはほかに誰もいない」イーサンが怒鳴る。

「どこにいたのかときいている」ウィリアムがこわばった声で繰り返す。しばらく沈黙が続き、父親とイーサンはにらみあっているのだろうとジョージーは想像した。

イーサンがようやく口を開く。「池のところだよ。ほかにどこへ行くっていうんだ？」

「しばらくどこへも行くんじゃない」

「これからどっかに行くとでも思ってんのか？」話し声がジョージーの部屋の外まで近づいてきた。

「しいっ」とリンの声。「ジョージーたちが起きちゃうじゃない」

「カーラ・ターナーの父親がまた電話をかけてきた」ウィリアムは声を低くしたが、まだはっきり聞き取れる。

カーラ・ターナーはイーサンがいっときつきあっていた少女だ。でも、物静かでかわいらしい十五歳の少女とのロマンスは長くは続かなかった。カーラの父親はイーサンを嫌った。しょっちゅう電話をかけてきたり、家に訪ねてきたりする十六歳の少年についての噂《うわさ》が気に入らず、イーサンの態度を好ましく思わなかった。だが、イーサンはあきらめなかった。ウィリアムに用事を言いつけられて町へ行く数少ない機会を利用して、カーラの家に行った。そこでカーラの父親は、イーサンを近づけないでほしいと両親に電話をかけてきた。

「カーラに近づいてはだめよ、イーサン」リンが疲れた声で言い聞かせる。

「関係ないだろ」イーサンが怒鳴った。「ほっといてくれ」

「ほっとけるわけがない。親だからな」ウィリアムが怒りに満ちた声で言う。「本気だぞ。彼女に近づくな。最近はターナーの家に無言電話がかかってくるそうだ」

「おれじゃない」

「だが誰かの仕業で、ターナーの家ではそいつがおまえだってことになってる。警察に通報すると脅された」

「そんなのはったりだ。わかってるくせに」

「わかっているのは、最近のあなたには正常な判断力が欠けているということよ。野球場の中まで車で連れていかれて、カーラは……」

「あれはカッターだ」イーサンがさえぎる。「おれは運転していなかった」

「とにかく、まともな行動ができるようになったとおまえがおれを納得させられるまでは、これまでとはやり方を変える。銃をよこせ」

「なんでだよ。おれが人を撃つとでも思ってんのか？」イーサンがあざけるように言う。「こいつはおれの銃だ。じいちゃんがおれにくれた」

「人を撃つなんて、冗談でも言っちゃだめよ」リンが諭す。

「ちゃんと言われたとおりにできると示せば返してやる。それまでそいつはおれのものだ」

「いやだね」イーサンは抵抗した。

「よこせ」ウィリアムが言ったあと、もみあっている気配がする。

「離せよ」イーサンが怒鳴り、壁に体がぶつかった衝撃でジョージーのベッドの上に飾ってある絵が揺れた。「触るな、おれの銃だ」イーサンが荒く息をつきながら言う声に続いて、ドアを叩きつける音がする。カチリと鍵をかける音が響き、ウィリアムとリンが小声で言いあっているのが聞こえた。

「ごめんね」ジョージーはささやいた。

「いいよ、うちの親もけんかするもん」ベッキーが返す。

窓の外では蛍の光がまたたき、セミの声がうるさく響いていた。母親がロスコーを呼んでいる。ジョージーは今頃自分の部屋で怒りに震えているであろうイーサンを思い浮かべ、兄はこんな遅くまで何をしていたのか、最近何も話してくれなくなったのはなぜなのか、いったい何を隠しているのか、思いをめぐらせた。

8

現在

ワイリーは階段を駆けあがり、すべての部屋を見てまわった。そしてシャワーカーテンを勢いよく開けたとき、恐ろしい考えが頭に浮かんだ。小声で毒づき、階段を駆けおりる。玄関のドアを開けると、冷気とともに雪が吹き込んできた。白一色の世界に目を凝らすが、今や嵐は荒れ狂っていて、ポーチからおりる階段の向こうは何も見えない。「どうすればいいの？」ワイリーはささやいた。こんな天候で外にいたら子どもは長くは生きられないだろう。

ワイリーは深呼吸をして、懸命に気持ちを静めた。少年は家の中にいるはずだと自分に言い聞かせ、もう一度最初から見てまわる。クローゼットとドアの後ろを調べたあと最後にソファの裏をのぞくと、壁に身を寄せている少年が見えた。彼女が用意したスウェットシャツを着て、親指をしゃぶったままぐっすり眠っている。その横には濡れた服がこんもりと積まれていた。

ワイリーは玄関のドアまで行って鍵をかけた。ソファを壁から離してスペースを空け、少年の横にひざまずく。

かたい床の上で寝心地が悪いだろうと頭の下にクッションを差し入れたが、少年はぴくりとも動かなかった。肌は恐ろしいほど血の気がなく、口のまわりから頬にかけての部分だけがやけに赤い。こめかみの傷は血は止まっているものの、うっすらあざになり腫れていた。爪先は蠟《ろう》のように白く、耳の縁は凍傷になって小さな水泡ができている。

少年が眠ったまま身を震わせるのを見て、ワイリーはソファから毛布を取って小さな体を包んだ。あまりにも痩せている。

ワイリーの頭には疑問が渦巻いていた。どうやってここまで来たのだろう？ どこの家の子なのか？ だがそれを解明するのは、少年が起きるまで待つしかない。とにかく、予期せぬ客を泊めることになったのはたしかだった。

濡れた服を拾いあげたワイリーは、かびくさいにおいに顔をしかめた。身元を示すものが何かないかと思ってポケットを探ったが、アクションヒーローの小さなフィギュアしか見つからなかった。それをキッチンのカウンターの上に置き、濡れた服を洗濯機に入れる。

ワイリーは暖炉に薪を足した。木がはぜ、炎が躍るように動く。風がうなって家にぶつかり、明かりが暗くなったかと思うと、ふたたび明るくなった。

ワイリーはソファで寝そべっているタスの横に座った。疲れているが、少年がどうやってここまで来たのかという疑問が頭から離れない。この天気の中を、あんな薄着の子どもが徒歩で来るのは不可能だ。一番近い家でも一・五キロ以上離れている。だから車で来たと考えるのが理にかなっている。事故にでも遭ったのかもしれない。

ワイリーは二階へあがり、手がかりになるようなものを探して窓から庭を見つめた。そこではハックベリーの木々が幻想的な光景を作っていた。鋭く突き出た枝々がまとった氷の重さに耐えかねてたわみ、輝きながら揺らめいている。家の前から砂利道まで延びている小道は、白い霧の中に消えていた。

少年はこの家の前で倒れるまでどれくらい歩いたのだろう？　それほど長い距離であるはずがない。視界は悪いし、あんなに幼い少年なのだ。そう考えると、車は砂利道を外れてすぐ近くまで来たのかもしれない。

ワイリーは一階に戻ってフード付きのダウンコートを着込み、底に滑り止めのついた長靴を履いた。この靴なら氷の上でも滑らないので、転ばずにすむかもしれない。

眠っている少年を見おろしたワイリーは、外に行くと知らせるべきか迷ったが、ぐっすり眠っているので何も言わずに行くことにした。そして不安のあまりパニックに陥ることがないように、ずっと眠っていてくれるように祈った。

懐中電灯と、氷にも刺さる先端の鋭いトレッキングポールを持って外に出たワイリーは、厳しい寒さで一瞬息が止まったものの、風は少しおさまっていた。三センチほどの厚さになっている氷の上に恐る恐る足をおろしたが、滑る気配はなくてほっと息をつく。小道の端まではアメリカンフットボールのフィールドの半分の距離しかないとはいえ、ゆっくりとしか進めない。だけどうまくすれば、滑り止めとポールのおかげで転ばずにすむだろう。

ワイリーは慎重に歩いた。ポールの先が雪にもぐって氷にぶつかる音がドラムのビートのように規則正しく響き、彼女を先へ先へと促す。ポールと懐中電灯を両方とも落とさずに持っているのは簡単ではなく、一歩進むごとに懐中電灯の光がふらふら揺れる。少年が倒れていた場所を通過したが、すでに痕跡はまったくなかった。足跡も、倒れていた体の跡も、新たに降り積もった雪に覆われている。

小道を半ばまで進んだ頃には息が切れ、コートの下は汗だくになっていた。ニット帽を取りたいのを我慢して振り返り、降りしきる雪のベールを通して納屋と家を見つめる。

絵本に出てきそうな光景だった。屋根はふんわりと雪に覆われ、軒下には銀のつららがさがっている。煙突から煙があがり、窓にはあたたかい明かりがともっていた。少年があそこを目指したのも当然だ。

ワイリーは灰色の空を見あげた。雪の結晶がゆったりと螺旋《らせん》を描きながら落ちてくる。雪原の上空に、ネズミを探して旋回しているケアシノスリは見当たらない。高い声で繊細な歌を紡ぐハマヒバリもいなかった。彼女の荒い呼吸の音以外、あたりは静まり返っている。嵐がふたたび勢いを増すときに備えて、どの生き物も身をひそめているのだ。ワイリーも急がなくてはならない。

小道の一番高くなっている場所に出て松の防風林を過ぎたところで、タイヤの跡が見えた。最近、砂利道を車が通ったのだ。左右に大きく振れて走っている深いわだちを、すでに雪が埋めかけている。誰が運転していたのかはわからないが、道から外れないようにするために苦労したのは明らかだ。ワイリーは懐中電灯を左右に動かし、雪と氷でふさがれつつある溝を調べた。だが、車は落ちていない。そのとき、吹きあがる風に乗って飛んできたくすんだ白い布が脚に張りついた。

手ではがすと、ハンドタオルくらいの大きさのすり切れて薄汚れたその布には、色あせた小さなウサギが一面に散っていた。それを見て、ワイリーは子どもの頃、ティッシュペーパーのように薄くなるまでどこへ行くにも持ち歩いていた毛布を思い出した。鼻に近づけてみると、かびくささと煙でいぶしたようなにおいがする。単なるごみではなく少年のものである可能性も考え、ワイリーはその布をポケットにしまった。

雪の中にちらりと赤いものが見えて、ワイリーの呼吸が速まった。もしかしたら血だろうか？　すぐ前の雪面に懐中電灯の光を向けると、薄い雪の層を通して赤いしぶきがさらに見えた。身をかがめ、手袋に包まれた手を雪にもぐらせて触ってみる。ところが予想に反して指先は赤く染まらず、血に見えたのはテールライトらしきものの破片だとわかった。そのまわりにはプラスチックやガラスの破片も散らばっている。ワイリーは風に逆らって立ちながら、事故があったのだと考えた。息を吸おうとするたびに空気が強い風にさらわれ、呼吸がままならない。

何歩か進むと、さらに多くの破片が落ちていた。サイドミラーの残骸を拾って、ひび割れた鏡をのぞくと、寒さにこわばった怯えている顔が見える。

落ちてくる雪が激しい風に吹き寄せられ、小山のような吹きだまりがいくつもできていた。ワイリーは足を速めて数メートル進み、車が最初に道を外れたと思われる場所を発見した。車は電柱にぶつかって一瞬宙に浮いたあと、着地したのだろう。道路の横のまっさらな雪面の向こうにえぐれたような溝ができていて、粉々になったガラスが散乱している。

そこから三メートルほど行ったところに、探していたものはあった。黒いトラックがひっくり返って、雪原の脇の深い溝にはまっている。

ワイリーはトレッキングポールでバランスを取りながらそこまでおり、ひしゃげた車体とそこから外れたゴムタイヤの周囲を見てまわった。どちらにもすでに薄く氷が張っている。手袋をはめた手でリアウィンドウをこすってみたが、氷とその上に積もった雪のせいで中は見えない。けれども細く開いた助手席のドアの前から、小さな足跡がうっすらと続いていた。トラックの車台をつかみながら反対側へまわろうとしたワイリーは、表面のかたい層を踏み抜いて膝まで雪に埋まってしまった。

「やだもう」つぶやきながら長靴に入った雪をかき出そうとしたが、かえって中に押し込んでしまう。それでもなんとか反対側にまわって開いているドアから中をのぞくと、クモの巣のようなひびが入ったフロントガラスに血が飛んでいた。

首をひねって後部座席をのぞいたが、ビールの空き缶がいくつかあるだけで、ほかには何もない。子どもを乗せているのに、酒を飲みながら運転していたのだろうか？

だから道に蛇行した跡が残っていた？　凍った路面のせいだと思っていたけれど、事故の原因はそれだけではないのかもしれない。

ワイリーはトラックとその周辺の探索を終えた。少年は体重が軽いおかげで、雪を踏み抜くことなくワイリーの家の前までたどり着けたのだろう。だがテニスシューズでは、足がとてつもなく凍えたに違いない。ワイリーが外に出るのがあと一時間でも遅ければ、きっと息絶えた少年を発見することになっていた。

それにしても、運転していた人間はどこへ行ったのか？　助けを求めるためだとしても、親が事故でつぶれた車に子をひとり置いていくとは思えない。それとも少年が助けを呼びに行ったのだろうか？

家のほうに目をやると、暗闇に柔らかい光が見えた。運転していた大人がどこへ行ったのかわからない中で、少年にはあの光が優しく招いているように見えたのだろう。

ワイリーはドライバーの痕跡を探して、来た道を引き返した。今度は溝の中を、トラックが残した跡に沿って進む。溝の中にいることで勢いを増した風をだいぶ防げているが、それでも寒さで顔がかじかんだ。さまざまな残留物が氷と雪に埋まりかけている。凍りついたプレイリーセージの茂みには、ほとんど中身が入っていないヒマワりの種の袋、ビールの空き缶、割れたガラス、ファストフードの包み紙などが引っかかっていた。

そのとき、雪面から赤い布の切れ端が突き出しているのが見えた。疲労で痛む脚を必死に動かして膝まで積もった雪の中を近づいていくと、残りの部分が目に入って足を止めた。ドライバーかそうでないかはわからないものの、コントロールを失った車から投げ出されたと思われる人間がそこにいた。

女性は雪原の端でうつ伏せに横たわっていた。柵の支柱と支柱のあいだに張られた鉄条網に絡んでしまっていて、曲げた腕の上に額をつけ、もう片方の腕を助けを求めるように伸ばしている。砂糖みたいにきめ細かい雪にまみれた長い髪が襲撃の途中で凍りついた蛇のように広がっているその女性は、死んでいるかのごとく動かない。

ワイリーは白い息を吐き、荒い呼吸をしながら女性のもとへ急いだ。三メートルほど手前まで近づくと、女性がひどい状態で身動きが取れなくなっているのがわかった。脚に絡んだ鉄条網は尖った部分がズボンを破り、皮膚まで深く食い込んでいて、血だらけの肌が見えている。

「ああ、もう!」ワイリーはつぶやいた。女性を助けるためには溝の中へおりて底を渡り、反対側をあがらなければならない。ワイリーは慎重に動いた。少しでも足を滑らせれば、足首や膝をひねってしまう。

溝の底を渡っていくあいだもぴくりとも動かなかったので、ワイリーは最悪の事態を恐れながら女性の横に膝をつき、懐中電灯で照らした。雪面に体を倒して女性の顔から雪を払うと、額に大きな傷があり、片目が腫れて完全にふさがっているのがわかった。よくない状態だ。早く家まで連れていかなくてはならない。

女性を仰向けにしようとすれば鉄条網による傷がひどくなってしまうので、顔のそばの雪をなるべくどけるくらいのことしかできなかった。

「わたしの声が聞こえる？　男の子を見つけて、わたしの家で保護しているわ」ワイリーは手袋を脱いで首に指先を当て、脈を探した。だが何も触れない。「お願い、生きててちょうだい」彼女はふくれあがるパニックで大きくなった耳鳴りと指先の震えを懸命に抑えようとした。

そのときなんとか感じ取れるくらい弱々しいものの脈が触れて、ワイリーは息を吐いた。「ああ、よかった」

女性が小さくうめく。「わたしはワイリー。これからあなたを助けるわね。男の子は保護したわ。ほかにも誰かいる？」

女性はなぜか一瞬ためらったあと、首を横に振った。

本当にひっくり返った車に乗っていたのは、この女性と少年だけなのだろうか？女性を信じていいのか確信を持てなかったが、彼女が嘘をつく理由も思いつかなかった。少年がワイリーの家で意識を取り戻したときに見せた奇妙な反応が、頭によみがえる。罠にかかって必死に逃げようとする動物みたいだった。この女性は彼の母親？それとも違うのだろうか？

「あなたをなんとかこの鉄条網から外さないと」ワイリーは手袋をつけ直し、鋭いとげを持つ鉄条網を押しさげて乗り越えた。それから膝をつき、女性を解放するために懸命に作業する。鉄条網のとげは女性のズボンに食い込み、デニム地と皮膚を引き裂いていた。そこから滴り落ちた血が、新しく降り積もった雪を汚している。

鉄条網が手袋を突き破るほど力を込めても、女性を自由にすることはできなかった。女性が痛みに弱々しい悲鳴をあげる。「痛いわよね。ごめんなさい。だけど、どうしてもあなたを鉄条網から解放しなければならないの」ワイリーはあわてて言った。

女性がワイリーから身を離そうとしたことで、鉄条網がさらに深く食い込む。

「お願い、なるべく動かないで。もっと刺さってしまうから」女性はふさがっていないほうの目でワイリーを見つめながら、低くうめき続けている。その目には痛み以外に挑むような表情が見て取れた。

しゃがんで作業しているワイリーの汗ばんだ顔に落ちた雪がとけ、まつげは白くなっていく。

「一度家に戻って、ワイヤーカッターを持ってくるわ」女性が引きとめるようにワイリーの手首をつかんだが、その手から逃れるのは簡単だった。

「すぐに戻るから。約束する。それ以外にあなたを自由にする方法がないの」女性がふたたびワイリーに手を伸ばして、さっきより強い力でつかむ。女性が感じている恐怖がワイリーには理解できた。ワイリーがいなくなれば懐中電灯の光もなくなり、女性は暗闇にひとり残される。寒さも風もゆるむ気配はないし、雪はどんどんひどくなっていて、女性は生きながらゆっくりと埋まりつつあった。

ワイリーはファスナーをおろしてダウンコートを脱いだ。とたんに寒さが服を通り抜けて体にぶつかってきて、息が止まりそうになる。彼女は震えながら女性をコートで覆い、できるだけ外気を遮断した。それから帽子を脱いで、女性の頭に丁寧にかぶせて耳まで覆う。危ういところでコートのポケットに車のキーを入れていたことを思い出したので、取り出してズボンの後ろポケットに入れた。

家まで戻るあいだに寒さと風と雪にさらされることを考えると防寒具を女性に譲るのは危険だとわかっていたが、家にたどり着けば帽子もコートも別のものがある。だがこの女性は、ワイリーが渡した防寒具がなければ長くは持たず、生き延びられないだろう。

ワイリーは首から黄色いマフラーを外し、女性の頭のすぐ上の鉄条網に巻きつけた。フリンジが風にあおられて奇妙な旗のようにはためいているが、ここへ戻ってくるときの目印になり、迷わず女性を見つけられるはずだ。

それにしても不可解な事故だった。こんな嵐の中で、なぜ車を走らせていたのか。しかも女性も少年もコートや帽子や手袋をつけておらず、長靴も履いていない。嵐の最中に出かける格好ではなかった。ふたりの家はこの近くなのだろうか？ 家に戻ろうとしていた？ それとも家から離れようとしていたのか？

ワイリーは家を目指して歩き始めた。急がなければならない。

9

二〇〇〇年八月

ジョージーは暗闇の中で体をこわばらせて横たわり、両親とイーサンの怒りに満ちたやりとりが再開するのを待った。けれども予想に反してそのあとは、パイプがきしむ音、水が流れる音、トイレを流す音、ベッドのスプリングがきしむ音など、いつもどおりの物音しか聞こえてこなかった。しばらくすると、それらもなくなった。

「まだ起きてる?」ベッキーがささやいた。

「うん。眠れなくて」ジョージーは返し、ベッド脇のテーブルの上の時計を見た。〇時七分。兄と両親のけんかを聞いてしまって気分が悪かった。いつもよりひどい。胃がむかむかしている。

「じゃあ行こう」ベッキーが言って、寝袋を出た。

「行くってどこに?」

「しいっ」ベッキーは部屋のドアをゆっくりと開け、暗い廊下をのぞいた。あたりは静まり返っている。ふたりはもれそうになるくすくす笑いを手で抑え、足音を忍ばせて階段に向かった。

こっそり外に出るとき、一番難しいのは階段だった。家族に気づかれずにおりるのは至難のわざだ。足をおろすたびに、きしむようだったり、ため息のようだったり、うめき声のようだったりと微妙に異なる音が響く。結局ふたりはただ息をひそめ、そそくさと階段をおりた。そして下に着くとしばらくその場に立ち、階段の上に誰かが現れて戻りなさいと言うのではないかと、どきどきしながら待った。

そのあとは簡単だった。キッチンを抜けてマッドルームへ行き、裏口から外に出る。ドイル家ではわざわざドアに鍵をかけない。かける理由がないのだ。まわりに住んでいるのは顔見知りばかりだし、町からは何キロも離れている。そもそも盗むに値するようなものもない。

風はやんでいて、まだ暑いものの、大気にはクローバーの甘い香りが満ちていた。夜空に輝いている月や星のおかげであたりは明るい。

「何をする?」そうささやくベッキーをジョージーはトランポリンまで連れていって、一緒によじのぼった。そして手をつないでピョンピョン跳ね始める。十歳のとき、ふたりはそれぞれの手に果物ナイフで傷をつけ、親友として血の誓いを交わした。

「ずっと親友だからね」ジョージーはどんどん高く跳びながら叫んだ。やがて周囲の景色が遠ざかり、世界に自分とベッキーしか存在しなくなった。肌に当たる湿気をはらんだ夜気がベルベットのように感じられる。汗がこめかみを伝って目に入っても、ふたりは跳び続けた。ダン、ダンというリズミカルな音が心臓の鼓動のようだ。

「もう少しでつかめそう」ベッキーがつないでいないほうの手を空に伸ばして叫ぶ。ジョージーは口を結んで笑いがもれないようにしたが、親友と左手をつないで右手を空に伸ばして高く跳びあがっているこの瞬間ほど、自由だと感じたことはなかった。星が信じられないほど近い。まるでコインが散らばっているみたいで、手でつかみ取れそうだった。手のひらにいっぱいの星が不可能ではないと思えた。

息があがり始め、とうとう笑いが抑えられなくなると、ジョージーとベッキーはぜいぜいいいながらトランポリンの上に崩れ落ちて、ぐるぐるまわっている世界が落ち着くまで汗にまみれた体をじっと仰向けに横たえていた。「何個取った？」握りしめたままのベッキーの右手を見て、ジョージーはきいた。

ベッキーがこぶしに目をつけ、中をのぞくふりをする。「百万個。ジョージーは？」

「百万と一個」負けず嫌いのジョージーは返した。親友といられることが何よりも大切に思えた幼い頃に戻ったようだった。男の子のこと、家庭内のいさかい、成長するということ。そんな悩みがなかった頃に。ジョージーはほほえんで、解放された気分に浸った。

ふたりがそうやって星を見あげているとき、突然、何かがはじけるような音が響いた。ベッキーが片肘をついて体を起こす。「なんだろう」

「わかんない」ジョージーは不安に襲われた。ふたりはあたりを見まわしたが、何も変わったことはない。ヤギは納屋に、雌鶏は鶏小屋にちゃんといる。

「トラックのバックファイアの音じゃないかな」ジョージーは不安を振り払い、ふたたび横たわった。

ところがまた破裂音が響くと、今度はジョージーにもそれが何かわかった。ハンターが身近にいる田舎で暮らしているので、その音は聞き慣れている。銃声だ。それ以外に考えられず、ジョージーは逃げる代わりに確かめに行くことにした。トランポリンの端まで這っていって下におりると、ベッキーもついてくる。「何かな?」月の前に雲がかかり、光がさえぎられて暗くなった。

「誰かがキツネかコヨーテを撃ったのかも」ジョージーは言ったが、おそらくそれはないとわかっていて、胸の中に不安が押し寄せた。父親はこんな暗い中で、むやみに発砲したりしない。それに銃声は少しくぐもっていて、家より遠いところからしたように聞こえた。だから一・五キロ先に住んでいる隣人が発砲したのではないだろうか？　田舎だと音は遠くまで届く。

「家に戻ろう」ジョージーは言った。さっきまでの自由で解放された気分は消え、ふたりは石ころだらけの地面を裸足で踏みながら、よろよろと家に向かった。銃声で目を覚ました納屋のヤギたちが不安そうに鳴いていて、落ち着きなく歩きまわっている音がする。

ところが納屋の角をまわったところで、三度目の破裂音が聞こえた。両親の部屋の窓がカメラのフラッシュのように一瞬光り、そのあとには沈黙が広がった。ジョージーの横でベッキーが悲鳴をあげた。

ジョージーの頭に、腹を立てた険しい表情で父親をにらみショットガンを渡すのを拒否した兄の姿が浮かんだ。けれども彼女は、絶対に違うと自分に言い聞かせた。イーサンがそんなことをするはずがない。

家の中から続けざまに三回、銃声がした。ベッキーが手で耳をふさいで悲鳴をあげる。ジョージーはベッキーの手をつかんで納屋の入口まで引っ張っていったが、古くてゆがんでいる扉は重くてなかなか動かなかった。地面にこすれながら少しだけ動いたものの、すぐにつかえて止まってしまう。取っ手を持ちあげてさらに強く引いたが、きしみながらわずかに動いただけで、またすぐにつかえてしまった。「急いで」ベッキーがジョージーの腕にすがりつく。

納屋には干し草置き場やヤギのための仕切り、木材の山の後ろなど隠れる場所がいくらでもある。ジョージーは無理やり体を押し込んで真っ暗な納屋に入ったが、すぐに失敗だったと気づいた。突然入ってきたジョージーに驚いて、ヤギが大声で鳴きだしたのだ。四方を壁で囲まれた納屋にいったん入ったら、簡単には外へ出られない。どこにも逃げられなくなる。ジョージーはすぐに外へ出て、ベッキーにささやいた。

「ここはだめだよ」

ジョージーは必死にあたりを見まわした。電話をかけたいけれど、怖くて家には戻れない。祖父母の家までは一・五キロある。そのときトウモロコシ畑が頭に浮かんだ。トウモロコシ畑を抜けていけば、祖父母の家に着く。祖父母なら、どうすればいいかわかるだろう。陰に包まれたトウモロコシ畑には背の高い茎が痩せた歩兵のように立ち並んでいる。

思いきって行くべきだろうか？　幼い頃、ひとりで畑に入ってはいけないと母親に叱られたのをよく覚えている。〝あそこで迷子になったら、父さんも母さんも絶対にあなたを見つけられない〟と言われた。ジョージーは長いあいだ母親のその言葉に従っていたが、成長してむこうみずになるにつれ、普通に入っていくようになった。

　家から黒い人影が出てくるのが見えた。誰かはわからないけれど、ショットガンを持っている。狼《おおかみ》のようにゆったりと、しかし着実に距離を詰めてくる人影をふたりは凝視した。

　ジョージーはベッキーの手をつかんで駆けだした。地面を蹴るたびに尖った石や小枝が足の裏に刺さったが、気にする余裕はなかった。ベッキーも激しく呼吸しながら、並んで走っている。

　トウモロコシ畑までたどり着ければ助かると、ジョージーは確信していた。

「ジョージー」男の声が追いかけてきた。だが、男は本当に彼女の名前を呼んだのだろうか？　思いきって振り返ると、男はスピードをあげてふたりとの距離を縮めていた。男が兄なのかはわからなかったものの、ジョージーはそれを確かめるために足をゆるめたくなかった。

「もっと速く」息を弾ませながら、ベッキーを促した。「急いで」つまずいて転んだが、すぐに立ちあがる。畑までもう少しだ。ふたりは近づいてくる足音に追いたてられ、切れ切れに悲鳴をあげながら死に物狂いで走った。ジョージーはなんとか足をもつれさせずにすんでいた一方、ベッキーが転んでしまった。ジョージーは指に力を込めたが、ベッキーの手がすり抜けていった。

「早く立って！」ジョージーはベッキーの腕を引っ張った。「お願いだから」振り返ると、男が両手を掲げて狙いを定めている。ジョージーはベッキーの腕を放すと、男に背を向けて走りだした。

つんのめるようにして畑に駆け込んだ瞬間、密集するトウモロコシに包まれた。ベッキーの絶望した叫びが聞こえても、足を止めずに走り続ける。ところがショットガンの発砲音がしたのと同時に、腕に焼けつくような痛みが走った。〝撃たれたんだ〟ジョージーは信じられなかった。まわりの景色がぐらりと傾いたが、トウモロコシの茎をつかんで体を支え、進み続ける。ベッキーを助けに戻りたかったけれど、足は前にしか動こうとしなかった。

長細い葉が次々に顔に当たって赤いミミズ腫れを作り、かたい地面が足の裏をえぐる。ジョージーはとうとう走れなくなって膝に手をつき、じっとして気配を消そうとした。腕がずきずきして、ひどく耳鳴りがする。男は追ってきているだろうか？　本能が走り続けろと叫んでいるが、どっちへ向かえばいいのかわからない。

トウモロコシを倒しながら進んできたので、その跡をたどれば男は彼女を見つけられる。ジョージーは出血している腕を反対の手で押さえながら、ジグザグに進んだ。ショットガンの弾がキジや鹿にどんな傷を作るか、ジョージーは知っていた。これまで何度も目にしている。大きな穴が開いて、血が噴き出すのだ。あと十センチずれていたら、弾は心臓に当たっていた。そうしたら彼女は死んでいただろう。

ジョージーの呼吸は次第に落ち着き、耳鳴りはおさまった。ほかの生き物がいることを示す葉や茎の揺れがないか、まわりに目を凝らしながら歩いていく。ジョージーの頭にめまぐるしく考えが浮かんだ。男は彼女が死んだと思っているかもしれない。見つかったときに死んだと思ってもらえるよう地面に横たわることも考えたが、そうやって待つのはあまりにも恐ろしかった。

イーサンと父親の激しい言葉のやりとりを思い出す。〝銃をよこせ〟と言った父親の厳しい声と反抗的に拒否したイーサンの声が、繰り返し頭の中に響いた。

追ってきているのはイーサンなのだろうか？　いや、違う。ジョージーはその考えを却下した。昔、釣り針に餌をつけるやり方や自転車の乗り方を教えてくれた優しい兄が、こんなことをするはずがない。

今、自分がどのあたりにいるか、把握しなければならなかった。この畑には何度も入ったことがあるのだから、できるはずだ。そうしたらここから出て、助けを求められる。

右のほうからトウモロコシの葉がこすれあう音がして、ジョージーは動きを止めて息をひそめ、耳を澄ました。月と星に雲がかかり、畑の中の影が重なりあって濃くなる。顔の前に持ってきた手すら見えなかったが、それでもジョージーは数メートルしか離れていないところに誰かがいるのを感じた。そして、それが父親か母親であってほしいと願いながらも、彼女を助けに来た人間ではないと心の底ではわかっていた。

かさかさと乾いた音が近づいてきて、ジョージーは悲鳴がもれないように手で口を押さえた。腕から血が滴り、足元にたまっていく。

走りだしたいという衝動を懸命に抑え、じっとしているよう自分に言い聞かせた。男の姿が見えないのだから、あちらからも彼女が見えないはずだ。けれどもそのとき、闇が動く気配がかすかにした。影が濃くなり、男がすぐそこにいるのだとわかる。数十センチしか離れていないところに、彼女に背中を向けている男の姿が見えた。手を伸ばせば触れられるくらい近い。彼が放っている熱が感じ取れるくらい近くにいる。その汗と体のにおいは、まったくなじみがないものではなかった。イーサンなのだろうか？　彼女を撃ち、畑の中まで追ってきたのは実の兄なのだろうか？

男がいらだたしげに小さくうなったので、ジョージーは息を止めた。男はいったん遠ざかりかけたが、思い直したように足を止めてゆっくりと振り返った。永遠にも思える時間が過ぎたあと、男の影がトウモロコシのあいだにとけて消える。ジョージーは震える息を吐いた。とりあえず男はいなくなった。

10

紫色の繊細な花びらがしぼんでひとつ、またひとつと落ち、風にさらわれていった。今、窓の前にはとげとげした緑色のイラクサが芽吹いていた。

母親は相変わらず具合が悪く、手で口を覆いながらベッドとトイレを往復している。

「おまえが母さんに食べさせたり飲ませたりするんだぞ」ある晩、姿を見せた父親が言った。

少女は食べ物がしまってある木製の戸棚の前まで椅子を引きずっていき、ピーナッツバターの瓶とパンの塊を取り出した。サンドイッチを作って母親に食べさせようとしたが、母親は頑固に口を閉じて食べようとしなかった。結局、少女は洗面台で汲《く》んだ水と一緒に、それをひとりで全部食べた。

父親は濃厚なシェイクを母親のために持ってくるようになった。そしてベッドで寝ている母親の体を起こし、なだめすかして飲ませる。「あともう少し飲め。赤ん坊のために栄養をとらなくちゃな」

母親は父親を喜ばせるため、いつも懸命に飲み下そうとする。けれど二、三口飲んだあと、結局ベッドの横に置いているバケツに吐き出してしまうのだった。「ほら、もっと頑張るんだ」父親がいらだちをにじませるが、母親はシェイクを押しのけ、消えてしまいたいとでもいうように小さく丸まってしまう。

あるとき、持ってきたものを母親に拒否されて、父親は怒り狂った。「おまえは本当にくずだな」父親は少女の母親の腕をつかんで、ベッドから引きずりおろした。「娘のことを考えないのか?」そう言って少女を示す。「おなかの赤ん坊がどうなってもいいんだな」

父親は母親を無理やりテーブルまで連れていって、椅子に座らせた。

少女は棚から本を引っ張り出し、窓の下のいつもの場所に行って、壁のほうを向いて座った。

父親が引き出しからスプーンを出し、カップに沈めて命じる。「食え」母親は顔をそむけようとしたが、父親は顎をつかんで固定し、無理やりスプーンを口に入れた。母親が激しくえずいて、浅い呼吸を繰り返す。

少女は本のページをめくり、声に出して読み始めた。読める言葉はいくつかしかないが、話の筋は覚えている。

しばらくしてえずきが止まり、泣き声も静まった。父親が低い声でなだめるように言う。「ほら、そう悪くなかっただろう? ほとんど食べられた」

少女は本から顔をあげ、父親が母親の口元を布巾で優しくぬぐったあと、ベッドへ連れていくのを見守った。すぐに母親の規則正しい息遣いが聞こえてくる。眠りに落ちたのだ。

父親はドアを開けて出ていく前に、少女のポニーテールをつかんで引っ張った。

「母さんは大丈夫だ。あとは休ませてやればいい」

ドアがカチリと閉まり、錠のかかる音が響くと、少女は本を棚に戻してキッチンのテーブルへ行った。シェイクのカップを取ってチョコレートのにおいを嗅ぐと、おなかが鳴った。まだ何口分か残っている。もらっても母親は気にしないだろう。

少女はカップを唇に当てて、チョコレート味のシェイクを飲んだ。口の中にまろやかな甘さが広がり、喉へ滑り落ちていく。最後にスプーンでこそげ、ぴかぴかになるまでしゃぶった。

少女はテレビをつけたが、音は小さくした。それから数時間が経っても、母親は眠り続けている。突然、胃が激しく痛んだ。少女は前かがみになってトイレへと走ったが、たどり着かないうちに吐き気に襲われた。胃がうねり、腸がねじれる。

少女はトイレの床に横たわった。割れたタイルがひんやり感じられる。夜のとばりがおり、暗くなった部屋を照らすものはテレビから差す弱々しい青い光だけになった。痙攣《けいれん》していた胃が落ち着き、全身から力が抜ける。少女は疲れきって、空っぽになったような気がした。そして不安なまま眠りに落ちたが、やがて母親が優しく少女を揺すって起こし、ベッドに連れていった。

11

現在

身を切るような風がどんどん勢いを増し、かたく凍った雪の粒が吹きつける風とともにワイリーにぶつかってくる。急いで納屋まで戻り、ワイヤーカッターを取ってこなくてはならない。

ふたたび戻ってくるのに二十五分以上はかけられないとわかっていた。それ以上かかれば女性が低体温症に陥る危険が大きくなる。二十五分でも遅すぎるかもしれない。鉄条網から解放したあと、家まで連れて帰らなくてはならないのだから。

はやる気持ちを抑えて暗い空を見あげると、雪が次々と顔に当たった。これ以上天候が悪化する前に、女性のところへ戻らなくては。帽子を脱いでむきだしになった顔と耳が、冷気で焼けつくように痛む。あの女性がこの雪の中で今まで生きていられたことが信じられなかった。

小道の一番高いところでいったん足を止めて息を整えたが、荒れ狂う風のせいで、雪がワイリーのまわりで激しく渦巻いている。立ち止まっている場合ではない。懐中電灯で照らしても降りしきる雪にさえぎられて納屋もサイロも見えず、母屋からもれている柔らかな光を目指して前に進んだ。トレッキングポールのおかげでなんとか立っていられるが、深い雪の中を歩き続けた疲労で脚は重く、鈍い痛みを感じる。

家に近づくにつれて、まとった氷ですでにたわんでいた木々の枝がさらなる雪の重みを受け、風が吹きつけるたびに折れそうになっている様子が目に入ってきた。

家を出てから相当時間が経っている。もしかしたら暖炉の火が消えているかもしれない。あるいは少年の傷が思ったより深刻で、容態が悪化している可能性もある。それでも、なんとしてもあの女性のところに戻らなければ。女性のことを考えるとワイリーは胸が締めつけられ、足を速めて玄関までの残り五十メートルほどを歩ききった。

ドアを押し開けて雪まみれのまま中に入り、ドアを閉めてトレッキングポールを床に落とす。靴底の滑り止めが木製の床に傷をつけるのも気にせずソファの後ろに残してきた少年のもとへ向かうと、彼はまだそこで眠っていて、タスもその横で丸くなっていた。

次に、可能性は低いと知りつつも電話をチェックした。だが予想どおり沈黙していて、こんな天候の中で電話線の補修が行われることはないと判明しただけだった。

ワイリーは暖炉にもう一本薪を足し、そこであたたまりたいという誘惑を抑え込んだ。耳と鼻がじんじんしているが、ゆっくりしている暇はない。クローゼットに行って、別のコートとマフラーを取る。ニット帽は女性にあげてしまったので、コートについている毛皮の縁取りがついたフードをかぶり、紐《ひも》を結んで固定した。あの嵐の中へ戻るのだと思うと気持ちがひるんだが、残り時間は少ない。

ワイリーは気合を入れ直して、家を出た。嵐はまだ荒れ狂っていて、風があらゆる方向から吹きつけてくるようだ。

ぼろぼろの鶏小屋と、前の住人がいらない家具や雑貨を詰め込むごみ置き場にしていた物置小屋を過ぎて納屋に入り、コートについた雪を払って時間を見る。女性を置いてきてからすでに二十五分経っていたので、急いで壁に目を走らせた。その中から、釘《くぎ》やフックに熊手や鍬《くわ》などさまざまな農具がかかっている。その中から、ワイヤーカッターと錆の浮いたシャベル、それに金属製のレールが底についた旧式の小型そりを見つけて取る。かびくさい馬用の毛布も曲げ釘にかかっていたので、ほかのものと一緒にそりにのせて古いロープで固定した。

そして懐中電灯を持ったが、トレッキングポールはあきらめた。持っていく余裕がない。そりを引っ張るだけで精一杯だった。しかもうまくいけば帰りは女性を乗せてくるので、さらに重くなる。

前が見えないくらい雪が降っているし、風のせいでさっき歩いた跡は消えていたが、ワイリーは方向感覚には自信があった。

懐中電灯で照らしながら、雪面に目を据えて進んでいく。ワイリーの計画は理論的には簡単だった。絡みついた鉄条網をカッターで切って、女性を解放する。できればそのとき、女性には生きていてほしい。女性が自分で歩けなければ、ワイリーがそりに乗せて引っ張ってくる。シャベルはなんとなくあったほうがいいだろうと思い、持ってきた。

事故現場まで半分ほど進んだ頃には、重ね着をしてきたにもかかわらず体が冷え、この救出作戦が果たして賢明だったのか疑問がわいてきた。雪に埋まって足場が見えない状態では、いつ脚を折ってもおかしくない。そうなったら雪に埋もれて死ぬことになる。最近の彼女は自分の判断力に自信が持てなかった。ふたりとも凍死したら、なんの意味もない。その場合、少年はどうなるのだろう?

ワイリーは引き返すべきかどうか悩んだ。逃げるのは得意だ。そこは自信がある。だが今の状況は、前にそうしたときと違う。彼女が逃げ出してきた家では誰も死にかけていない。そしてティーンエイジャーの息子のセスは頭ごなしに言うことを聞かせようとしたワイリーにまだ腹を立てていて、母親が恋しいとはまったく思っていないし、父親にちゃんと面倒を見てもらっている。

ようやく渦巻く雪の向こうに金属に反射する光が見え、ひっくり返った車が視界に入ってきた。ワイリーは足を速めた。もう少しだ。

道を外れて溝までおり、底を渡って反対側にあがる。敷地沿いにめぐらされている鉄条網の柵を見渡して目印の黄色いマフラーを探したが、トラックに近づいても見つからない。ワイリーは荒く息をつきながら足を止めた。きっと見落としたのだ。シャベルとそりにつないであるロープをその場におろし、ゆっくり向きを変える。どこもかしこも同じ――荒涼とした白一色の雪原だ。

女性がいた場所を通り過ぎてしまったに違いない。嵐でマフラーが飛ばされたとは思えなかった、絶対にほどけないよう、鉄条網に何回も巻きつけたのだから。

きっと女性もマフラーも、柵沿いにいくつかできている胸くらいの高さの吹きだまりに埋まっているのだろう。ワイリーは焦燥感を抑えて柵沿いに引き返し、さっきよりもさらにゆっくりと進んだ。最初の大きな吹きだまりに到達して、手袋に包まれた手で柵が見えるまで雪を払ったが、マフラーはない。

ワイリーは次の吹きだまりに向かった。重ね着をしていても、寒さが染み通ってくる。あまり長くはこうしていられない。やがて、もうだめだとあきらめかけたとき、鉄条網に引っかかっている黄色い布の切れ端が見えた。その下に鉄条網にとらわれた女性の凍りついた体が見えることを予想して、視線をおろしていく。だが、女性はいなかった。マフラーも消えている。

ワイリーは雪面に膝をついて、鉄条網を調べた。わずかな血痕と凍った肉片のようなものが付着している。次に雪面を探ってみたけれど、何もない。

立ちあがって足跡を探したが、すでに激しい雪と風が冷たいカンバスをまっさらな状態に戻している。けがをした女性の痕跡はどこにもなかった。助けに戻ってくると約束したのに、この嵐の中をどうしてひとりで立ち去ってしまったのだろう？

ワイリーはしばらく現場のまわりを歩いて女性の気配を探したが、とうとう寒さに耐えきれず引き返さざるをえなくなった。あの女性は何から逃げているのだろう？ いったいどこへ行ってしまったのか？ ワイリーの胸に新たな不安がわきあがった。これらの疑問に答えられるのは、今となってはひとりしかいない。何も話そうとしない、あの少年だけだ。

12

二〇〇〇年八月

保安官補のリーヴァイ・ロビンスはどこかにトラブルの気配がないかと周囲に視線を向けながら、ハイウェイや一般道をパトカーで走っていた。ブレイク郡保安官事務所で十年働いているベテランの彼は、普段なら夜勤はしない。だが同僚のフレイジャーが休暇中なので、その穴を埋めようと自ら申し出た。気分が変わっていいと思ったからだ。

午前一時をまわっても、通報は一件もなかった。目を凝らしているのに、交通違反すら見つからない。そこでリーヴァイは這うようにしか進まない時間を、ラジオから流れるカントリーミュージックを聴いて過ごしていた。

やがてメドウ通り《ルー》の道の真ん中に傷のあるビターナットの木が生えている場所に差しかかって、減速する。地元の人間はなんとも思わないが、外から来た人々はこの光景に驚くだろう。

二十五メートルもある木がどうやって砂利道が交差するこの場所に生えたのか、どうして途中で切り倒されずにここまで育ったのか、誰も知らなかった。とにかくここを通りたければ、自然が作った環状交差点を速度を落として進むしかない。

ビターナットの交差点を通過すると、リーヴァイは南に折れて郡道G11号線に入った。もう一周したらケイシーズ雑貨店でガソリンを補給し、ソーダを買おうと考える。運がよければ、ガソリンスタンドで強盗を働こうという者が現れるかもしれない。リーヴァイが強盗事件を扱ったのは、ずいぶん前だ。最後に銃を抜いたのは、いつだったかすら思い出せない。強盗に遭遇すれば気が紛れることはたしかだ。

開けている窓から熱風が入ってくる。今夜は雨が降る確率が高いという予報だった。空には雲が垂れ込めているし、空気からは雷雨の前に特有の金くさいような湿ったにおいがする。だがそれも長くは続かず、雲が切れて月と星が現れたのを見て、リーヴァイは毒づいた。農夫たちには雨が必要なのに。

リーヴァイはヒマワリの種の殻を窓の外に吐き捨てた。窓を開けていると暑いが、風が入ってくるので居眠りをせずにいられる。リーヴァイは時速九十五キロから百十キロ、百三十キロと加速した。夜勤の醍醐味《だいごみ》のひとつがこれだった。走っている車がほとんどいないので飛ばせるのだ。

突然、トウモロコシ畑に挟まれた砂利道から、ヘッドライトを消したピックアップトラックがものすごい勢いで飛び出してきた。あわててブレーキを踏んだので、パトカーの後部が左右に揺れる。路面にタイヤがこすれる甲高い音がラジオの音をかき消し、焦げたタイヤのにおいがあたりに漂った。

「くそ野郎が」リーヴァイは毒づき、必死にパトカーを立て直そうとした。ようやく車体をまっすぐに戻して飛び出しそうだった心臓が静まると、フロントガラスから前をにらんでアクセルを踏んだ。「待ってろよ」つぶやいて警告灯をつけ、サイレンを鳴らす。

前を走るトラックはわずかに速度をあげたあと、逃げきれないと悟ったかのように速度を落とした。「そう、それでいい、ばかめ」リーヴァイは道端で停車したトラックの後ろにパトカーを止めた。

パトカーのヘッドライトの光で、トラックに乗っているのはひとりだけだとわかる。ナンバープレートに目を凝らしたものの、乾いた泥で数字も文字も見えない。意図的に隠されている可能性もあるが、おそらくそうではないのだろう。農場で使うトラックは汚れるものだ。それでもリーヴァイは、このトラックが見せたような乱暴な運転を見逃すつもりはなかった。

パトカーをおりて、荷台にビニールのカバーがかかっているシルバーの一九九〇年式フォード・レンジャーに歩み寄る。するとリーヴァイが口を開く前に、トラックのドアが開いた。

「そのまま乗っていろ」リーヴァイは警告しながら、ホルスターの拳銃に手を伸ばした。「両手をハンドルに置くんだ」

「悪かったよ」トラックの中から聞こえた若者の声は震えている。「見えなかったんだ。曲がる前に左右を確認したけど、すごいスピードでいきなり来たから」

「きみにはそう思えたんだろうな」リーヴァイは言い、運転席側の窓の横に立って、懐中電灯で車内を照らした。ぼさぼさの金髪の青年がハンドルを握りしめて座っている。

トラックの中から体臭とたばこと恐怖のにおいが漂ってきた。床にはソーダの缶が転がり、助手席の下の敷物にはたばこを噛みながら唾を吐いた跡が残っている。リーヴァイは顔がほころびそうになった。間抜けなティーンエイジャーを怯えさせるのは楽しい。

「ヘッドライトをつけていなかっただろう。そのせいで、危うくきみに殺されるところだった。あんなに急いでどこへ行くつもりだったんだ？」リーヴァイは尋ねた。

「酔っているのか？」

青年がリーヴァイを見あげる。「酔ってないよ。家に帰るところだった。遅くなったから急いでたんだ」青年の顔には汗が浮いていて、シャツの首まわりと脇の下が黒く濡れている。

「どこに行ってたんだ？」青年が差し出した運転免許証を受け取りながら、リーヴァイは尋ねた。ブロック・カッターという青年の名前が目に入った。郡内にはカッターという名字の人間が大量にいる。農業従事者に多い名前だ。

「スペンサーまで映画を観に行ってた」青年は答えた。「いとこと一緒に」

「名字はカッターなんだな？」リーヴァイは免許証から目をあげて確認した。

「そうだよ。ブロック・カッターだ」青年が光に目を細めながら言う。

「ブレットっていとこがいるか？」リーヴァイはきいた。青年はうなずき、落ち着きなくきょろきょろしている。

「最後に見たとき、きみはまだこれくらいだったな」リーヴァイは手のひらを水平にして、一メートルほどの高さを示した。「きみのいとこのブレットとは同級生だった。きみは彼によく似てる。ブレットは元気かい？」

「元気だよ」カッターは声を震わせながら答えた。「ペリーに住んでて、あそこの豚肉加工工場で働いてる。結婚して子どもがふたり」

「ほう、子どもがふたりか、やるな。昔は彼と楽しくやったもんだが、来年の夏には同窓会に出席しに戻ってくるのかな？」リーヴァイは帽子を脱ぎ、額の汗を拭いた。

「たぶん」カッターが言う。「あの、さっきも言ったけど悪かったよ。見えなかっただけで、もうしない。次からはもっと気をつける」

リーヴァイはカッターを見おろした。自分がなぜこの青年の運転履歴を調べないのか、わからなかった。普段は誰に対しても目こぼしなどしない。もしかしたら、ブレット・カッターと一緒にエヴァークリアやドクターペッパーを飲みながら車を乗りまわしていた青春時代が懐かしくなったのかもしれない。それに自分にも落ち度がないとは言えないというのもある。時速百三十キロ近く出していたのだ。あとは事件のない今の平穏な状況を破るのが自分でありたくないという思いも、働いたのかもしれなかった。

もしこのときリーヴァイがナンバープレートを照会していたら、ブロック・カッターが免許停止になっているうえ、ハラスメント行為でコスース郡裁判所に召喚され、期日に出頭しなかったことにより逮捕状が出ているという事実を知ったはずだ。無邪気で人のいい、いとこのブレットとはまったく違う人間だということを。

「じゃあ、こうしよう。きみのいとこくんに、次に町へ来るときは連絡するように言ってくれ。そうすれば今回は見逃してやる」リーヴァイはにやりとした。「だが、これからはもっと注意するんだぞ。またきみの車をこんなふうに止める羽目にはなりたくない。わかったか?」

「ありがとう。約束するよ」カッターはほっとしてハンドルをきつく握っていた手を離し、湿った手のひらをジーンズで拭いた。

カッターが慎重に車を発進させてゆっくり走り去るのを、リーヴァイは見送った。テールライトが赤い点になるまで見届け、頭を振りながらブレット・カッターの名前をつぶやく。いいやつだったと、何年かぶりに思い出した。

リーヴァイはパトカーに乗り込んで、キーをひねった。ラジオからはさっきまでのカントリーミュージックに代わり、トーク番組が流れている。

見まわりを再開したリーヴァイは途中のガソリンスタンドで車を止め、ピザをひと切れとソーダを買った。あとの時間は何事もなく静かに過ぎた。

太陽が朝もやのかかった空にあがって、新たな熱気を送り込んでくる。夜勤が終わるまであと一時間あるが、リーヴァイは疲れきっていた。早く家に帰り、シャワーを浴びて眠りたかった。

しかし六十分後、リーヴァイ・ロビンス保安官補はブレイク郡史上もっとも凄惨な現場に呼び出されることになる。

13

現在

家に戻ると、ワイリーはシャベルとそりを玄関前の階段の上に残して中に入り、のろのろと長靴を脱いだ。少年になんと言えばいいだろう? ワイリーが渡したニット帽とコートでは、あの女性が嵐の中で生き延びられるはずがない。

現場に女性の痕跡はいっさいなかった。雪の上についていたはずの足跡は激しい雪と風で消されてしまい、女性は煙のように消え失せた。

居間は空っぽだった。少年もタスも、さっきいた場所にいない。暖炉にはオレンジ色の熾火《おきび》が残っているだけで、部屋はうすら寒くなっている。

ワイリーは不安が込みあげるのを感じながら、部屋から部屋へと見てまわった。階段をあがる足に、靴下を通して冷気が染み通ってくる。二階の踊り場は暗かった。

寝室のドアを押し開けると、ベッド脇のランプの光が背中を向けて立っている少年を照らしていた。タスは彼の足元に寝そべっている。

「ここにいたのね」ワイリーの声に少年がびくりとして、勢いよく振り返った。その手にはしまっていたはずの九ミリ口径の拳銃が握られていたので、ワイリーは息をのんだ。少年は銃口を彼女の胸に向けたまま、目を見開いてかたまっている。

「銃をおろして」ワイリーの喉から、鉄条網に裂かれた布のように切れ切れの声が出た。

だが少年は口を開けたまま、ただ彼女を見つめている。

「今すぐおろしなさい！」ワイリーは命令口調で言った。

タスが吠《ほ》え始めると、少年はやけどをしたかのように銃から手を離した。銃が音をたてて床に落ち、タスが怯えてよける。暴発した弾に体を引き裂かれることを覚悟してワイリーは目をつぶり、耳を手で覆ったが、何も起こらない。そこであわてて銃に飛びついて覆いかぶさると、冷たい金属が体に食い込んだ。

少年は恐怖にかたまったまま彼女を見おろしていて、タスは激しく吠え続けている。

「いったい何を考えていたの？」ワイリーは銃を持ってよろよろと立ちあがり、嚙みつくように言った。震える手ですぐに弾を抜く。「銃は絶対に触っちゃだめ。自分を撃ってしまったかもしれないんだから。それか、タスやわたしを。わかった？」

少年は答えなかった。答えられなかったのだ。喉が狭まって呼吸ができないのか、必死に息を吸おうとしている。

「誰かを殺していたかもしれないのよ。ここはあなたの家じゃないでしょ。人の持ち物を勝手に探るなんて、絶対にしてはだめ」ワイリーはクローゼットに行って、一番上の棚のなるべく奥に銃を押しやった。それから振り返ると、少年がベッドの下にもぐり込むところだった。

ワイリーは気分が悪くなりそうだった。この家にはひとりで住んでいるので、どこかに銃をしまって鍵をかけるなんて考えたこともなかった。家に人を入れることなどないはずだった。誰も訪ねてこないから。

「タス、静かにして！」ワイリーが怒鳴ると、激しく吠えていたタスの声が低い鳴き声に変わった。タスが不安そうに彼女を見あげる。

ワイリーはベッドの端に座り、まだどきどきしている心臓を懸命に静めた。ようやく少し落ち着いて、口を開く。「怒鳴ってしまってごめんなさいね。怖がらせるつもりじゃなかったの」答えはなく、静かにしゃくりあげるような息遣いだけがベッドの下から聞こえてくる。

「あなたのせいじゃない。悪いのはわたし。鍵がかかるところに銃をしまっておくべきだったわ。ねえ、出てきて」ワイリーは促した。

だが、少年は動かない。「怖かったのよ」ワイリーは説明しようとした。「あなたは怖い思いをしたことがある？　ものすごく怖かったことが」

間抜けな質問だとワイリーは考えた。当然、少年は怖い思いをしたことがあるはずだ。交通事故に遭い、嵐の中をひとりでさまよって凍死しかけたのだから。少年は怖いというのがどういうものか、恐怖に駆られるというのがどういうことか、よく知っている。

ワイリーはじっと待った。少年の荒い息遣いが少しずつ穏やかになって数分が経過したとき、彼女はズボンがわずかに引っ張られるのを感じた。小さなサンフィッシュが餌のミミズをつつくときのような、かすかな感触。座ったまま頭をさげて脚のあいだからベッドの下をのぞくと、少年が涙に濡れた顔で見つめ返した。「出てきてくれる？」ワイリーはきいた。

少年がベッドの下から這い出て、立ちあがった。黙っているけれど、彼が何をききたいのかワイリーにはわかっていた。

「トラックを見つけたわ」慎重に口を開く。「でも誰もいなかった」真っ赤な嘘だが、真実を伝えて少年をさらに悲しませる必要はない。少年が失望したように肩を落とした。「一緒に乗っていたのはお母さん？　それとも別の人？　その人のことが心配？」

少年は答えない。

ワイリーは少年の両手を取った。冷たい手は握れば簡単に折れてしまいそうなほど華奢だ。しかし少年は熱いものに触れたように、びくりとして手を引き抜いた。

「嵐が去ったら、もっとよく探してみるわね」ワイリーはひっくり返ったトラックのそばで見つけた小さな布を、ポケットから出した。「これを見つけたわ。もしかして、あなたの？」

少年が目を見開いてうれしそうに顔を輝かせ、おずおずと手を伸ばす。ワイリーが布を渡すと、少年はそれを頬に当てた。

どうしてあの女性はワイリーが戻るのを待っていなかったのだろう？　いったいどこに行ってしまったのか？　もしかしたら、何かよくないことに関わってしまって、逃げているのかもしれない。ワイリーはさまざまな可能性を思い浮かべた。警察から逃げているとか、暴力を振るう夫から逃げているということもありうる。あるいはただ事故で頭が混乱し、嵐の中をふらふらとさまよい歩いているだけなのかもしれない。

少年を連れて一階におりると、ワイリーは暖炉にふたたび薪を足した。少年には、体をそむけたまま横目で様子をうかがうという奇妙な癖がある。まるで自分の存在に気づかれまいとしているかのようだ。ソファの上の毛布を整えるとタスが飛びのり、三回まわったあと隅に横たわったが、今度はワイリーも叱らなかった。

ワイリーは少年に水を用意するために、キッチンへ行った。彼はおなかもすいているに違いない。戸棚を探すとシリアルの箱があったので、それをボウルに入れる。ボウルとグラスを持って戻ると、少年はタスの隣で親指をしゃぶりながら丸くなっていた。

「何か飲まなくちゃだめよ」ワイリーはグラスを差し出したが、少年は口を引き結んで顔をそむけた。「わかった。じゃあ、飲みたくなったら飲んでね」しかたなくグラスとボウルをコーヒーテーブルの上に置く。

少年のまぶたが徐々に閉じていき、すぐに息遣いがタスと同じように深くなった。少年と犬はぐっすり眠っていた。

ワイリーは腕時計を見た。まだ真夜中だなんて、とても信じられない。外では嵐が最高潮に達していた。風は怒りにまかせて暴れまわり、雪は絶え間なく窓を叩いている。もしや女性が現れないかとずっと外を見ていたが、白の濃淡しか見えず、しばらくしてあきらめた。道が雪に閉ざされているのでありえないとは思うけれど、誰かに救助されたのかもしれない。でなければ、あの天候にのみ込まれたのだと思うしかなかった。

ワイリーは犯罪現場の写真が入っているフォルダーと原稿を二階から取ってくると、ワインを飲もうか迷った末、コーヒーをいれた。それから原稿に目を通し始めたが、ソファで眠っている少年が気になってしかたがなかった。あの少年は何者なのだろう？　誰かが彼を探しているはずだ。

定期的に固定電話をチェックしているが、受話器を持ちあげてもいっこうに音はしない。本当に久しぶりに、ワイリーは人と話したくなった。

といっても、誰でもいいわけではない。息子と話したかった。何も言わずにここへ来たことを謝りたかった。飛び出したときの彼女は、息子との関係に行き詰まりを感じていた。繰り返される言い争いに疲れ、セスが元夫をたきつけて彼女に文句を言わせることに嫌気が差していた。そして極めつけは、セスが出ていって戻らなかったあの夜だ。セスがどこにいるのか、誰といるのか、生死すらわからなかったあの夜はまさに拷問だった。

その結果、ワイリーは親として一番安易な逃げ道を選んだのだ。セスの言葉に心をえぐられたから。息子は彼女を憎んでいて、父親と暮らしたがっている。そう知って傷ついた彼女は作品を書きあげることを口実に、この寂しくて孤独な場所へ逃げてきた。息子を置き去りにしたワイリーは、もはやどうやって息子との関係を修復したらいいのかわからない。セスから学校や友だちの話を聞けたら、どんなにうれしいだろう。それ以外は何もいらない。だが、それは不可能だ。今、彼女は別の子どもの面倒を見なければならなくなってしまった。何もかもが不自由なこの場所で。

嵐が猛威を振るう中で影が次々に位置を変え、色を濃くしていく。ワイリーは腕時計を見た。午前一時。何もかもが静まり返るこの時間が嫌いだった。世界が彼女だけを残して眠っているような気分になるからだ。ブラインドの隙間から灰色の光が差し込むと、緊張がようやくとける。そのとき初めてワイリーは目をつぶって、自分もほかのみんなと変わらないという気分に一瞬だけ浸るのだ。

床板がきしむ音でワイリーは目を覚ました。何度かまばたきをして眠気を振り払うと、少年が彼女に背を向け、暖炉の横の床に座っていた。

少年の指先から何かがひらひらと床に落ちる。写真だ。切り裂かれた喉、折れた歯、ぽっかりと空いた眼窩《がんか》。ワイリーはあせった。少年は犯罪現場の写真を見つけてしまったのだ。少年がよろめくように立ちあがり、部屋から走り去る。ワイリーはソファから飛び起きて、あとを追った。トイレに駆け込んだ少年が、うねった胃から逆流したものを口から噴き出す。

少年は胃が空になるまで吐き続けた。

「あんな写真をあなたに見せてはいけなかったのに」ワイリーは暗いトイレの外に立って、声をかけた。「本当にごめんなさい。仕事のための資料なの。わたしは本を書いているのよ」

少年が便器と壁のあいだの狭い空間に小さくなって座り込み、両手で顔を覆う。

ワイリーはしばらくそこにとどまったが、少年がいっこうにトイレから出てこようとしないので居間に戻った。

どうしてあんなひどい写真が仕事に必要なのか、少年にうまく説明する方法がわからなかった。言葉で理解させられるとは思えない。少年はきっと、彼女を怪物だと思っただろう。これで彼に信頼してもらえる可能性はゼロになった。

14

二〇〇〇年八月

ジョージーはトウモロコシ畑の中にじっと身をひそめながら、走って逃げたいという衝動と闘っていた。動いた瞬間に、待ち構えていた男が飛びかかってくるかもしれない。だから動かずに何かが起こるのを、誰かが助けに来て彼女を見つけてくれるのを、ひたすら待っていた。父親か母親がトウモロコシをかき分けて現れてほしいと念じ続けたが、ふたりが現れることはなかった。

空から雲が消え、月が彼女を煌々《こうこう》と照らしている。ジョージーは月を見つめ、それがゆっくりと動いていく距離で時間を計った。吐き気が込みあげても、吐けばその音でショットガンを持った男に居場所がばれるかもしれないと思い必死にこらえたが、涙は抑えられなかった。音もなくむせび泣いた体の揺れで頭がずきずきして、声を噛み殺していたために顎が痛くなった。

暑い夜なのに、ジョージーは震えていた。腕からの出血は止まっていたが、上腕にぼこっとした部分があって、触れると散弾が埋まっているのがわかった。長いあいだじっと立っていたが、やがて筋肉が攣《つ》り始めた。それに肌が露出しているところを蚊に食われて、無数の針で刺されているみたいにちくちくする。ジョージーはとうとうしゃがみ込んで、Tシャツの袖口から腕を中に引き入れて膝を抱えた。腕が脈打つように痛む。まるでドラムのビートみたいだ。ジョージーはトウモロコシの葉の上で日の出を待つ小さなカブトムシのごとく、みじめな気分でひたすらじっとしていた。

トウモロコシの葉が静かにこすれる音がするたびに心臓が跳ね、恐怖と希望を交互に感じる。誰かが絶対に銃声を聞いたはずだ。さえぎるものがない田舎では、音は何キロも先まで届く。だから銃声を聞いた人間がおかしいと思って、警察に電話をしただろう。それに父親が現れて手を差し出し、家に連れて帰ってくれるという希望もまだ捨てきれなかった。だが、父親は現れない。誰も来なかった。

何時間も経った。星の光が薄れ、空がゆっくりと夜の衣を脱いで、ピンクとオレンジの薄衣をまとっていく。口の中はからからで、乾いた舌は重くて動かなかった。少しでも身動きすると腕に痛みが走り、うめき声がもれてしまう。

ジョージーは十歳のときに足首を骨折したことがある。畑でベッキーと一緒に干し草の塊から塊へと飛び移って遊んでいたとき、次の塊までの距離を見誤って、二メートルほど下の地面に転げ落ちたのだ。

あのときの痛みも激しかったけれど、銃で撃たれた傷は比べものにならないくらい痛かった。ジョージーはおしっこをしたいのをずっと我慢していたが、とうとう耐えきれなくなり、Tシャツの袖から手を出して立ちあがった。片手だけでぎこちなく下着をおろし、早く終わってほしいと必死に祈りながら延々と用を足す。

喉の渇きをいやすために畑を出て水を探しに行きたかったものの、体を隠してくれるトウモロコシのあいだからどうしても足を踏み出せなかった。だからそこで、影の動きでなんとか時間を計ろうと試みた。横になって眠りたいけれど、ショットガンを持った男に見つかるのが怖くてできない。

紙がこすれるような乾いた音が畑の中を移動してきた。頭上にそびえるトウモロコシが震えたり揺れたりしている。誰かが来るのだ。ジョージーの喉がパニックで狭まった。今度はきっと逃げられない。武器を持っておらず、身を守るものが何もないのだから。ジョージーは男が現れるのを待った。

だがトウモロコシのあいだから誰かが出てくることはなく、代わりに大きな黒い雲が低くなったり高くなったりしながら頭上を通り過ぎた。一年に一度の大移動をしているハゴロモガラスの群れが、トウモロコシ畑の上に集まっているのだ。その毎年恒例の光景をジョージーの父親が見ていたら、腹を立てただろう。羽の付け根に赤と黄の部分があるつややかな黒い鳥は畑の上を通過しながら舞いおりては、トウモロコシをついばんでいく。耳を澄ましても、鳥たちを脅かして追い払うために父親が設置しているプロパンガス式の爆音機の音はせず、鳥たちが羽ばたく音と鳴き声しか聞こえない。

このまま永遠に畑に隠れているわけにはいかなかった。誰も助けに来ないことはすでに明らかなのだから、自分でなんとかしなければならない。ジョージーが立ちあがると鳥たちはいっせいに飛び立ち、畑の別の場所に移った。脚の筋肉は昨日全力で走ったせいで悲鳴をあげているし、腕は腫れて脈打ち、触ると熱い。またしても吐き気が込みあげ、ジョージーは目をつぶって夜明けの農場を思い浮かべた。

大きな赤い納屋のたたずまいとキッチンのテーブルで父親と母親がコーヒーを飲んでいる光景に、気持ちが静まる。朝の太陽は納屋の後ろからあがってくるから、太陽が進む方向と逆に進めば、家の近くで畑を出られるということだ。

ジョージーは緑のジャングルのような畑を一歩一歩進んだ。夏の朝の太陽の日差しが頭をじりじりと焼く。すぐに昨日の夜に進んできた跡が見つかった。茎を倒して踏みつけた跡が道になっている。心臓が胸を突き破りそうな勢いで打ち始めた。

家はすぐそこだ。走っていって、玄関のドアを勢いよく開けたい。家では両親とイーサンとベッキーがキッチンのテーブルで、ステート・フェアに遅れるといらいらしながら待っているだろう。でもジョージーはやはり怖くて畑から出られず、端に立ってトウモロコシのあいだからぐずぐずと様子をうかがった。

見渡すと、何もかもいつもどおりだった。庭にも家にもおかしなところはない。父親のトラックも母親の車もいつもの場所に止まっているし、家の横ではオレンジ色の花を咲かせたバタフライウィードの上をノドアカハチドリが飛びまわり、納屋の屋根の上では銅製の風見鶏《かざみどり》が熱風を受けて回転している。

それらを見ても、ジョージーはどうしても畑の外に足を踏み出せなかった。裏口のスクリーンドアが風で動く。みんな寝坊したのだとジョージーは無理やり思おうとしたが、その可能性はほとんどないとわかっていた。ヤギを入れる外の囲いは空っぽで、扉が閉まったままの納屋からは人間の声のような鳴き声が響いている。あれはおなかをすかせたヤギの声だとわかっているのに、ジョージーは腕の毛が逆立つのを感じた。父親がヤギの餌やりと搾乳を忘れることは絶対にない。

家まで駆けていって、彼女を待っているはずの家族とベッキーの顔が見たかった。でもジョージーの足の裏はひび割れたかたい地面や小石で傷ついていて、走るどころか、そろそろと足をおろすたびにすくみあがるほどの痛みが走る。

ジョージーが近づいてくるのを感じ取って、鶏小屋の鶏たちが騒ぎたて、餌と水をねだった。その横を通り過ぎながら、みんながただ寝坊しているだけであることを祈る。

家を見あげると、破裂音と同時に両親の寝室の窓が一瞬明るく光った昨夜の記憶がよみがえった。閉じたカーテンは、その後ろで何かが動いている気配はないものの、少しゆがんでいて、まるで誰かが隙間からのぞいているかのようだ。

あれはただの悪い夢だったのだと、ジョージーは自分に言い聞かせた。眠ったまま家からさまよい出てしまっただけ。考えれば考えるほど、それが真実だと思えてくる。彼女はひどい悪夢を見ただけなのだ。

納屋も鶏小屋も通り過ぎてしまうと、ヤギと鶏は静かになった。母親が園芸道具をしまっている古い物置も、昨日の夜ベッキーとジョージーにこのうえない喜びを与えてくれたトランポリンも通過する。トランポリンの上で飛び跳ねたのが何百万年も前のように思えた。

両親がキッチンのテーブルでしゃべっている声が聞こえるのではないかと、ジョージーはすがるような思いで耳を澄ました。だがスクリーンドアが熱風にあおられて開いたり閉じたりする音以外、何も聞こえない。

動きかけたスクリーンドアを手で押さえ、マッドルームに入ったあと、しっかり閉める。ドアをひと晩じゅう開けっ放しにしていたことでも、きっと小言を食らうに違いない。父親の仕事用の汚れた長靴がマッドルームにあるのを見て、ふたたび不安がわきあがった。

キッチンには誰もいなかった。冷蔵庫のモーター音と天井のファンがまわる音だけが響いている。居間にはイーサンのテニスシューズが床に転がり、母親の読みかけのペーパーバックがソファの肘掛けに開いたままのっていた。

「父さん？　母さん？」呼びかけたが返事はない。左手は手すりまで持ちあげられなかったので、右の脇腹をつかんで肩から壁にもたれて体を支える。

本当は向きを変えて一目散に階段をおりるべきだったのに、ジョージーは両親の寝室のドアを開け、中に入らずにはいられなかった。窓を覆うカーテンのせいで、部屋は薄暗い。よく知っているけれどこの部屋ではするはずのないにおいが鼻をついて、ジョージーの胸に恐怖が込みあげた。

「父さん、母さん」ジョージーはささやいてベッドを揺すった。「もう起きる時間だよ」答えはない。あまりにも静かだった。

　ふと右を見ると、ベッドの横の壁に中心から四方に散った大きな血の染みがついている。下へと垂れている赤い跡をたどると、部屋の隅に崩れ落ちている人の体が見えた。目は開いたままで、胸にこぶし大の穴が開いている。ジョージーは恐ろしい光景から視線をそらせなかった。体の持ち主である女性はどことなく母親に似ているが、そんなことがあるだろうか？　ゆがんだ表情を浮かべたその姿は、ホラー映画の登場人物そのものだ。ネグリジェが血に濡れて、体に張りついている。

　いつもはベッド脇に置かれているパウダーブルーの電話機が、コードを切られて母親の横に転がっていた。

　ジョージーの手足に奇妙なしびれが広がった。心臓がどくどくと打つ音が耳の奥で響いている。ジョージーはよろめきながら部屋を出た。

「父さん？　どこなの？」呼びかけながら自分の部屋へ向かおうとしたジョージーは、凍りついたように動きを止めた。部屋の入口の床のすぐ上に手が見える。ゆるく握られたその手が誰の体につながっているのか、ジョージーにはわかっていた。父親だ。父親がどんなふうになってしまったのか見たくなかったが、無理やり足を前に出す。

金の結婚指輪が光を反射して輝いた。

ジョージーは震える息を吐きながら、部屋の中をのぞいた。父親の顔はなくなっていた。顔があるべき場所には、血と骨と何かわからない灰色のものからなる意味不明な物体があるだけだ。悲鳴が喉につかえたまま、あわてて向きを変えて遠ざかろうとしたが、誤って足の裏が父親の手にぶつかってしまい、柔らかい肉の感触にぞっとして階段を飛ぶように駆けおりた。そして玄関のドアを開け放ち、真夏の太陽が照りつける外に出て走りだした。


午前七時三十分、マシュー・エリスは娘と義理の息子が営む農場へ車で向かっていた。マシューの農場からそこまではメドウ・ルーをほんの一・五キロほど走れば着く。そのあとは町に行って年寄り仲間と会い、飼料店でコーヒーを飲む予定だった。

そのとき、道の端から端へと蛇行している何かに、九十メートルほど手前で気がついた。アスファルトからゆらゆらと立ちのぼる熱気越しなので、最初は車にぶつかった鹿か何かだと思った。

けれどもさらに近づくと、そのぼろぼろで血まみれの生き物が動物ではなく人間だとわかった。痛みに背を丸めているせいで、まっすぐに進めないのだ。

のちにマシューは捜査官に話した。〝古い映画に出てくるゾンビみたいだと思ったよ。死んだような目をして、よろよろと歩いてたからな。だがそれが誰かわかったとき、心臓が止まりそうになった〟と。

トラックが近づいてくることにジョージーは気づいたのかもしれないが、そうとわかる反応はなかった。彼女の祖父はトラックを道の端に寄せて止め、あわてて飛び出した。

「ジョージー!」マシューは呼びかけた。「どうしたんだ? 何をしている?」しかし声が聞こえないかのように、ジョージーは歩き続けている。マシューはどうすればいいかわからず、孫娘の肩をつかんで無理やり目を合わせた。

「ジョージー」マシューは言った。ジョージーの赤い目は焦点が合っていない。「何があった? どこへ行く?」

「おじいちゃんのうち」ジョージーがしゃがれた声を絞り出す。マシューはその答えに違和感を覚えた。彼女は真逆の方向へと進んでいたからだ。それに腕が腫れて乾いた血がこびりついているし、四肢には無数の切り傷がついている。マシューはジョージーを連れてトラックに戻り、手を貸して乗り込ませた。

「何があったんだ、シュー?」ジョージーがまだ幼くて、祖父がどこへ行くときも追ってきた頃につけた愛称で問いかける。〝うざったいハエだ、しっしっ《シューシュー》〟とマシューがからかうとジョージーはくすくす笑い、ブーンと言いながらついてきたものだ。「何があった？　事故でもあったのか？」

〝家で何か事故があったんだと思った〟あとでマシューは現場に到着した保安官補に言った。〝それ以外、思いつかなかったんだ。息子たちはステート・フェアに行く予定で、あの時間にはもう出発しているはずだったからな。それでジョージーを連れて家に行ってみることにした。あんなものを目にすることになるとは想像もしていなかった〟

ジョージーを連れて娘夫婦の農場へ向かったマシューは、義理の息子のシェヴィーとリンのミニバンの後ろに車を止めた。イーサンのトラックだけ見当たらなかった。

車をおりる前に、マシューは孫娘に目をやった。両頬が不自然に赤く、髪は朝にとかさなかったのかぼさぼさで、目は泣いていたかのように充血して腫れあがっている。靴を履いていないので足は汚れているし、脚は小枝で叩かれたみたいに傷だらけだ。ところが視線を腕へと移したとき、マシューの喉は締めつけられたように狭まった。その傷がどうやってできたのか、彼にはわかった。「ジョージー、腕をどうしたんだ？」

助手席に座っていたジョージーが目を開けて、腕に視線を落とす。その腕は血だらけで腫れており、ショットガンの弾が当たったところがゴルフボールの表面のようにぼこぼこへこんでいた。

暑い夏の朝なのに、ジョージーがガタガタ震え始めた。

「みんなはどこにいる?」マシューはきいた。

ジョージーはトラックの窓から家の二階に目を向けた。

「二階なのか?」恐れがにじんだマシューの声に、ジョージーがうなずく。「助けを呼んだほうがいいか?」

ジョージーはふたたびうなずき、家から顔をそむけて窓に頭をもたせかけた。

マシューはトラックからおりた。あたりには、冷えていくエンジンがたてる小さな音しかしない。「ここで待っていなさい」孫娘に言い、マシューは家の裏へまわった。

そしてスクリーンドアを開けて家の中に入った。ドアがキイキイきしんだあと、彼の背後で音をたてて閉まる。そうすれば祖父をこれから目にすることになるものから守れるとでもいうように、このとき目をきつくつぶったことを、ジョージーはのちのちまで覚えていた。

そして手で耳をふさいだが、そのあとに響いた音を締め出すことはできなかった。

首を絞められたような祖父の叫び声も、ドタドタと階段を駆けおりる音も、押し開けられたドアがバタンと閉まる音もすべて聞こえた。懸命に息を吸おうとしたあと何度もえずき、噴き出した液体がびちゃびちゃと地面に落ちる音も。

マシューの苦悩に満ちた叫び声が響き続けたので、ジョージーは耳をふさぐ手に力を込めたが、音をさえぎることはできなかった。

そこから直線距離で一・五キロ離れた自宅の庭にいたデブ・カッターは、このときの叫び声が聞こえたと、のちに供述した。声がいつまでも続くので草むしりをしていたデブは顔をあげ、動物がけがでもしたのだろうと思ったという。哀れな動物を誰かが安楽死させてやればいいのに、と思ったと。デブは気味が悪くなり、干してあったシーツを取り込んで家に入った。

マシューの叫びは徐々に静かなむせび泣きになり、やがてそれもおさまった。このあとスクリーンドアがふたたび開いたときのきしむような音も、ジョージーはずっと覚えていた。祖父はなぜまた家の中に戻ったのだろう。いったいどうして、と思ったことも。

祖父は家の中に長くはいなかった。すぐにトラックのドアが開く音とそれが静かに閉じる音がして、祖父がトラックの運転席に座った。ジョージーは勇気を出して、ちらりと横を見た。祖父は染みの浮き出たしわだらけの手をハンドルにかけたまま、頭を前に垂らして力なく座っている。車内の温度が一秒ごとにあがっていったが、ふたりはそのまま長いあいだ座っていた。

遠くから、すすり泣きのような物悲しい音がかすかに聞こえてきた。サイレンだ。警察がこっちに向かっている。

「シュー、ここで何があった？」マシューがしゃがれた声でき、顔をあげて真っ赤な目でジョージーを見た。

「ふたりとも死んでると思う」ジョージーはささやいた。「イーサンとベッキーはいた？」

「いや、おまえの両親しか……」祖父は震える息を吐いた。手もずっと震えている。

「ベッキーの手を放しちゃったの」ジョージーは呆然《ぼうぜん》とした状態のまま言った。「ごめんなさい。放すつもりじゃなかったんだけど」サイレンの音がどんどん大きくなっている。

「そろそろ車からおりないと」マシューはトラックのドアを開けた。サイレンの音がひときわ大きくなったかと思うと突然止まり、ブレイク郡保安官事務所のパトカーが二台、ジョージーの家の前に現れた。「じいちゃんの後ろにいるんだぞ、シュー」祖父が言い、ジョージーは祖父のベルト通しをつかんで、パトカーから男がふたりおりてくるのを見守った。どちらも銃を構えている。マシューはふたりのほうを向き、両手をあげた。

「二階だ」マシューは顎をしゃくって家を示した。「ふたりとも撃たれてる」

15

床に座っている幼い少女の髪を、母親が三つ編みにしていた。「母さんも小さいとき、同じような髪だった」母親が言う。「それをおばあちゃんがいつもフィッシュテールに編んでくれたの。母さんは結局、フィッシュテールをうまく編めるようになれなかったけど」

少女は母親が子どもだったときの話を聞くのが好きだったが、そういう機会はめったになかった。母親の両親はすでに死んでいて、彼らの話をすると母親が悲しくなってしまうのだ。だから彼らの話が聞けるときには、少女はひと言も聞きもらさないようにじっと耳を澄ました。

フィッシュテールとはどういう編み方なのか少女がきこうとしたとき、母親が小さくうめいた。「どうしたの？」少女は振り返った。立ちあがった母親の体がふらりと揺れる。そして見る見るうちに脚のあいだに赤い染みが広がり、血が腿を流れ落ちた。

「おなかの赤ん坊よ」母親がつぶやきながら、よろよろとバスルームへ向かう。

「生まれるの?」少女は赤ん坊は女の子だと確信していた。

「いいえ、早すぎる」母親は叫び、下着を脱いでバスルームのドアを閉めた。

少女はドアの前に立って、母親がうめいたり叫んだりするのを聞いていた。声が大きすぎる。あまりにも大きい。少女は不安になり、階段の上にあるドアに目をやって、父親が声に気づかないことを祈った。気づいたら父親はきっと激怒する。

「ねえ、静かにして。しいっ」少女はドアの向こうの母親に注意したけれど、うめき声は止まらず、波のように高くなったり低くなったりしながら続いた。そこで少女はドアに背中をつけて床に座り、助けが来ることを願いつつ待ったが、父親には来てほしくなかった。

人が死ぬときはこういう声をあげるのだろうか、と少女は考えた。母親がいなくなったら、どうすればいいのだろう? 誰が面倒を見てくれるの? 父親は彼女にほとんど注意を向けない。歌いながら寝かしつけてくれるのも、髪を編んでくれるのも、マニキュアを塗ってくれるのも、悪い夢を見たときに抱きしめてくれるのも、すべて母親だった。

部屋がだんだん暗くなっても、母親が閉ざされたドアを開けて出てくることはなかった。少女が怖いと思うものはたくさんあるが、そこに暗闇は含まれない。少女は暗い場所にいることをなんとも思わなかった。暗闇には三種類ある。まず朝の闇。灰色を帯びた暗い色から、次第にブルーやピンクへと変わっていくこの闇は、父親がもうすぐ仕事に出かけることを意味する。少女は父親がいないほうが好きなのだが、母親は父親がいないと不安が増すようだ。父親が戻ってこないのではないかと心配なのだろう。たしかに、父親がいなくなったら母親も少女も困る。食べ物や服を買うお金がないのだから。それで母親はくよくよ思い悩む一方、少女は父親が長い時間いないときのほうがくつろげる。

ふたつ目は夕食後の闇。少女が顔を洗って歯を磨いたあとの暗闇だ。少女は父親と母親のあいだに挟まってソファに座り、ふたりがテレビの下にある小さな機械に入れた映画を観る。夕食後の暗闇はぼんやりした紫と紺色で、ごく普通に幸せに暮らしているという気分を少女に与えてくれる。ポップコーンを食べたりしながら三人でテレビを見ていると、彼女の家族も映画に出てくる家族とそう変わらないのではないかと思えてくるのだ。

けれども夕食後の暗闇は、一日のうちでもっとも落ち着かない時間でもあった。父親の機嫌が悪かったり、母親が悲しい気分だったりしても、少女には逃げられる場所がない。怒りにまかせた言葉も、泣き叫ぶ声も、叩いたり殴ったりする音もすべて聞いていなければならない。最近はお気に入りの場所である窓の下に行って、カーテンと窓のあいだから入ってくるわずかな光で本を眺めるようにしている。

一番濃いのは真夜中の闇だ。この暗闇はあたたかく、ベルベットのようになめらかで、少女の隣で眠る母親の呼吸の音がする。

この闇は恐れる必要がないのだと、少女は考えた。恐れなければならないのは、光の中に出現する怪物なのだから。

16

現在

ワイリーは少年がトイレから出てくるのを待つあいだ、玄関のドアを開けてタスを外に出した。嵐は勢いを盛り返していて、服のあらゆる隙間から冷気がもぐり込んでくる。タスは今回はすぐに戻ってきた。

少年をひと晩じゅうトイレにいさせるわけにはいかない。あそこは寒すぎる。ワイリーはドアを叩いたが、反応はなかった。

「大丈夫?」声をかけても返事はない。そこで取っ手をまわすと、ドアが開いた。少年はきつく握った両手を目に当てて座り込んでいる。

少年が怯えた鹿のようにびくついていたので、慎重に言葉を選ばなければならないとワイリーは悟った。「怖かったわよね。あの写真はひどいもの。わたしはああいうふうに傷つけられた人たちについて本を書いているの。そういう人たちのことを、みんなに知ってほしいから。でも、わたしが誰かを傷つけることは絶対にない。わかってくれる？」それを聞いても、少年は目を合わせようとはしない。

「あなたを助けたいの。だから家族に連絡したい。だけど、そうするにはあなたの協力が必要よ」

ワイリーは出てくるように手招きしたが、少年は動かなかった。

無理もない。

もう真夜中だが、あんな写真を見てしまった少年がこのあと眠れるかどうかは疑わしかった。しかたなくひとりでキッチンへ行くと、一分ほどして少年の静かな足音が聞こえた。「おなかがすいているわよね」ワイリーは言った。「何か食べる？」

少年は黙っている。「とにかく、わたしはおなかぺこぺこ」ワイリーは冷蔵庫を開けた。「うーん、何があるかしら。卵とパンケーキっていうのはどう？」卵のケースをカウンターに置いたあと、戸棚からパンケーキミックスを出す。「飲み物は何がいい？」ワイリーは尋ねた。「牛乳とジュースと水があるわ。あとはコーヒー。コーヒーはいつも飲んでるの？　きっとミルクもお砂糖もなしよね」

ちょっとした冗談に少年が笑ってくれているかとワイリーはちらりと横を見たが、少年は無表情なまま短く刈った頭を小さな手でこすった。「頭の傷はどう？」ワイリーはきいた。「痛むんじゃない？」

少年はこめかみのあざに指先で触れたものの、何も言わなかった。

「そういえば、あなたの服がもう乾いているはずよ。すぐに戻ってくるわね」ワイリーは急いで洗濯室の乾燥機から少年の服を取ってきて、キッチンの椅子にかけた。「バスルームで着替えてきてもいいわよ。戻ってくる頃には最初のパンケーキが焼けてると思うわ」

少年は叩かれると思っているかのように椅子からすばやく服をつかみ取り、あわてて部屋から出ていった。そのあいだにワイリーはボウルに卵を割り入れ、パンケーキの生地をフライパンに流した。

パンケーキをひっくり返し、テーブルの上にブドウを入れたボウルとバターとシロップを置く。

「パンケーキは好き？」音もなく戻ってきた少年にワイリーはきいた。

パンケーキを皿にのせ、少年に渡す。「そこに座って食べ始めてていいわよ。わたしもすぐに座るから」

ワイリーはパンケーキを何枚も積みあげた皿とスクランブルエッグの入ったフライパンを持ってテーブルに行き、卵を少年の皿にすくい入れた。自分の皿にも入れたあと、オーク材の円テーブルに少年と向かいあって座る。「さあ、どんどん食べて」ワイリーは言った。「わたしを待っていなくていいから」少年が不安そうに彼女を見あげる。

「パンケーキを切り分けてほしいの？」ワイリーがきくと、少年は目の前の皿を引き寄せ、パンケーキを手でつまみあげた。

それを引きずるようにしてシロップにつけ、口の前まで持ちあげたあと、恐る恐るなめる。それで食べても大丈夫だと判断したらしく、少年はようやくパンケーキを口に入れ、ワイリーが皿にのせてやった二枚目にも取りかかった。ほとんど嚙まずにどんどん飲み込んでいく。

「もっとゆっくり食べて」ワイリーは言った。「まだまだたくさんあるわよ」

パンケーキを食べ終えた少年がスクランブルエッグに顔を寄せてにおいを嗅ぎ、鼻の頭にしわを寄せた。

「いいのよ」安心させるように言う。「食べたくなかったら食べなくていい」

少年が外に行きたそうな表情でドアを見た。

「覚えてる？　外は嵐だったでしょう？」ワイリーは問いかけた。「今は外に出たら危ないわ。道だって、とても歩けるような状態じゃないの」それでも少年は今にも飛び出していきたそうに、身じろぎをする。

ワイリーは少年を怖がらせたくなかったが、これ以上嘘を重ねるのもいやだった。「この雪も永遠に降り続けるわけじゃないわ」そんなことになったらと考えたのか、少年がすっと涙を流す。

「泣かないで」ワイリーは驚いて言った、「ねえ、ゲームでもしない？」少年の気をそらそうと、あせって提案する。

少年が警戒するような表情を向けてきた。

「〝最初はあなた、次はわたし〟っていうゲームよ」ワイリーは立ちあがって皿をシンクに運んだ。「まず、あなたがわたしに質問するの、次にわたしがあなたに質問する。どう、やりたい？　あなたはただ〝好きなものは何？〟とか適当に質問するだけ。そしてわたしがそれに答える」

ワイリーは皿をゆすいで食器洗浄機に入れた。「じゃあ、いいわ。わたしから始めるわね」少年が黙っているので、彼女は言った。

天井を見あげ、考え込んでいるふりをして指先で顎を叩く。簡単に答えられるような質問が何かないだろうか。詮索がましくならない、軽い質問が。「好きな色は何？」

問いかけたが返事はない。

そこでワイリーは別の方法を試してみることにした。「うーんとね、ワイリー、ぼくの好きな色は青だよ。きみはどう?」子どもの声を作って、代わりに答える。

それから普段の声に戻した。「わあ、偶然ね。わたしが好きな色も青よ」

ワイリーは少年がなんらかの反応を示すことを期待したが、無表情に見つめ返されただけだった。もしかしたら英語がしゃべれないとか、身体機能の問題で口がきけないとかかもしれない。それとも怯えきって口をきくどころではないのか。

ワイリーはため息をついた。「じゃあ、わたしのことを話すわね。タスには会ったでしょう? あなたの家にも犬はいる?」ワイリーは返事を期待せず、少し間を空けただけで続けた。

「一番好きなテレビ番組は『デイトライン』。あなたは?」しゃべりながら少年のグラスに牛乳を注ぐ。

少年はボウルからブドウをすばやく取って、試すように少しだけかじった。もしかして、これまでブドウを食べたことがないのだろうか?

少年はワイリーに目も向けない。

ワイリーが行き詰まって両手をあげると、少年がびくりとした。「せめて名前くらい教えて。名前だけでいいの。名前を言うのがそんなに難しい？」

少年が考え込み、もしかしたら何かしゃべるのではないかとワイリーは期待したが、結局かたく口をつぐんだまま、何も言わなかった。

ワイリーは不安が募っていくのを感じた。少年にワイリーを信用する理由がほとんどないのはわかるけれど、それでも彼女は凍死するところだった彼を助けたのだ。それなのに自分の名前も両親の名前も言えないなんて、どんな理由があるのか。この子はどんな秘密を、どういうわけで隠しているのだろう？

17

二〇〇〇年八月

「マシュー・エリスだ」マシューは震える声で名乗った。

「銃撃があったという通報を受けて来た」バトラー保安官が慎重に銃をおろす。彼の横には、あとを追うように別のパトカーで来た保安官補のリーヴァイ・ロビンスもいる。

「その通報はおれがした」マシューが言って、さらに何か続けたが、保安官は聞き取れずに問い返した。「娘とその夫が死んでいる。血だらけだった。本当に血だらけで――」マシューが涙を浮かべて震える声で言い、絶望に満ちた目を保安官に向ける。

ジョージーは祖父の背中に顔を押しつけていた。「やつらはジョージーのことも撃った」マシューがズボンの後ろポケットから出したハンカチで目をぬぐって、つけ加える。

「救急車は呼んでおいた。傷を見せてくれないか？」保安官に言われても、ジョージーは祖父の後ろから離れなかった。

「大丈夫だ、シュー」マシューがなだめ、孫の姿が見えるように横へどく。「この人たちは助けに来てくれたんだよ」

リーヴァイは低く口笛を吹いた。目の前の少女が立っていられるのが信じられなかった。マシューが倒れそうになっている孫娘の大丈夫なほうの腕を取ってトラックの近くへ連れていき、踏み段に座らせる。

「心配しなくていい、もうすぐ救急車が来るから」保安官が声をかける。「さっき〝やつらはジョージーのことも撃った〟と言ったが、犯人は複数だったのか？」

マシューはトラックにもたれて、力の入らない体を支えた。「わからない。誰がやったのか知らないんだ」

「犯人はもう逃げたのか？」保安官があたりを見まわす。

「家の中では誰も見かけなかった」マシューは言った。「ああ、くそっ。こんなひどいことが起こるなんて、信じられん」

「中に入ったのか？」保安官がきいた。

マシューはうなずいた。「リンは自分の寝室に、ウィリアムはジョージーの部屋にいた。孫息子はどこにいるのかわからない」目に新たに涙がわきあがる。

「家の中に犯人がいないことを確認してからでないと、救急救命士を中に入れられない」保安官が謝るように言った。「悪いがマシュー、それは理解してほしい」

「どちらにしても、ふたりのためにしてやれることはほとんどないだろう」マシューがささやく。

ジョージーは手を伸ばして、祖父のシャツの袖を引っ張った。「そんなこと言わないで、おじいちゃん。その人たちに頑張ってほしい。病院に行ったら、よくしてもらえるかもしれないよ」ジョージーは汚れた顔に涙をこぼした。

「じゃあ、お嬢ちゃん、あとはわたしたちにすべてまかせてくれるね」バトラー保安官が安心させるように言う。「きみたちは家から離れていてくれ。わたしたちがやるべき仕事をできるように」これからバトラーはリーヴァイと一緒に現場を見て、そこを保全しなければならない。確認が終わるまでは犯人が家の中に残っている可能性があるし、別の犠牲者がまだ生きている可能性もわずかとはいえ捨てきれない。こうしているあいだにも、貴重な時間が失われていく。決して取り戻せない時間が。

すでに夏の日差しで朝露は消えていた。マシューは汗に濡れた手でジョージーの肘をつかみ、足を引きずっている孫娘を支えて古いメープルの木の下に連れていった。

彼が孫娘を木陰に座らせているあいだに、バトラーとリーヴァイは銃を構えてあたりを警戒しながら家に入っていく。

そのあとのことをマシューはぼんやりとしか覚えていない。保安官補がさらにやってきて、マシューは自分の知っていることを彼らにも説明した。

やがて救急車のサイレンが近づいてきたので、マシューは木の下にいる孫娘のところへ戻った。けがをした腕に触れないように腕をまわすと、ジョージーは祖父の肩に顔をうずめ、仕事着用の強い洗剤とたばこが入り混じったにおいを吸い込んだ。

「シュー、おまえの傷を診てもらおう。そのあいだに保安官たちがイーサンを探してくれる」マシューはジョージーの目の下の涙を親指でぬぐった。

救急車がやってきて規制線のテープのすぐ向こうで止まり、救急救命士が男女ひとりずつおりてきた。ふたりは車の後部ドアを開けたあと、あたりを見まわして保安官補からの指示を待っている。

「孫が撃たれたんだ」マシューが声をかけると、救命士たちはすぐに担架を持ってやってきた。そしてジョージーを担架にのせて救急車の中へと運び込んだ。

「すぐには出発しないだろう？」マシューは女性の救命士に確認した。

「これから傷を調べますけど、ざっと見たところでは、お孫さんはアルゴナの病院へ搬送する必要があるでしょう。すぐに出発することになると思いますので、そのときにはお知らせしますね」女性の救命士がそう言って、マシューを安心させるようにほほえむ。

「すぐに戻ってくる」マシューが言うと、ジョージーが置いていかれるのを恐れるように彼の手をつかんだ。「見えないところには行かないよ」そう約束すると、孫娘はしぶしぶ手を離した。

玄関のドアは鍵がかかっておらず、バトラー保安官はあとでマシュー・エリスに彼が鍵を開けたのか、それとも最初から鍵がかかっていなかったのか、確かめなければならないと考えた。

家は薄暗く静まり返っていて、人の気配はまったくない。バトラーとリーヴァイは居間から見ていくことにした。分厚いカーテンの後ろやクローゼットの中をのぞいて何もないことを確認し、一階のバスルームに移動する。

「誰もいない」リーヴァイが告げた。「でも、洗面台に血がついているみたいです」

バトラーが顔だけ突っ込み、白い磁器製ボウルの中と側面がうっすらピンクに染まっているのを見てうなずく。ふたりはダイニングルームに移った。部屋の中央に大きな厚板のテーブルと椅子が六脚ある。テーブルの真ん中にはドライフラワーが置かれていた。

「異状なし」バトラーは顔の汗をぬぐった。窓辺にエアコンがついているが、ダイニングルームの中はダッチオーブンより暑い。この暑さでエアコンを使っていないのは奇妙に思える。しかも窓は閉まっていた。

リーヴァイが先に立ってキッチンに入ると、そこにも誰もいなかった。コーヒーメーカーには黒い液体がいっぱいに入っていて、ガラス製のポットに触れると冷めていた。裏口の横の壁にかかっているふたつの鍵束は、外にある車のキーだろう。

「地下も見てみるべきですかね?」リーヴァイが地下へおりるドアを顎で示す。

バトラーがドアの上部のスライド錠を見ると、施錠されていた。「外から施錠されている」バトラーは言った。「二階を調べたあとに戻ってこよう。犠牲者は二階だとマシューが言っていた」

今度はバトラーが前になって階段をあがった。家の中は息苦しいほど暑く、流れた汗が目に入る。部下の保安官補が恐怖を感じているのが、においでわかった。これまでリーヴァイは自動車事故の犠牲者に自殺者がふたり、それに七面鳥を撃ちに行って転び自分を撃ってしまった男など、何度か死体を見ている。だがこれからどんなものを目にすることになるのか、想像がつかないのだろう。バトラー自身は何度か凄惨な現場に立ち会ったことはあるが、どんなに経験しても慣れることはない。今回は無理心中だろうか？　それとも侵入者に撃たれて死んだのか？　そうだとしたら動機はなんだ？

二階にあがる階段は途中で反転していて先が見えない。そこを曲がった先に何があるのか、ふたりには見当もつかなかった。バトラーは二階で音がしないか耳を澄ましたが、自分の呼吸の音しか聞こえず、警戒をゆるめないように気を引きしめた。リーヴァイに止まるように合図したあと、息を吸ってすばやく向きを変え、銃を構える。だが誰もいなかったので、その姿勢のまま息を整えて、残りの階段をのぼった。

二階に着くと、まずにおいが襲いかかってきた。鉄くさいにおいに糞尿のにおいが混じっている。人は死ぬと、筋肉が弛緩《しかん》して垂れ流すことがあるのだ。

「くそっ、ひどいにおいだ」リーヴァイが声をあげる。

「口で息をしろ」バトラーはそう言って廊下を進み、最初のドアを開けた。そこはバスルームで、シャワーカーテンを開けたが誰もいなかった。「異状なし」振り返ってリーヴァイに告げる。においのもとに着実に近づいているものの、ここではない。

寝室のドアの前に立ったリーヴァイは取っ手に触れるのが怖かった。触れれば指紋を消してしまうかもしれないし、そもそもドアの向こうにあるものを見たくない。だが振り返ると保安官がうなずいたので、触れる面積を極力少なくして取っ手をまわし、ドアを開けた。銃を構えながら足を踏み入れると強烈なにおいに襲われ、鼻を覆いたい衝動に駆られる。

ブラインドの端から朝の光が細く差し込んでいる室内を最初に見渡したとき、なんてことはない平凡な部屋に見えた。家族写真が並べられている壁際のドレッサーも、寝乱れたままのベッドも、乱雑に積みあげられた本も、硬貨が散らばっているベッド脇のテーブルも、ごく普通の光景だ。しかしベッドの横にある惨殺死体だけがそうではなく、しかもその女性の遺体は暑さの中ですでに腐敗が始まっていた。

バトラーが後ろからきいてくる。「ここも異状はないか?」

リーヴァイはすぐに反応できなかったが、一拍置いて身をかがめ、ベッドのまわりに垂れているレースの縁取りがついた布を持ちあげてベッドの下をのぞいた。誰かが見つめ返してくるのではないかと半ば予想していたものの、誰もいない。そのあと調べたクローゼットも空っぽだった。

「異状はなし」リーヴァイは息を吸って吐き、湿った髪に指を通した。「最初の被害者を発見」リーヴァイがそう報告すると、すぐに背後のドアから保安官が入ってきた。

「ああ、なんてこった。リン・ドイルだ。至近距離から胸を撃たれている」

「被害者はふたりだと、ミスター・エリスは言っていましたね」連れ立って部屋を出ながら、リーヴァイは言った。

「ああ、今度は後ろから援護してくれ」バトラーは言った。「わたしが先に行く。大丈夫か？」真っ青な顔をして目を見開いているリーヴァイを、バトラーが心配そうに見る。

「大丈夫です」

保安官は先に立って進み、廊下の左側にある次の部屋の前で止まった。ドアは大きく開いていて、堅木の床に死んだ男が仰向けに横たわっている。裸足にトランクスとTシャツという格好のその男は、顔があるべき場所に大きな傷がぱっくり口を開け、骨と灰色の物体があらわになっていた。

「くそっ、これは旦那ですかね」リーヴァイは息を吸った。心臓が激しく打っている。

「そのようだが、確認が必要だ」

リーヴァイは明らかに十代前半の子どものものだとわかる部屋を見まわした。この部屋の主はメープルの木の下に座っている少女だろう。壁には馬が黄色い牧草地を駆けているポスターとアイドルグループのイン・シンクのポスターが貼られ、幅木は野球チームのステッカーで埋め尽くされている。

紫色の上掛けがかかったシングルベッドには動物のぬいぐるみが並んでいるから、早起きをしてベッドを直したか、ここでは眠らなかったのだろう。白い木製のドレッサーの上にソフトボールのグローブとピンクのマニキュアの瓶があり、その上の壁にかかっているコルクボードには4Hクラブ（農業地域の青少年クラブ）のリボンがいくつもとめつけられていた。ベッドの横には寝袋がふたつ広げられている。

「さあ、行こう」バトラーが促す。「あとひと部屋ある」

そこは典型的な十代の青年の部屋で、あちこちに服が脱ぎ捨てられ、ソーダの缶や車の雑誌が散乱していた。そして汗と靴下と制汗スプレーのにおいが充満していたが、死体はなかった。

ふたりは男性の死体があるところまで引き返してきた。「どう思います？ 無理心中ですか？」リーヴァイは尋ねた。「夫が妻を殺して、そのあと自殺したんでしょうか？」

「自殺には見えないな」バトラーが答える。「武器がない」

「そうですね」リーヴァイはうなずいた。「じゃあ、あの女の子に話を聞いたあと、兄を探しに行くって流れですか？」

「兄だけでなく、もうひとりの女の子も探さなくてはならない」保安官が険しい表情でつけ加える。

「もうひとりの女の子？　どういうことですか？」

「床に寝袋がふたつあっただろう。その横に服が入った大きいかばんもあった。泊まりに来たんだよ」バトラーは頭を振った。「その子がどうなっているのか心配だ」

救急車の中では、救急救命士のローウェル・ステューベンスが事件現場からジョージー・ドイルの気持ちをそらそうと懸命に試みていた。

手足が長くひょろりとした彼は、けが人の緊張をやわらげるバセットハウンドみたいな茶色い目と親しみやすい笑顔の持ち主だ。三十九歳のローウェルはリン・ドイルと小学校の同級生で、恥ずかしがり屋で物静かな少女だった彼女を覚えていた。だがこれまでは、すれ違っても挨拶以上の言葉を交わしたことはない。同じ地元に住んでいても、ふたりはまったく違う生活圏に属していた。

「寒そうだね。傷を調べたら、毛布を持ってきてあげよう」彼にそう言われてもジョージーは返事をせず、目をつぶったが、農場でのいつもの生活では決して耳にしない保安官補たちの話し声や、彼らが持っている無線機がたてる音を遮断することはできなかった。

救急車の中は消毒用のアルコールみたいな病院のにおいがした。

ラテックスの手袋をはめるパチンという音に、ジョージーがびくりとする。

女性の救急救命士がジョージーの目にかかった髪をそっと払った。

「わたしはエリン」女性が言った。「そして彼は友だちのローウェルよ。これからふたりであなたの傷を調べるわね。そのあとバトラー保安官の許可が出たら、けがをした腕をお医者さんに診てもらうために病院へ連れていくわ。血圧を測りたいから、大丈夫なほうの腕に触らせてくれる?」

左腕を差し出したジョージーは、腕に巻きつけられたものがきつくなったりゆるくなったりするのを感じて眉根を寄せた。「痛かった? ごめんね」エリンが声をかける。

「ううん」ジョージーはのろのろと返した。「痛くない。変な感じがしただけ」

そのとき家の周辺が急に騒がしくなったので、ジョージーが体を起こそうとすると、ローウェルがそっと押し戻した。

「どうして腕をけがしたのか教えてくれるかい?」ジョージーの上腕には傷があり、そこにショットガンの弾が埋まっている。

「トランポリンをしていたら、急にバンっていう音が聞こえたの。それで何があったのか見に行こうとしたら、誰かが追いかけてきて。わたしはトウモロコシ畑に逃げ込めたけど、ベッキーはだめだった。撃たれたのはそのあとだよ。ねえ、ベッキーは平気だった？　見つかったの？」

ローウェルとエリンは視線を交わした。「そういうことは保安官補が教えてくれるんじゃないかな。何があったのか見てくるわね」エリンが小声で言う。

「お兄ちゃんはどこにいるのか知ってる？　お兄ちゃんもベッキーも見つけられなかったの」ジョージーは今度はローウェルに訴えた。

「今は何も考えないほうがいい。きみの腕はあとでお医者さんがよく診てくれるからね」ローウェルがなだめるように言い、優しくほほえんだ。

「ちょっと染みるかもしれない。アルコールで傷を消毒していくよ」ジョージーの足の裏をひんやりと湿ったもので拭きながら、ローウェルが声をかける。足の裏の痛みが一気にひどくなって、ジョージーはひるんだ。「ここの傷はそれほど深くない。ぼくたちがするのは消毒だけ。あとは病院で専門のお医者さんが治療してくれる」

「おじいちゃんと一緒にいちゃだめ？」ジョージーはきいた。「腕はそんなに痛くないから」

「ごめんよ」ローウェルが言う。「ぼくたちはきみをお医者さんのいる病院に連れていかなくちゃならないんだ」

「行きたくない」ジョージーはローウェルの横をすり抜けようとした。

「ほらほら、だめだって」ローウェルがジョージーのウエストをつかんで止める。「ぼくが怒られたら、きみだっていやだろう？」

マシューが騒ぎに気づいて救急車まで来た。「だめだ、シュー、ここでおとなしくしてなさい。この人たちに仕事をさせてあげるんだ」

ジョージーはしぶしぶ体の力を抜いた。「おじいちゃんも一緒に来てくれるんでしょう？」

マシューは質問に答えず、ジョージーの手を取った。「いいかい、おまえが病院へ行く前に、警察の人が少し話を聞きたいと言っている。ちゃんと話せるかな、ジョージー？　とても大事なことなんだ。おまえの友だちと兄さんが見つかるように、できるだけ協力しなくちゃならない」

ジョージーはただ、すべてを忘れたかった。飛び散っていた血も、ぼろぼろになっていた両親の体も、追われて畑に逃げ込んだときの恐怖も。しかしそれらは頭に焼きついていて、どうやっても忘れることはできない。それなら警察の助けになるように、覚えているすべてを話せばいいのではないだろうか。ひどいことをした人間がつかまって、兄とベッキーが戻ってくるように。

バーデンでは、ベッキーの母親のマーゴ・アレンが食料品店での仕事を始めたところだった。緑のエプロンを頭からかぶって担当のレジに入った彼女の前に、その日最初の客が近づいてくる。「おはよう、ボニー」カウンターの上に買うものを並べているボニー・ミッチェルに、マーゴは声をかけた。

「おはよう。ねえ、町の西のほうで起こった事件のことを聞いた?」ボニーが顔を寄せてきて、ひそひそとささやく。

「いいえ、どんな事件?」マーゴはボニーにレシートを渡しながら尋ねた。

「古いビターナットの木の近くらしいけど、大騒ぎよ。警察の車が次々にそこへ向かってて、救急車のサイレンも少し前に聞こえたわ」

「ビターナット? メドウ・ルーの?」マーゴは一瞬不安になったが、すぐに思い直した。ドイル家の農場はメドウ・ルー沿いにあるが、今朝早くにデモインで開かれるステート・フェアに出発しているはずだ。何かあったのなら、彼女に連絡が入っているだろう。

「きっとまたドラッグの工場かなんかよ」ボニーが頭を振りながら言う。マーゴは袋に詰めた商品をボニーに渡し、明るく送り出した。メドウ・ルーには家がいくつくらいあっただろう？　道筋を思い浮かべ、四つか五つくらいかと考える。ドイル一家が事件と関係している可能性は低い。

マーゴは店内を見渡した。客は二、三人しかいない。「ねえ、トミー、ちょっとだけレジに入っててくれない？」収穫されたばかりのトウモロコシを棚に並べている青年に、マーゴは声をかけた。

そして休憩室へ行って、仕事をしているあいだ私物を保管している戸棚からバッグを取った。そこから大事な電話番号を書きとめてある小さな赤い手帳を出し、ドイル家に電話をかける。しかし呼び出し音が鳴り続けるだけで誰も出ないので、マーゴは電話を切った。腕時計を見ると午前九時過ぎ。ステート・フェアに出かけた彼らが出ないのは当然だ。マーゴはヘアクリップから外れた髪をもてあそびながら考え込んだ。しばらく外出しても、店主のレオナルド・シェファーは気にしないはずだ。いないあいだはトミーが穴埋めしてくれるだろう。夫——もうすぐ元夫になる——には過保護でばかな母親だと言われるかもしれないけれど、ベッキーはどれだけ成長していてもかわいい娘だ。心がざわめいて、不安を振り払えない。いやな予感がして、確かめたほうがいいと頭の中でささやく声がした。マーゴは腕時計を見た。四十分もあれば行って帰ってこられる。そうしてはいけない理由なんてあるだろうか？　ドイル家の農場までひとっ走りして、車の中から様子を見ればいい。

リーヴァイは集まっている警官や保安官補たちには目もくれず、よろめきながら玄関の外へ走り出た。膝に両手をつき、鼻と喉に残っている血と死のにおいを消そうと繰り返し新鮮な空気を吸う。すぐにバトラー保安官も汗を滴らせながら険しい表情で出てきた。

「保安官？」若い保安官補が期待に顔を輝かせながら前に出る。

「敷地を封鎖しろ。わたしの許可なく、誰にも出入りさせるな」バトラーは命じた。保安官補がうなずき、指示をみんなに伝えたあと、パトカーに積んである黄色い規制線のテープを持ってくるために走っていった。

「リーヴァイ」バトラーが呼ぶ。

「なんでしょう」リーヴァイはうねる胃が静まるように念じながら、体を起こした。

バトラーがメープルの木の下に立っているマシュー・エリスに視線を向ける。帽子を手に持って彼らを見つめているマシューにバトラーが小さく首を横に振ると、彼の表情が沈んだ。

バトラーはリーヴァイに向き直った。「州警察に連絡して、できるだけ早く捜査官をよこすよう要請してくれ」袖で額の汗をぬぐって続ける。「それから捜索犬も連れてくるように伝えろ。死体がふたつに行方不明の子どもがふたり。われわれにはできるだけ多くの助けが必要だ」

18

現在

パンケーキを食べ終え、ワイリーと少年は居間に戻って暖炉の前に座った。ワイリーは少年から目が離せなかった。口のまわりの発疹《はっしん》は少しおさまってきている。まだ赤いが、最初ほど痛々しくはない。ワイリーは顔を寄せてじっと見た。すると銀色のものが光ったので手を伸ばしてそっとこすってみたが、驚いたことに少年は逃げようとしなかった。彼女の指先に少年の肌が一瞬くっついて、そのあと離れていく。

ワイリーは少年の下唇から取った銀色のかけらを、指のあいだでこすってみた。べたべたする。まさか、ダクトテープだろうか？

「誰かがあなたの口をテープでふさいだの？」ワイリーはささやくようにして問いかけた。

少年がワイリーを見あげて、目をしばたたく。彼はワイリーの質問に驚きも怒りもせず、ただうなずいた。

「やったのは誰？」恐怖なのか怒りなのか悲しみなのか、自分でもわからない感情でワイリーの胸は締めつけられた。おそらくそのすべてだ。「お父さん？」ワイリーはきいた。「それともお母さん？」

少年が答える前に、突然大きな音が響いた。すぐにまた響き、さらにもう一度。はじかれたように立ちあがったワイリーは、シーダー材のチェストにすねをぶつけた。

「やだ、なんなの」外から聞こえたガラスが割れたような音に驚いて、ワイリーはつぶやいた。曇っている窓を指先で拭いて外をのぞいたが、音の出どころがわからない。雪も風もひどくて、一メートル以上先はほとんど見えなかった。

ふたたび音が響き、タスが怯えたように鳴く。

「木ね」ワイリーは言った。「木の枝が雪と氷の重さに耐えきれずに折れたんだわ。最初は木で、次は電線が切れる」

少年が説明を求めるように、ワイリーを見あげる。

「電気がないと真っ暗になって、あっという間に寒くなるのよ」ワイリーは窓の前から離れ、クローゼットに向かった。扉を開け、一番上の棚から頑丈な造りの懐中電灯を取って、チェストの上に置く。それからソファの横の小さなテーブルの引き出しを開け、少し小さめの懐中電灯も取り出した。

「これを貸してあげる」ワイリーは言って、それを少年に渡した。「このボタンを押したら電気がつくから、やってみて」少年が黒いスイッチを押すと明かりがついた。

「じゃあ今は切っておいて、停電したらつけるのよ」少年がスイッチを逆に滑らせる。

「ここにいてね。もっと懐中電灯を集めてくるから」

ワイリーはすべての部屋をまわって、懐中電灯を回収した。ここへ来たとき、停電に備えていくつも用意し、家のあちこちにしまっておいたのだ。停電に対する備えは万全で、家の中の配置はよくわかっている。それでもこれから真っ暗になるのだと思うと平静でいられなかったが、暗闇を照らすものがあるのだから大丈夫だと自分に言い聞かせた。

ワイリーは集めた懐中電灯を持って居間に戻り、ソファの上におろした。「二階にある分も取ってくるわね。すぐに戻ってくるから」

少年が不安そうな顔をしているのを見て、ワイリーは足を止めた。これ以上少年を怯えさせたくなかった。暗いのがいやなのは彼女の問題で、少年には関係ない。

「あと二、三個よ、それと予備の電池」ワイリーは懐中電灯をひとつ持つと、急いで階段をあがった。本当は、懐中電灯にこだわらずにもっと薪の心配をすべきなのだ。

冷静に考えれば、寒くて死ぬことはあっても暗くて死ぬことはない。懐中電灯を全部集めたら納屋まで薪を取りに行こうと、ワイリーは決めた。

二階に着くと、執筆に使っている部屋へ向かった。そこで過ごす時間が一番長いので、ワンセットの電池で百四十時間持つ風防付きのランプが置いてある。

外では枝が折れる音が続いていた。窓の前に伸びている枝も氷をまとっており、揺れたかと思うと爪楊枝《つまようじ》のように簡単に折れた。地面に落ちる枝を、ワイリーはずっとしながら見守った。そのあと机の一番下の引き出しを開けて電池のパックを数個取り出したとき、嵐を通してオレンジ色の光が輝くのが見えた。

机越しに窓に体を寄せ、外に目を凝らす。風に乗って平原の上を波打つように動いている雪の向こうに、ふたたびオレンジの光が見えた。車のヘッドライトだろうか？もしかしたら緊急車両かもしれない。ワイリーにはわからなかった。

外がよく見えるように、机の上のランプを消す。けれどもオレンジ色の光は見当たらず、見間違いだったかと思いかけたとき、嵐が大きく息を吸ったように一瞬あたりの動きが止まった。吹雪のカーテンが開き、小道の一番高いところに現れた明々と輝くオレンジ色の光の玉が空を照らす。

大破したトラックが炎に包まれていた。

ひっくり返っているトラックの上に電線が落ちて、ガソリンのタンクに引火したのだろうか？　それしか考えられない。

ああなったからには放っておく以外に手はなかった。

嵐が吸い込んだ息を吐き出したかのように、あたりがふたたび白くなり、視界が閉ざされていく。

最後にもう一度、暗闇にオレンジ色が光った。風を通して、炎がたてるバチバチという音が聞こえる。ワイリーはトラックのグローブボックスとその中にあったであろう書類に思いをはせた。トラックの持ち主の名前が書かれた書類は今、炎に包まれている。トラックを発見したときに、真っ先に見ておくべきだった。

頭上の明かりがまたたいた。ワイリーは息を止めたが、明かりが消えることはなかった。しかしもっと懐中電灯と電池が必要だという焦燥感が強くなる。

今、トラックを救うためにワイリーにできることはない。だからここでできることに集中すべきだ。自分と少年が凍えないようにし、暗闇を遠ざけておくことに。

彼女は窓から離れると、ランプと電池を持って廊下へ出て、階段に向かった。そして最初の段に足をおろしたそのとき、家が暗闇に包まれた。

ワイリーはかたまった。指先がしびれ、心臓が激しく打ち始める。めまいの波に襲われて手の力が抜け、電池が階段を転げ落ちて闇の底へ消えていく。ワイリーは自分の下に広がる黒い深淵《しんえん》を見おろした。恐れる必要はないとわかっているのに、頭がちゃんと働かない。冷たい汗が額に吹き出して、耳鳴りが低く響き始める。

ワイリーは一番上の段にふらふらと座った。息がちゃんと吸えず、酸素が肺になかなか入っていかない。何年も封印していた感情が、どろりとした黒いものになって喉に居座っているせいだ。

気道をふさいでいる冷たいものを外そうとするかのように、ワイリーは喉をつかんだ。前触れもなく訪れた暗い夜に耐えきれず、窒息しそうだった。

これまでは闇に光で抵抗することができていた。だが、今はどうすることもできない。ワイリーは目をつぶった。

ゴホゴホと咳《せ》き込む音がした。アザラシが吠えているような激しい咳《せき》のおかげで頭の中を飛びまわっていた蜂が消え、ワイリーは目を開けた。「ねえ、大丈夫？」懸命に声を平静に保って呼びかける。

細い光が弾むようにまわりの壁を動きまわり、階段のある空間がぼんやりと明るくなる。するとめまいがおさまり、世界が安定を取り戻した。光がある。それだけで何もかも大丈夫になる。

「今おりていくからね」ワイリーは呼吸が安定したのを見計らって立ちあがった。手足に感覚が戻り、指先になめらかな木製の手すりの感触が伝わってくる。脚は重いものの、少年が照らしていてくれたので、ゆっくりおりていけた。

少年の心配そうな顔を見て、ワイリーはささやいた。「大丈夫よ、暗いところがあまり好きじゃないだけ」

少年が手を伸ばして、ワイリーが持っているランプのスイッチを押す。すると部屋に柔らかい光が広がった。タスは平然とした様子で、暖炉の前に寝そべったまま動かない。ワイリーの喉につかえていた黒い塊が消えていった。

彼女はランプをチェストの上に置いた。「電気が復旧するまで何日かかるかもしれないけど、心配しないで。明かりも食べ物も薪もあるから」弱々しい声で少年を安心させる。

ワイリーは暖炉の横に積んである薪に目をやり、だいぶ減っているのを見て気持ちが沈んだ。薪がいる。火を保つためにもっと必要だが、家の中にはない。つまり納屋まで行って取ってこなければならないということで、どんなにいやでもほかに選択肢はなかった。燃やすための木が必要なのだ。「薪がもっといるわね。あなたも手伝ってくれる？」

少年が下を向いて靴を見つめる。

「わたしは薪を抱えて手が使えなくなっちゃうから、代わりに裏口のドアを開け閉めしてもらえたら助かるわ。でもその前に、あなたにはもっとあったかい格好をしてもらわなくちゃ。ドアを開けたら、部屋の中があっという間に冷えるから。どうかしら？　やってくれる？」ワイリーは尋ねた。

ようやく少年がうなずいたので、ワイリーは笑みを向けた。

ワイリーは集めた懐中電灯を全部つけたかったが、電池を無駄にするだけだとわかっていた。風防ランプだけで我慢しなくてはならない。ワイリーと少年は明かりをひとつずつ持って、マッドルームに行った。まず裏口の照明がつくか試してみる。つけば裏庭が明るくなるが、やはりだめだった。

ワイリーは古いスウェットシャツを見つけて、少年に着せた。裾は膝まで届き、袖は数回折り返さなければならなかったが、防寒着としては充分だ。それからアウトドア用の小物を入れているバスケットをかきまわしてニット帽を出し、耳の下まで来るようにかぶせてやる。

「さあ、これでいいわ」ワイリーは言い、少しさがって少年をチェックした。「手は袖の中に入れておくのよ」

自分も支度をして外に出て、玄関前の階段に置き去りにしていたそりを回収する。薪を運ぶのに使うつもりだった。

「おーい、大丈夫か？」小道の高くなっているあたりから、男が呼びかけてきた。「家から火が見えたから、スノーモービルで調べに来たんだ」

男が小道を半分ほど下ってきて、ヘルメットを脱ぐ。ワイリーは降りしきる雪を通して、相手が誰かを見て取った。東へ少し行ったところに住んでいるランディ・カッター だ。執筆のための下調べで、ランディが妻のデブと離婚したあと近くの家に引っ越してきたことは知っていた。

「車の残骸があった」荒く息をつきながら言うランディは、ニット帽の下から白髪交じりの髪をのぞかせ、まつげには雪をのせている。「けが人はいなかったのかな？ひどい事故だったようだけど」

「ええ」ワイリーは返した。「本当にひどかったわね。男の子を見つけたわ。ショックを受けているけど元気よ。でも男の子と一緒に乗っていた女性がいなくなってしまって心配なの」

「いなくなったっていうのは、どういうことだ？」ランディがきく。

「男の子を見つけたあと、どこから来たのか調べに行って、トラックと女性を見つけたの」ワイリーは説明した。「でも、女性は鉄条網に絡んでしまっていて外せなくて。だからいったんワイヤーカッターを取りに戻ったんだけど、そのあいだにいなくなっていたのよ」

「いなくなっていた？」ランディが繰り返す。「なんてこった。いったいどこに行っちまったんだ？」

「本当にどこへ行ったのかしら、わけがわからないわ。けがをしていて、かなり弱っているように見えたのに。そう遠くまで行けたとは思えないけど、見つけられなかったわ。嵐がひどくて」

「ああ、そうだな」ランディは同意した。「スノーモービルできみとその男の子をうちに連れていってもいいが、嵐はどんどんひどくなっている。ここから動かないほうがいいだろう」

「ええ、わたしたちは大丈夫」安心させるように言う。「薪も水も食べ物もあるから、問題なくしのげるわ。それよりいなくなった女性が心配で。彼女を探してもらうことはできる？」

「ああ。この天候の中で誰かが行き倒れていると思うと、放っておけない。ちょっとあたりを探してみるよ。また明日、ここに様子を見に来るってのはどうだい？　見つかったかどうか、そのときに教える。明日には雪がやんでいるといいが」

「そうしてもらえるとうれしいわ。ありがとう」ワイリーは言い、名残惜しく思いながら彼を見送った。背中を向けて小道を戻っていくランディに声をかける。「気をつけて」

家の中に戻ると、ワイリーは体についた雪を払って、そりをマッドルームへ運んだ。少年にランディと会ったことを伝えるか迷ったが、ひっくり返ったトラックのそばにけがをした女性がいたことを話せば、少年がさらに動揺するに違いない。ランディの捜索結果を聞いてからのほうがいいだろうと考えた。

ドアの前まで来たところで、ワイリーは懐中電灯を持っていたら薪を積んだ重いそりを引くのが難しいことに気づいた。

そこで別のプランを立てた。車の中にヘッドランプがあるから、納屋に行ったらそれも回収すればいい。ヘッドランプなら手を使わないですむ。

「あなたとタスはここで待っていてね。そしてわたしがドアの外まで戻ってきたら、開けて中に入れてちょうだい」ワイリーは手袋をはめながら頼んだ。

少年がうなずいたのを確認して、ドアを開ける。すると冷気が突風となってふたりにぶつかってきた。すぐに外へ出て、前かがみになって歩き始める。トラックが燃えたせいで、あたりにはガソリンのにおいが漂っていた。

持ってきた懐中電灯で、前方一メートル程度までは見通せる。氷の上に新たな雪が積もって膝のあたりまで達しているおかげで滑らず順調に進めた。

納屋に着くと力を込めて扉を引いたが、十センチくらいしか開かなかった。下側が雪につかえているのだ。そこで長靴で蹴って雪をどけ、狭い隙間に腰を入れて体をねじ込む。

かつてここで飼っていたヤギたちはもういないが、ベールスピア、チェーンハロー、ローダーバケットなど農場で使われていた機具はそのまま残っている。

ワイリーはまず車に向かい、ヘッドランプを探して見つけ出した。ボタンを押すと明かりがついたので、ニット帽の上から装着して隅に積みあげられている薪に目を向ける。

嵐が過ぎ去るまで持ちこたえられるだけの薪を運ぶには、何度か行き来する必要があるだろう。ワイリーは薪をそりに積み、樹脂製の防水布で覆った。

そのとき上のほうで音がした。乾いたものがこすれあうような、ガサガサという音。何かが干し草用のロフトにいるのだ。「誰かいるの？」ワイリーは恐る恐る呼びかけた。もしかしたら、事故現場にいた女性が納屋までたどり着いたのかもしれない。

ワイリーは少年の顔に残っていたテープの跡が気になって、女性に対して単純に気の毒だと思えないでいた。あの女性は少年を誘拐したのだろうか、それとも母親なのか？

ぐらぐらする梯子《はしご》をのぼって干し草用のロフトを見渡すと、ヘッドランプの光が空間を照らし出した。床は干し草で覆われていて、上を見ると隅の梁《はり》に凍ったクモの巣が張っている。ワイリーはロフトにあがった。

干し草を踏んで歩くと、細かいほこりが舞いあがった。小さな金色の目が隅で光り、ワイリーの横を駆け抜けていく。アライグマが冬ごもりをしていたのだ。

ざっと見たが、女性の姿はない。ワイリーは掛け金のかかった扉に歩み寄った。ベールと呼ばれる干し草の塊を運び出すために使われていた扉だ。そのすぐ横にある汚れた小さな窓からは、こんな天候でなければ何キロも向こうまで見渡せる。だが、今はヘッドランプの光が届く範囲しか見えない。吹き荒れる雪のおかげで、トラックからあがっていた火は消えたようだ。

そのとき雪のカーテンを通して、母屋で少年が使っている懐中電灯のかすかな光が見えた。少年が彼女の帰りを待っている。

一瞬風がやみ、渦巻いていた雪がきらきらしながら舞いおりる白い結晶のシャワーになった。そしてヘッドランプの光の先に、古い物置小屋から出てきた黒っぽい人影が浮かびあがった。人影はよろめきながら、少年のいる母屋へ向かい始める。トラックのそばにいた女性に違いない。古い物置小屋に避難していたのだ。でも、なぜ家まで来なかったのだろう？　彼女には少年を保護していることも、彼女を助けたいと思っていることも伝えた。だから、もしかしたら女性にはよからぬ意図があるのではないかという、いやな考えが浮かんでしまう。

ワイリーは急いで梯子をおりて納屋の扉を押したが、ぴくりとも動かずパニックに陥りかけた。とっさに誰かに閉じ込められたと思ったが、肩からぶつかると、きしみながら十センチほど扉が開いた。中にいた短いあいだに吹き寄せられた雪が出口をふさいでいたのだ。

さらに押し続け、身をよじってなんとか外に出られるだけの隙間を作る。外では雪嵐が復活していて、顔に吹きつける強い風に涙が浮かんだ。薄く目を開いてじっと見ると、人影がじりじりと家に近づいているのがわかった。

すぐに追いかけたかったが、火を絶やさないためには薪が絶対に必要だ。雪嵐に何時間もさらされたあと、隙間だらけの物置小屋で過ごしていた女性をあたためなければならない。ワイリーは納屋の扉を全力で押し開けると、もう一度中に戻って薪を積んだそりを外に出した。

足を踏み出すたびに、長靴が雪に埋まる。泥の中を進むような歩みでも、女性との距離は徐々に縮まっていった。ヘッドランプの光で、人影がトラックのそばにいたのと同じ女性であることが確認できた。ワイリーの帽子をかぶり、ワイリーのコートを着ている。

「ちょっと待って」ワイリーが呼びかけたが女性は止まらず、ひたすら前へと進んでいく。

家の近くまで来ると、窓に少年の顔が暗闇に浮かぶ白い月のように見え、すぐにまた見えなくなった。風が少しおさまった合間にふたたび見えたが、両手を窓にぺたりとつけた彼の顔は恐怖にゆがんでいる。女性はあと少しでドアまで到達するのに、ワイリーがいるのはそれより三十メートルほど後方だ。

ワイリーはそりのロープを放して走った。「ドアよ。ドアの鍵をかけて!」だが少年は突っ立ったまま、近づいてくる人影を魅入られたように見つめている。裏口のドアが開いて女性が家の中に入ると、吹きすさぶ風の音に混じって、タスが狂ったように吠えている声が聞こえた気がした。

吹きあがる風とともに雪が波打つように舞いあがり、家を覆い隠す。するとヘッドランプの強い光でも前が見えなくなって、ワイリーは状況がわからないまま進むしかなくなった。

ようやく裏口に着いて取っ手をつかんだが、ひねってもドアが開かない。鍵がかかっているのだ。ワイリーはこぶしでドアを叩いた。

「ちょっと！」大声で呼びかける。「ドアを開けて！」ワイリーは窓に顔を押しつけ、ヘッドランプの光でマッドルームを照らした。

激しく吠えながら女性のまわりをまわっているタスを、女性が蹴りつけているのが見えた。タスが鋭い鳴き声をあげ、こそこそと離れていく。

ワイリーからは女性の背中しか見えないが、少年の顔ははっきり見えた。少年は怯えた表情で涙を流している。女性が手にぶらさげているものが見えたとき、ワイリーは恐怖にあえいだ。なめらかな長い木製の柄の先についている三角形の鋼鉄の刃が、ヘッドランプの光を受けてぎらりと輝く。

手斧《ておの》を持った女性は少年の手を取ってマッドルームから連れ出し、暗がりの中へと姿を消した。

19

少女の母親がようやくバスルームから出てきた。「いなくなっちゃったわ」そう言って、ぼうっとした様子でふらふらとベッドに戻った。その後ろには赤い足跡がうっすら残っている。

少女がバスルームに走ると、床が血だらけのタオルで覆われていた。それを見て少女は理解した。おなかの中にいた小さな妹は死んでしまって、この血だらけのタオルの下のどこかにいるのだ。吐き気が込みあげ、少女はすばやくドアを閉めた。

地下室の中は耐えられないほど暑くなっていた。湿った空気は重く、窓のまわりに生えている草は太陽のせいで干からびて、くたりとした茶色い塊になっている。ときおり鮮やかな黄色の胸と黒い羽を持つ鳥が窓のところにやってきて、枯れた草の中から巣作りに向いたものを選んでいく。少女と鳥はいつも薄いガラス越しに見つめあった。でも、先に目をそらすのはいつも鳥だ。鳥にはやるべきことがあり、行かなければばならない場所もある。

母親は眠りながら泣いていた。少女はトイレに行きたかったが、どうしてもバスルームのドアを開ける気になれなかった。そこで本を眺めたり、黄色い鳥を探して窓を見つめたり、テレビを見たりして気を紛らしていたが、とうとう我慢できなくなった。

奇跡が起こって血だらけのタオルが消えていてほしいと思いながら、ドアを押し開ける。するとやはりタオルは消えておらず、少女は爪先立ちで赤くてべたべたしている箇所をよけながら、便器に向かった。

おそらくもうすぐ父親が来るが、この様子を見たらどうするだろう？　怒るに決まっている。悪態をつき、怒鳴りまくって、弱って動くこともできずにベッドで寝ている母親に手をあげるはずだ。母親は悲しみのあまり、食べることも飲むこともできなくなっているというのに。母親は父親の仕打ちにきっと耐えられない。

少女は黒いごみ袋を見つけて、汚れたタオルを詰め込み始めた。「何があったのか考えちゃだめ」何度も自分に言い聞かせる。

床についている血をこすり落としたペーパータオルも入れたので、ごみ袋はパンパンになった。

「考えちゃだめ、考えちゃだめ」そう繰り返しながら片づけを終わらせ、赤ん坊がいなくなった痕跡がすべて消えると、少女はベッドにのぼって母親の隣で眠った。

ようやく現れた父親は、母親のためにまたシェイクを持ってきていた。父親は部屋の真ん中に置かれたパンパンのごみ袋を見て尋ねた。「何があった?」

「いなくなってしまったの」母親が上掛けの下から答える。

「体は大丈夫なのか?」父親にきかれても、母親は黙っていた。「まあ、そのほうがよかったかもしれんな」

父親がベッドの端に座って母親の腰に手をのせたが、母親はごろりと転がってその手から逃れた。

「おまえが片づけたのか?」父親が少女にきく。

少女はうなずいた。

「ほう」父親が感心したような声を出す。それからごみ袋まで行って中をのぞき、母親のために持ってきたシェイクもそこに突っ込むと、血まみれのごみでいっぱいの袋を持って出ていった。

20

二〇〇〇年八月

ドイル家の母屋の前庭には保安官補がまだ六人ほどかたまって、バトラー保安官からの指示を待っていた。奇妙なほど平穏な日々が続いたあと、それを一気に補うような大事件が起こったことを、ベテランのバトラーが驚くのはおかしいのかもしれない。だが強盗や麻薬関連の事件、酔っ払いが起こすバーでのいさかいといったものは予想していても、こんな事件は想像もしていなかった。ウィリアム・ドイルもリン・ドイルも善良な人間で、これまでトラブルを起こしたことはない。十代の息子が何度かけんかに関わっているが、それも深刻なものではなかった。

今のところ、唯一の目撃者は銃で撃たれた十二歳の娘だけだ。早く病院へ搬送しなければならないとはいえ、先に話を聞きたかった。昨日の夜は誰かが泊まりに来ていた形跡があり、その身元を知る必要がある。

「くそっ、なんて事件だ」バトラーはつぶやいた。ふたり殺され、ふたりが行方不明になっている。目撃者である娘が救急車で搬送される前に急いで話をしなくては。

バトラーは救急救命士たちの治療を受けている少女のもとへ向かった。救急車の横にはマシュー・エリスが心配そうな表情で立っていて、救命士に声をかけている。

「体がまだ震えている。もう一枚毛布をかけてやってくれないか？」

女性の救命士が毛布を追加した。「大丈夫、ハニー？」歯が鳴るのを抑えるように顎に力を込めながら、ジョージーがうなずく。

「やあ、ジョージー、わたしはバトラー保安官だ」彼は救急車の中をのぞき込んで声をかけた。「エリンとローウェルはちゃんときみの面倒を見てくれているかな？」

ジョージーのすねにそっと触れると、少女はやけどでもしたみたいに脚を引いた。

「おや、悪かったね。かなり痛むのかい？」手を引っ込めながらきく。

「少しだけ」

「痛みを抑える薬を少量投与しました」ローウェルが報告して、奥に移動する。

「いくつか質問させてほしくてね」バトラーはジョージーを安心させるために笑みを向けた。「きみにとってはつらい質問になるが、早く病院に行かせてあげたいから我慢してほしい。ご両親を撃った人間を見たかい？」

ジョージーが祖父に目を向けると、彼はうなずいた。「ちゃんとは見てない」ジョージーが小さな声で答える。「外にいたから。ベッキーと。ふたりとも銃の音は聞いたけど、誰が撃ったのかは見なかった」

「ベッキーの名字を教えてくれるかな？」

「アレン。ベッキー・アレン」

「母親がシェファーズ食料品店で働いている」マシューがつけ加えると、バトラーは保安官補に向き直った。「両親を見つけて状況を伝えろ。ただし最低限のことだけでいい。ドイル家で事件が起こって、ベッキーの行方を探しているとだけ言え。それ以上はだめだ。いいな？」保安官補がうなずいて、足早で立ち去る。

「きみはよくやっているよ、ジョージー」バトラーは言った。「誰がきみを撃ったのかは見たかい？」

ジョージーは首を横に振った。「暗くて見えなかった。わかったのは誰かが追いかけてきたってことだけ。ショットガンを持ってた」

「男だった？」

「そうだと思う」

「若かった？　それとも大人だった？」バトラーは尋ねた。

ジョージーが自信のなさそうな表情になる。「大人だったと思うけど、自信ない。何歳ぐらいかは見えなかった」少女は眠そうな口調で言い、まばたきをして目を閉じた。

「そうか」バトラーはため息をついた。彼女に鎮痛剤を投与される前に質問できなかったのが残念だった。「昨日の夜、何か変わったものを見なかったかい？　あるいは変わった音を聞いたとか」

「トラック。トラックがいた」ジョージーがぼんやりした様子で返す。

「昨日の夜？　きみの家の敷地に？」これは重要な情報かもしれない。

「ううん、道にいたの。昼間。二回見たよ。白いトラックだった」

バトラーはふたたびため息をついた。白いトラックなんてバーデンではいくらでも走っている。昔から人気のある色だから、役に立つ情報とは言いがたい。

リーヴァイ・ロビンスが近づいてきた。「州警察がこっちに向かっています。捜索犬の手配には少し時間がかかるそうです」

バトラーはうなずき、ジョージーに注意を戻した。「ほかにもいつもと違うことはあったかな？　知らない人間を見かけたとか」

ジョージーは考えると痛むのか、頭をこすった。「知らない人じゃないけど、夕食のあとにカッターを見たよ」

「カッターだって？」リーヴァイが驚いて声をあげる。

「ブロック・カッター。お兄ちゃんの友だちなの」

「ほかには見なかったかい？」バトラーが質問する。「誰もいなかった？」

「おじいちゃんの家までパイを届けに行ったとき、おじいちゃんとおばあちゃんに会った。そのあとベッキーとロスコーを探しに行ったんだけど、途中であのがらくたでいっぱいの家に寄った」

　ジョージーが誰のことを話しているのか、バトラーにはすぐにわかった。ここからオクサイ・ロードを三キロほど行ったところに住んでいる、ジューン・ヘンリーと息子のジャクソン・ヘンリーだ。噂によるとジューンは重病――癌《がん》らしい。

　ジャクソンは車の部品、金属スクラップ、農業用機械など雑多なものを売っている。湾岸戦争から戻ったあと心的外傷後ストレス障害《PTSD》を患い、飲酒の問題を抱えていて、しばらく前に運転免許停止になり、今は公道以外の場所で全地形対応車《ATV》を乗りまわしていた。ジャクソンはたしかに変わり者だが、これまで暴力的な傾向を見せたことはない。

バトラーは名前を手帳に書きとめた。

「あともうひとつだけ」バトラーは言った。「ベッキー・アレンを最後に見たのはいつかな？」

ジョージーは記憶をたどるために目をつぶった。あのとき銃声を聞いた。誰かが彼女の名前を呼ぶのも聞こえた。あれは誰だったのだろう？　イーサン？　父親？　いいえ、どちらも違う。ジョージーはベッキーと手をつないで走った。それからまた銃声がして、ベッキーの手が離れても足を止めずに走り続けた。

ジョージーの顔は涙で濡れていた。「わからないの。ごめんなさい」泣きながら、目で祖父に助けを求める。

「今のところはここまでにしてください」ローウェルが割って入り、ひんやりした手をジョージーの額にのせた。「質問はあとでゆっくりすればいい。なるべく早くこの子の腕を医師に診せないと。傷口から細菌が入って、感染症でも起こしたら大変だ。この子のために病院へ来てくれる人はいますか？」

「わたしの妻が行く。ああ、なんてこった。妻に連絡しなければ」マシューは目を覆い、涙も声も出さずに肩を震わせてすすり泣いた。

「あなたもジョージーと付き添われてはどうです？」バトラーが提案する。「あとで病院に寄りますから、そのときに話しましょう」

　しかしマシューは首を横に振り、白髪交じりのひげで覆われた顔を震える手でこすった。「今は行けない。イーサンと女の子が見つかるまでは。娘があそこから運び出されるまでは」

　バトラーはちらりとジョージーに視線を向けた。彼女は目を閉じている。「現場検証が終わって郡の検視官が来たら、娘さんとご主人の遺体を運び出せます」

　納屋から保安官補がふたり出てきて、それと同時に乳房の張った空腹のヤギたちがうるさく鳴きたてた。「納屋には誰もいません」保安官補が報告する。

「この家には車が何台ありますか？」バトラーが尋ねた。

「二台だ。リンの車とウィリアムのトラック」マシューが答える。「いや、三台か。イーサンもトラックを持っている。古いダットサンだが、見当たらないな」

　十代の少年少女とトラックが姿を消している。両親は殺され、妹は撃たれた。バトラーはマシューに声が届かないところまでリーヴァイを引っ張っていき、険しい表情で指示した。「イーサン・ドイルのトラックの捜索指令《BOLO》を出せ」

　救急車の車内では、マシューがジョージーの額にキスをしていた。「いい子にしているんだぞ。医者の言うことをちゃんと聞きなさい。病院にはおばあちゃんが行くからな」マシューはしゃがれた声で言い、涙をぬぐった。

「おーい、ちょっと来てくれ！」トウモロコシ畑の端から声が聞こえた。

みんながいっせいに振り返る。マシューが希望と恐怖を同時に感じてかたまっているとき、誰もまだ動きださないうちに後ろから声が響いた。「何があったの？　誰か教えて」マシューが横にどくと、息を切らした女性が歩み出た。

「奥さん、ここには入らないでください」バトラーが制止する。

「娘はここにいるの？　ベッキー・アレンは？」マーゴがバトラーの腕をつかむ。

「ベッキーのお母さんですか？」バトラーは口ごもった。「では、あちらで話しましょう」

「保安官、来てください。見てもらいたいものがあるんです」保安官補の声がふたたび聞こえたので、バトラーは迷った。畑まで行って見つかったものを確かめなければならないが、行方不明の少女の母親を放っておくわけにはいかない。

「娘はどこ？　ここで何かあったらしいと聞いたのだけど」マーゴが当惑した様子であたりを見まわす。「娘がどこにいるか教えてもらえる？」

ジョージーが肘をついて体を起こすと、毛布が床に滑り落ちた。誰もが口をつぐんで、何も言わない。

マーゴはみんなの顔を次々に見た。いやな予感が胸の中にわいて、手足へと広がっていく。「お願い、何があったのか教えてちょうだい」弱々しい声で懇願した。

マーゴがジョージーを見つけ、血だらけの腕と服を見て息を吸い込む。「まあ、なんてこと。何があったの？」「ベッキーはどこ？」

肘をつかんで止めようとしたバトラー保安官の手を振り払って詰め寄るマーゴを、ジョージーは目を見開いて見つめた。「ベッキーはどこなの？」マーゴが叫ぶ。

「わかんない。わかんないの」ジョージーはしゃくりあげながら、途切れ途切れに答えた。

「ジョージー、あなたのお母さんは？」リン・ドイルがすぐそばにいると確信しているかのように、マーゴがあたりを見まわす。「どこにいるの？　お母さんに教えてもらうわ」

「奥さん、どうかこちらへ」バトラーがふたたびマーゴの肘に手を伸ばした。

「いやよ」マーゴが救急車の側面をつかんで抵抗する。「ジョージー、お母さんは？」

そのときタイヤが砂利を踏む音がして、みんなが振り返った。〝ブレイク郡検視局〟と側面に白い文字で書かれた黒いSUVが近づいてくる。

「ああ、やめて」その場でくずおれそうになったマーゴを、バトラー保安官が支えた。

「いやよ、いや、いや」マーゴが繰り返す。

「何があったのか、われわれにもまだわからないんです」バトラーがマーゴを救急車から遠ざけると、救命士たちがドアを閉めた。

「ジョージー、今は何も考えないほうがいい」ローウェルがなだめる。「保安官たちがあの人の相手をしてくれる。きみが心配する必要はないんだ。これから点滴をするからね。ちょっとチクってするよ」ジョージーが目をつぶると、ローウェルが腕に針を刺した。走りだした救急車のサイレンの音が、マーゴ・アレンの泣き声と混じりあった。

アルゴナの病院までは車で三十分の距離で、どこにカーブや曲がり角があるか、穴やくぼみがあるか、目をつぶっていてもわかるほどジョージーはその道をよく知っていた。けれども救急車に乗って道を走るのは父親のトラックや母親のバンで走るのとはまるで違い、頭が混乱して、どこに行こうとしているのか何度もふたりの救命士にきいた。

「病院だよ。病院でお医者さんにきみを診てもらうんだ」ローウェルが答える。

「父さんと母さんもそこに運ばれるの？」病院に運ばれたら、医者がジョージーの両親も治してくれるかもしれない。医者とはそういうものだ。病気になった人やけがをした人を治す。頭にこびりついて離れない両親の恐ろしい姿を、ジョージーは懸命に振り払った。

「きみのお父さんとお母さんを助けようと、みんなが手を尽くしてくれているよ」ローウェルが励ます。

「病院に行ったらおばあちゃんがいる？　イーサンとベッキーは見つかったかな？」イエスと言ってもらえることを期待して、ジョージーはローウェルの明るい茶色の目を見つめた。

「しいっ、もう黙って」ローウェルがなだめる。「今はそういうことを心配してちゃだめだ。おばあちゃんは病院に来てくれる。大丈夫だよ、ジョージー。きみはもう安全だ」

その言葉を聞いてジョージーはまどろみ、白金に輝く星でいっぱいの夜空を思い浮かべた。ベッキーと一緒に飛び跳ねながら、星に向かって手を伸ばしたときのことを。

気がつくと病院に着いていた。救急車の後部ドアが開いて、担架が持ちあげられる。真っ青な空がちらりと見え、ローウェルの声が聞こえた。「右腕に銃創、足と腕に切り傷と打撲傷があります。血圧と心拍数は正常以下。ショック症状に警戒してください」

「バーデンの近くの農場から搬送されてきた女の子？」黄色の医療着を身につけた女性がきく。

「そうです、付き添いにはおばあさんが来てくれることになっています」ローウェルは言い、ジョージーの手をぎゅっと握った。

「ほかにも搬送されてくるの？」女性が尋ねる。

ふたりのやりとりは廊下を進みながら続けられた。院内の空気はひんやりしていて、消毒薬のにおいが鼻を刺す。

ジョージーは期待を込めてローウェルを見あげた。胸の中に小さな希望がわきあがる。

「わかりません」彼は短く返した。

「わたしはドクター・ロペスよ」女性が言って、ジョージーの上に身をかがめた。「これからあなたの治療をするわ。何があったのか教えてくれる？」

「撃たれたの」ジョージーは答え、診察室に運び込まれるとローウェルを見あげた。「一緒にいてくれる？」

「ごめん、それはできないんだ」ローウェルがすまなそうに言う。「ぼくは仕事に戻らなくちゃならない。だけど、あとできみの様子を確かめに来るよ。それでいいかな？」ジョージーがうなずくと、彼は出ていった。

医者と看護師がジョージーを取り囲んだ。「腕にショットガンの弾が埋まっているようね。でも、あなたは運がいいわ」ドクター・ロペスが手袋をはめた手でそっと傷を探りながら言う。

運がいいなんて、ジョージーにはまったく思えなかった。

「傷は浅いし、骨にも腱《けん》にも損傷がない。まずレントゲンを撮って、そのあと傷をきれいにしましょう」

ジョージーは担架のままレントゲン室へ行き、ふたたび診察室に戻った。ドクター・ロペスが何をしているのか丁寧に説明しながら、傷を生理食塩水で洗う。「痛くないように腕に麻酔をかけてから傷を清拭《せいしき》して、そのあと少しだけ縫うわ。すっかり元通りになるわよ」ジョージーがよくわからなくて不安げな目を向けると、ドクター・ロペスはほほえんだ。「要するに、腕に埋まっている弾を取り出すってこと。心配しないで、なんにも感じないから」

ドクター・ロペスの言うとおり、局所麻酔の注射の針が刺さったときのちくりとした痛み以外、ジョージーは何も感じなかった。それでも腕にされていることを見たくなくて、顔をそむけて目をつぶっていた。それがすむと、ドクター・ロペスは足の裏の切り傷と腕の擦り傷を調べた。「みんな表面だけの浅い傷ね。心配するほどの傷ではないけれど、しばらく痛みはあるわ。清潔にして、これから渡す抗菌クリームを塗るようにしてね」

ジョージーは眠りに落ち、目が覚めると違う部屋にいて、隅の椅子に祖母が座っていた。白髪交じりの長い髪をポニーテールにした祖母は〝家用〟と呼んでいるジーンズと半袖の襟付きシャツを着ており、膝の上にのせた大きな黒い革のバッグのストラップを落ち着きなくもてあそんでいる。

「おばあちゃん」ジョージーはささやいた。

「ジョージー」キャロライン・エリスが立ちあがった。「気分はどう？」声が震えている。

ジョージーは自分の体に注意を向けた。特に不快なところはないが、舌がふくれあがっているように感じられて、水が飲みたかった。そこで体を起こそうとすると、右腕に鋭い痛みが走った。

「父さんは？　母さんは？」ジョージーはすすり泣いた。近寄って身をかがめた祖母の顔には生々しい悲しみが刻まれている。

「かわいそうに、ハニー」キャロラインが言った。「こんなひどいことが起きるなんて」

ジョージーはうめき、体を横に向けて丸まろうとした。けれども少し動いただけで信じられないほどの痛みが走り、あきらめて仰向けのまま泣いた。熱い涙が頬に流れ、鼻と喉が詰まる。「どうしてなの?」しゃがれた声で祖母にきいた。

「わからないのよ、ハニー。警察の人があなたに、覚えていることを話してほしいんですって」恐怖に引きつったジョージーの顔を見て、キャロラインがすばやくつけ加える。「怖いわよね。だけど、彼らにはしなければならない質問があるの。ちゃんと答えられる?」

「でも、もう話したよ」ジョージーは抗《あらが》った。

「繰り返し確認したいんじゃないかしら」キャロラインがジョージーの手を取る。

ジョージーが覚えていることを百万回話しても、すでにわかっている事実が変わるわけではない。彼女は何も見ていない。意味のあるものは何も。それに昨日の夜の出来事はすでにぼんやりとして、はっきり思い出せなくなっている。ただし、鮮明な記憶のかけらもいくつかあった。ショットガンの弾が発射されたときの鋭い音や、暗闇の中で彼女とベッキーを追ってきた男のシルエットや、転んで置いていかざるをえなかったベッキーの姿といったかけらが。

「イーサンは？　ベッキーは？」祖母が首を横に振ったので、ふたりも死んだのだとジョージーは思いかけた。鋭く吸った息が乾いた喉につかえて、激しい咳の発作に襲われる。

口を押さえようとすると点滴の針が刺さっている肘の内側の柔らかい皮膚が引っ張られて、ジョージーはあわてて手を戻した。

祖母がベッドの横に置いてある水の入ったカップを急いで取って口にストローを差し込んでくれたので、ジョージーはあわてて水を飲んだ。

「ふたりとも、まだ見つかってないの。あなたと同じように畑に隠れているんじゃないかと、おじいちゃんは考えてるわ。警察が探してくれてる」

冷たい水が乾いてガサガサになっていた喉を潤してくれた。「手伝えるかな？　わたしもふたりを探しに行きたい」

「今は無理よ」祖母はなだめた。「あなたがすべきことは充分に体を休めて、警察の質問に答えること。それが何よりも大事なの」キャロラインは唇を嚙み、震える息を吐いた。「誰がやったか、心当たりはまったくない？」

ジョージーの目にふたたび涙の膜が張る。「最初、もしかしたらイーサンかもって思った」ほとんど聞こえないくらい小さな声でささやく。

祖母の顔に浮かんだぞっとしたような表情を見て、ジョージーはあわてて打ち消した。「でも違うってわかってる。イーサンがわたしたちを傷つけるなんてありえないから」

「ええ、絶対にありえないわ」キャロラインは言い、孫娘の手をつかんだ。「あの子はいい子だもの。本当にいい子よ」自分に言い聞かせるように、キャロラインは何度もそうつぶやいた。

21

少女の父親はそのうち子犬を連れてきてやると何度も約束しているのに、絶対に連れてきてくれなかった。父親はしょっちゅう約束をする。「いつか海に行こう。砂浜を歩いて、貝殻やシーグラスを拾うんだ」そう言われたときは、少女は何日もその話をした。海辺の絵を描き、本棚に置いてあるワールドブック百科事典を開いて、いろいろな海の生き物や太平洋について読みふけった。

「世界で一番大きい動物はシロナガスクジラだって知ってた？　それなのに喉はわたしの手より小さいんだって」少女は手を握って母親に見せた。

「わかってると思うけど、あの人の言ったことはみんな嘘よ。いつもそう。絶対に実現しないわ」母親は雑誌のページをめくりながら言った。

よく考えてみると、たしかに母親の言うとおりだと少女は気づいた。父親はいつもこういうことを言う。二年前にはディズニーランドに連れていくと約束したのに、少女がしつこくその話を持ち出すといやな顔をした。「おれが大金持ちだとでも思っているのか？　その話はもうひと言も聞きたくない」

そして去年、父親はウィスコンシン・デルズへの旅行の話をするようになった。ウォーターパーク付きのホテルがある街だ。今度こそ本当に行くのかと少女は思いかけたが、あるとき父親は言った。「悪いな、仕事がある」

それでも犬は連れてきてもらえるのではないかと、少女は希望を抱いていた。犬がだめなら猫でもいい。少女はしょっちゅう窓の下に置いた椅子に立って、父親のトラックのタイヤの音に耳を澄ますようになった。そして父親が部屋に入ってくるときには、上着のポケットがもぞもぞ動いているのではないかと期待の目を向けた。テレビの中では、ときどきそういうことが起きる。父親がポケットに子犬を入れて家に帰ってくるのだ。けれども少女の父親が犬を連れてくることはなかった。

ある日、父親が大きな段ボール箱を持ってきたとき、少女はとうとう完全に希望を捨てた。箱を見た瞬間は心が舞いあがった。やっと連れてきてくれたんだと思った。だから父親がテーブルに置いた箱に、期待を込めて駆け寄った。

「いいものを持ってきてやったぞ」

「開けてもいい？」少女がきくと、父親はうなずいた。母親ですら興味を引かれて、るに取ってきたのか見ようと近づいてくる。

少女は小さな鼻先が見えることを願いながら、箱の片側の外蓋《フラップ》を持ちあげた。すると乾いたかびくさいにおいが立ちのぼった。反対側の外フラップも持ちあげる。中身は本だった。何十冊もの本が。そしてにおいとぼろぼろの表紙から判断する限り、それらはすべて古本だった。

少女は失望を懸命に押し殺して、父親を見あげた。本だってすてきだ。少女は本が好きだった。でも子犬はいないし、箱の中の本は角が犬の耳のように小さく折られていて、はっきり言ってぼろぼろだ。

「なんだ」父親が鋭い声を出す。「気に入らないのか？　わざわざ寄り道して、おまえのために選んできてやったんだ。それなのに、ありがとうのひと言も言えないなんてな」

少女ははなをすすり、目をこすった。「ありがとう」目をしばたたいて涙を押し戻し、箱の中に手を伸ばす。そして表紙にコーヒー色の大きな染みがある本を取った。

「まったく、持ってきてやるんじゃなかった」父親が少女の手から本を叩き落とす。

少女は痛みをこらえるため、指を口の中に突っ込んだ。「恩知らずなガキだ」父親はさらに段ボール箱をテーブルの上から払い落としたので、本が大きな音をたてて床に散らばった。父親がドスドスと足音をたてて階段をあがり、ドアの向こうに消えて鍵をかける。

父親が行ってしまったあと、母親は少女を膝の上にのせた。「わかったでしょう？あの人は嘘つきだって。期待なんかしないほうがいいの」母親は少女の髪を撫でながら、そう言って聞かせた。

22

現在

「開けて！　中に入れて」ワイリーは怒鳴り、裏口のドアを叩いた。手斧を持った女性は少年を引きずって奥に消えてしまい、姿が見えない。家の中は完全な闇に包まれていた。懐中電灯は使われておらず、暖炉の火は消えてしまったか消されたようだ。タスが吠えるのをやめたので、聞こえるのはワイリーの荒い呼吸音とナイフのように鋭く吹きつけてくる冷たい風の音だけだった。

この寒さの中に長くはいられないけれど、武器がない。ワイリーはどうするべきか、考えをめぐらせた。もう一度納屋に行って、何か身を守れるものを取ってくることもできる。

しかし、そんな時間はないとわかっていた。早く中に入って、少年を助けなくてはならない。ワイリーは破片が当たらないように顔をそむけ、ガラスに肘を叩きつけた。

ところが細かいひびが入っただけで割れてくれない。吹きすさぶ風の音がこれだけうるさくてもガラスが割れる音は家の中まで届いてしまうとわかっていたが、思いきりやるしかなかった。もう一度肘を叩きつけると今度は粉々になり、破片が飛び散る。ワイリーは息を止めて窓から手を入れ、鍵を開けた。

ドアを開け、頭に手斧を振りおろされるのではないかと警戒しながらマッドルームに入る。だが、そこには誰もいなかった。手斧を持った女性も、少年も、タスもいない。

ワイリーはキッチンに移動して、マッドルームとの境のドアを閉めた。すぐに引き出しを開けて武器になりそうなものを探すと、ごちゃごちゃとカトラリーが入っている下に肉切り包丁があった。刃渡りは二十五センチ近くあるけれど、古いので切れ味が鈍っている。それでも充分に使えるだろう。

外にいたのはほんの短い時間なのに、家の中の気温は急激にさがっていた。ヘッドランプの光を頼りに、キッチンの中をじりじりと進む。ワイリーには侵入した女性よりも優位に立っている点があった。それはこの家をよく知っているということで、家の中の配置も身をひそめられそうな場所も、すべて頭に入っている。キッチンを半分ほど進んだところで、あるものが目に入った。目立たないので素通りするところだったが、地下室のドアがごくわずかに開いている。

ふたりは地下室にいるのだろうか？　段ボール箱や古い家具でいっぱいの地下室には隠れる場所がいくらでもある。だが、侵入した女性に少年を地下室へ引きずり込む理由があるのだろうか？　ワイリーはぞくりとして体が震えた。静かにドアを閉めて鍵をかけ、中にいるかもしれない者たちを閉じ込める。

地下室にふたりがいれば、少なくとも一時的に動きを封じられたことになる。

ワイリーは疲れた脚を懸命に動かして廊下を進み、誰もいないダイニングルームから居間に入って足を止めた。火は消えていて、いくつかオレンジ色の点が見えるだけになっている。ゆっくりと部屋を見まわしたワイリーは、ヘッドランプの光がソファを照らし出したとたん心臓が止まりそうになった。手斧を抱えた女性が座っていたのだ。

息が吸えず、相手が持っている武器に目を据えたまま、じりじりと近づく。「何が望みなの？」ワイリーは包丁を構えながら問いかけた。

答えが返ってこないので、視線を手斧から顔にあげる。

たしかに事故現場にいた女性だった。顔の片側がグロテスクに腫れ、もう一方の側には乾いた血がこびりついている彼女は、ワイリーのコートを着込んでいながら蔑むような視線をこちらに向けている。ワイリーはヘッドランプで女性を照らし、包丁を掲げて対抗した。もう午前二時だ。彼女はあの嵐の中でどうやって何時間も生き延びたのだろう？　そんなことは不可能としか思えない。

「近づかないで」女性が言い、ワイリーに向かって手斧を振りまわした。

「やめてよ、いったいなんなの？」あとずさりしたワイリーは、ふつふつと怒りがわきあがってくるのを感じた。この天候では凍死するとわかっていて、女性はワイリーを家から締め出した。そのうえ今は、彼女の頭めがけて手斧を振りまわしている。事故に遭った彼女を助けようとしただけなのに、そのお返しがこれだ。まったく、どういうつもりなのだろう？

それに少年はどこ？　タスは？　ワイリーは恐怖で胃がこわばるのを感じた。

そのとき、小さくうなるような声が背後から聞こえた。何を見ることになるのかわからず気持ちがひるみそうになりながらゆっくり振り向くと、白い顔に決然とした表情を浮かべた少年が火かき棒を振りかぶっていた。あわてて飛びのくと、火かき棒の重さに振りまわされた少年がバランスを崩して床に座り込む。

「何するの！」怒鳴ったワイリーを、少年が反抗的な表情で見あげる。少年の手から火かき棒を奪うのは簡単だった。

ソファから立ちあがろうとした女性を押し戻して、手斧をつかむ。女性が痛みにあえぎ、少年がはじかれたように立ちあがって、けがをしている女性の上に覆いかぶさるのを、ワイリーは呆気《あっけ》に取られて見つめた。

頭に血がのぼり、女性を家から叩き出してやろうかと考えていたワイリーは、少年の怯えた顔を見て悟った。少年が恐れているのはこの女性ではない。ワイリーだ。

「あなたたちを傷つけるつもりはないわ。そんなことは考えてもいない」彼女は腹が立ってしかたがなかった。

女性はワイリーをにらみつけ、少年は女性の胸に顔をうずめている。

「もう、信じられない」つぶやいたあと、ワイリーはふたりに言った。「こっちを見て。ちゃんと見ててよ」少年が恐る恐るワイリーを見あげる。「危ないものはここに置いておくからね。ほら、見える?」ワイリーは本棚の前に行き、伸びあがって一番上の棚にすべての武器を置いた。

それから戻って、空っぽの両手を少年と女性に見せた。女性のことは信用できないものの、襲いかかられても力で押さえ込める自信がある。

「あなたがこの人を守ろうとしていることはわかったわ。お母さんなのね、そうでしょう?」少年がしばらくワイリーを見つめたあと、小さくうなずく。

「だめよ」女性があわてて止めた。「口をきいちゃだめ」

「あなたは黙っていて」ワイリーは鋭く言い返した。「わたしはあなたが誰なのかも、どうして手斧で襲いかかってきたのかもわからない。だけど、けがをしているあなたに助けが必要なことはわかる。だから助けてあげるわ。でも、もしまたばかな真似をしたら、雪だまりに放り出すから」

ワイリーは少年に向き直った。「お母さんを助けてほしい？」そうきいて、答えを待たずに続ける。「まず必要なのは、お母さんをあたためること。ここは凍ってしまいそうなくらい寒いわ。お母さんにもっと毛布をかけるから、手伝ってちょうだい」

ソファに近づこうとすると、もがきながら立ちあがった少年にさえぎられたので、ワイリーは目をつぶって心の中で十まで数えた。それから目を開けて、慎重に抑えた声で言う。

「あなたの面倒をちゃんと見てあげたでしょう？」ワイリーはきいた。「寒い場所に倒れていたあなたを家の中に運んで、あたたかくして食事をとらせた。お母さんにも同じようにしてあげるだけよ。約束する」

少年の目に迷いが浮かぶ。

ワイリーはソファの横のテーブルから懐中電灯を取ってスイッチを入れ、武器代わりに使われないよう祈りながら差し出した。少年が懐中電灯を奪うように取って、胸に引き寄せる。

「あれをお母さんにかけてあげて」ワイリーは床に落ちてしまった毛布を顎で示した。「もっと持ってくるわ。できるだけ早く、お母さんをあたためないと」

少年が母親の体を毛布で優しく包むのを、ワイリーはしばらく見守っていた。女性は抗おうとはしないが、ふさがっていないほうの目で常にワイリーを追っている。女性のけがの程度がわからないので、彼女をなるべくあたためながら、嵐が早く過ぎ去って助けを呼べるようになるのを願うしか、ワイリーにできることはなかった。

「タスはどこ?」急に思い出して尋ねる。

少年が後ろめたそうにキッチンを指さす。ワイリーは地下室のドアの前に行って鍵を開け、暗闇に向かって呼びかけた。「タス、おいで! あがってきていいわよ」するとタスがおずおずと階段をのぼってきて、自分のベッドに行って横たわった。「タスがあなたのお母さんを傷つけることはないわ。わたしが保証する」

ワイリーは急いで二階の寝室に行った。どんな人間かわからない女性を信用することはできないので、クローゼットの一番上の棚を探って、銃を取る。それに弾を装塡し、ポケットにしまった。

それから廊下に出て、リネン用のクローゼットを開けた。そこにしまってあった、ほこりっぽくてややかびくさいキルトを持てるだけ持って居間に戻り、少年とふたりで女性の体の上に重ねていく。最後には、肌が露出しているのは腫れあがった顔だけになった。

「あなたは誰なの？ 少年が女性の横にもぐり込んだ。どこへ行こうとしているの？」ワイリーはきいたが、女性は答えようとしない。

「聞いて。嵐がおさまるまでは、三人でここにいるしかない。だからせめて自分が誰なのか、どうして嵐なのに出かけたのか、話してくれるのが礼儀だと思うわ」

「出ていけるようになったら、なるべく早く出ていくから」女性が苦しそうに言う。

「どうやって出ていくつもり？」ワイリーは言い返した。「あなたのトラックは完全にだめになっちゃったし、道は走れる状態じゃない。しかもあなたはけがをしているのよ」

「なんとかする」女性は短く返した。

「電話がつながるようになったら９１１にかけるわ。そうしたら、できるだけ早く助けに来てくれるはずよ」

「いいえ、警察はだめ。警察に連絡するなら、わたしたちは出ていく。今すぐに」女性が初めて恐怖を顔に浮かべ、毛布をどけて立ちあがろうとする。だが、弱っている体では無理だった。

ワイリーはいらだって頭を振った。「まあ、いいわ。どちらにしても今は電話が使えないもの。それについてはあとで心配すればいい」

今は嵐が過ぎ去るのを待つことしかできない。しかし、ワイリーはどうしても女性が信用できなかった。あまりにも多くの疑問がある。ワイリーは最後の薪を暖炉に入れると、ソファの上で毛布に包まれている女性と少年と向きあうように床に座った。そしてポケットに手を入れ、弾を込めた銃に触れながらふたりを見張った。

23

二〇〇〇年八月

ブレイク郡保安官事務所より支援の要請を受けてから三時間後、砂利道を車で急いでいたカミラ・サントス捜査官は、丘をのぼりきったところで道の真ん中に木が生えているのを見て急ブレーキを踏んだ。

「やだ、何これ」叫ぶサントスの横で、ジョン・ランドルフ捜査官がダッシュボードに両手を突っ張っている。黒のセダンはスピンしかけて、ようやく止まった。

アイオワ州犯罪捜査局から来たふたりは大木を見あげた。「すごいな。いつでもお目にかかれる代物じゃない」ランドルフが言う。

二十メートルはあろうかと思われる木の灰緑色のうろこ状の幹を、サントスは慎重に迂回した。「警告の標識みたいなものが必要ね」

小さな川を越えて角を曲がると、目的の家が見えてきた。その家はデモインから田園地帯のバーデンまで来るあいだに見かけたいくつもの農家の白い家屋と変わらないが、まわりでたくさんの人が動いているのが見えたのでここだとわかった。

サントスは車の速度を落とし、あちこちに止められている何台もの車や、道の両側の溝に生えている背の高い草をかき分けて捜索している人々の横をゆっくり通り過ぎた。人々が手を止めて、暗い表情でそれを見送る。「現場が荒らされていないといいんですが」ランドルフが不安そうに言った。

「ふたり殺されて子どもがふたり行方不明なんて状況では、みんなパニックに陥っているでしょうね」サントスはそう言いながら、道の端に止められている錆の浮いたバイク――ボンネビル――の後ろに停車した。「でも、保安官が現場をちゃんと仕切っていると聞いたわ」

「どうしてこんな手前に止めるんです？」この暑さの中で長い距離を歩くのがいやで、ランドルフがきく。

「ここの雰囲気をつかみたいから」サントスは車をおり、ギラギラと照りつける太陽の光を浴びながら周囲を見渡した。

あたりにはドイル家の建物しか見えない。母屋とサイロと赤いペンキがはげかけている大きな納屋、ほかにもいくつか建物がある。周囲には収穫の時期を迎えたトウモロコシ畑が広がっているだけの、辺鄙《へんぴ》で寂しい場所だ。

サントスは小柄でがっちりした体操選手のような体型をしている。法執行官になって二十年のベテランで、カンザスシティからデモインに移ったあと、一九九五年にアイオワ州犯罪捜査局に加わった。それ以来順調に出世して、殺人や行方不明事件を含む多くの注目される事件で主任捜査官を務めてきた。今回の事件は殺人と行方不明、両方の要素が含まれている。

ランドルフはサントスよりも若く、スーツの上着をきちんと着て、赤と青のストライプのネクタイを締めていた。ドレスシューズはぴかぴかだが、このほこりっぽい道では長くは持たないだろう。

ランドルフとはだいぶ身長差があるので、彼と目を合わせるのにサントスはかなり上を向かなくてはならない。だが、サントスは顎の角度や口を引き結ぶ表情など仕草のひとつひとつに威圧感があり、彼女のほうが立場が上であることは明らかだった。

犯罪現場は生き物だ。すべてが効率よくスムーズにまわっている現場には、それ自身の呼吸とリズムがある。そして巡査から犯罪現場捜査官、刑事、鑑識員、検視官まで、関わるすべての人間がそれぞれの役割を心得ている。

主要な犯行現場――母屋と周囲の建物およびドイル家のトウモロコシ畑――はすべ

て保全され、法執行官による捜査活動しか行われていない。それはもちろん当然なのだが、通常、現場周辺の外のエリアも重要だ。

ボランティアによる捜索がこれほど早く始まることはない。警察の人間に事件の感触をつかむ時間を与えるとともに、善意から協力してくれる人々に気を遣いながら指示を出す労力を初動段階では最小限にとどめるためだ。

今回は地元のボランティアがずいぶん早く組織されたようだが、捜索範囲が広大で人手が限られている今回のような状況ではボランティアが不可欠だと、サントスは理解していた。地元の住民は外の人間とは比べものにならないほど、その土地のことをよく知っている。

自分たちに向けられる好奇の目を意識しつつ、サントスは彼らの顔とボディランゲージを観察した。犯人が捜査の先手を打とうとして犯罪現場に戻ることは珍しくない。

つなぎの服に汚れた長靴という格好の男たちがところどころに集まって、首を横に振っている。Tシャツにショートパンツ姿の女たちは涙をサングラスで隠していた。見るからに怪しい人間は見当たらないが、だからといって犯人がこの中にいないということにはならない。

サントスは母屋に注意を向けた。建物は古く、塗り直しが必要だ。フロントポーチに飾ってあるハンギングバスケットの紫と白の花はすでにこの暑さでしおれ、納屋からはヤギの鳴き声が薄気味悪く響いている。

一見すると恐ろしい事件が起きた家には見えないが、地面からいやな気配が立ちのぼって、熱気とともに揺らめいているのがサントスには感じられた。

行方不明の子どもたちの写真が印刷されたチラシを差し出され、サントスは受け取ってじっと見つめた。イーサン・ドイルの写真は実によく撮れていて、人のよさそうな青い目をいたずらっぽく輝かせて笑っている。

次にベッキー・アレンの写真を見ると、きれいな娘だとわかった。この年頃の少女には成長途中のぎこちなさがつきものだが、ベッキーは成熟した雰囲気と自信をたたえている。

「こんにちは」チラシを差し出した女性が声をかけてきた。「来てくれてありがとう。まずここにサインをしてね。それから……」

「われわれは州警察です」サントスはさえぎった。

「あら」女性が口をつぐむ。「実は保安官補にはもう話したんだけど、この前の夜、あのあたりの砂利道に見たことのないトラックが止まっていたのよ」女性は振り返り、ドイル家のトウモロコシ畑をちょうど越えたあたりを指さした。

「お名前は？」

「アビー・モリス。住んでいるのはあっち」女性が今度は北のほうを指す。

「どうも、ロビンス保安官補です。彼女の話はすでに書きとめてあります」リーヴァイは小さな手帳が入っているシャツの胸ポケットを叩いた。

「あとでコピーをちょうだい。ところでバトラー保安官を探しているのだけど」

リーヴァイがうなずく。「少し歩きますよ」

「ウォーキングシューズを履いてきてよかったわ」サントスにそう言われたとき、リーヴァイは彼女の気分を害してしまったのかどうかわからないまま、ためらいがちにほほえんだ。そして相手が笑みを返さないのを見て、すばやく笑みを消す。

「こっちです」リーヴァイはサントスを先導しながら、家の裏に向かった。「畑を十メートルほど入ったところで見つかったものがあって」

「誰か手を触れた？」サントスがきく。

「触っていないそうです。呼ばれてすぐぼくが畑に駆けつけて、みんなにそこから出ていくように言いましたから」

「よかった」大きな赤い納屋を見て、あそこには自分の家が余裕で三つは入りそうだとサントスは考えた。彼女は都会の生まれだ。カンザスシティで育ち、今はデモインのダウンタウンの真ん中に住んでいる。だがどこに住んでいても、暴力と死からは逃れられない。郵便番号ごとの違いは、コンクリートと土の割合ぐらいなものだ。

トウモロコシ畑に近づくにつれて、サントスは鼓動が速まるのを感じた。麻薬製造工場に入ったことも、暗い裏路地に入ったこともあるが、トウモロコシ畑は違う種類の威圧感を放っている。トウモロコシは背丈より高くそびえていて、先端には尖った穂が天を突くように伸びている。二、三歩入っただけで全身をのみ込まれ、彼女は不安に襲われた。

トウモロコシをかき分けて進んでいると、男に追われていたジョージー・ドイルがどれほどの恐怖を感じていたのかをまざまざと実感する。右を向いても左を向いても、まったく同じトウモロコシが見えるだけだ。

上を向いて目を細めると、空も畑もどこまでも広がっているようだ。虫が音をたてて耳元をかすめ、トウモロコシの甘い香りが鼻に満ちる。

吹き渡る風にざわめくトウモロコシの音が、すぐに乾いた咳の音に代わった。そこから二、三歩進むと、バトラー保安官のカーキ色の制服が見えた。

「保安官」サントスは声をかけた。バトラーが振り向いて横にどくと、ボランティアが発見したものが見えた。

頑丈な茎に、銃口を上に向けて立てかけられた迷彩柄のショットガン。「ついさっき誰かが置いたように見えますよね」保安官補が感想を述べる。

サントスは銃の前にしゃがんで、乾いた地面の上に置かれた台尻を調べた。「そうかもしれないわね。足跡はあった？」

「ひとつもない。地面がかたく干からびていて、跡がつかないんだ」バトラーが答えた。「だが、踏みつけられて倒れているトウモロコシがたくさんある。犯人が畑の中まで追ってきたというジョージーの証言と一致する」

サントスは地面の表面の土をつまみ、指のあいだでこすりあわせた。「どうして銃を置いていったのかしら」

「捨てたかったのでは？」リーヴァイが意見を述べる。「そいつはあわてて隠そうとしたんでしょう」

「そいつとはいったい誰だ？　よそ者か？」バトラーが問いかけた。「だとしたら、イーサン・ドイルとアレン家の女の子はどこにいる？　もしそいつがふたりを連れ去ったのなら、言うことを聞かせるために武器が必要だったんじゃないか？　イーサンが犯人だと考えたとしても同じことが言える。ベッキーを従わせるのに銃が必要だっただろう」

サントスはしなやかな動きで立ちあがった。「秩序立てて捜査を進める必要があるわね。今わかっていることと、これから調べなくてはならないことを、はっきりさせなくては。まず捜査本部の場所を決めましょう。保安官事務所はここからどれくらい離れているの？」

バトラーは首を横に振った。「五十キロ近くあって遠すぎる。保安官事務所は移動指令車を持っているが、列車の脱線事故があって、今は遠方に出動しているんだ。そこで提案なんだが、ハイウェイ11号線を外れたところにある古い教会はどうだろう？ここから数キロしか離れていない」

「そこでいいわ。行方不明の女の子の両親と、生き残った子から話を聞かなくてはならないわね」

「ジョージー・ドイルから大まかな話は聞いた。その日、見慣れないトラックがうろついているのを見たそうだ」バトラーは言った。

「誰か疑わしい人間の名前はあがっていないのか？」ランドルフがきく。

「疑わしいというほどの人間はいない。女の子たちは昨日、何人かと接触している。まず地元の青年ブロック・カッター。それからヘンリー家のふたり。彼らはここからオクサイ・ロードを三キロほど行ったところに住んでいる」

「わかった」サントスが言った。「ランドルフ捜査官が捜査本部の設営を手伝うわ。保安官はヘンリー家のふたりとカッターという子の話を聞きに、誰かを派遣してもらえるかしら。わたしは行方不明の少女の両親に会いに行く。医師の許可がおり次第、ジョージー・ドイルからさらに詳しい話を聞く必要があるわね。じゃあ、教会に――午後四時に集合ということで」サントスは腕時計を見て時間を決めた。

全員がうなずく。

「ショットガンを袋に入れて証拠品として処理したあと、ブロック・カッターに話を聞きに行け」バトラーはリーヴァイに指示して、保安官事務所の証拠用カメラを渡した。

「わかりました」リーヴァイが返すと、バトラーと捜査官たちは生い茂ったトウモロコシのあいだへと姿を消した。

残ったリーヴァイはショットガンの写真を数枚撮り、発見した位置を小さな手帳に書きとめた。それから手袋をはめ、ショットガンを慎重に持ちあげる。尾栓を開いて銃身の内側を確かめると、薬室は空っぽだった。弾は装填されていない。

もしかしたら、ブロック・カッターはここで起こった事件の目撃者なのかもしれない。ブロックの車を止めたときに青年から漂っていた酸っぱいような汗のにおいが、リーヴァイの脳裏によみがえった。あれは本当に暑さのせいだったのだろうか？　もしかしたら恐怖に駆られていたのかもしれない。それなのにリーヴァイは深く考えもせず、青年を解放した。

リーヴァイの中を怒りが走り抜けた。あのどうしようもない青年に嘘をつかれたのだろうか？　彼は事件を解決する鍵となるようなことを知っているかもしれない。リーヴァイは指紋を消さないよう慎重にショットガンを脇に抱え、農場へ向かって歩きだした。ブロック・カッターを見つける必要がある。

サントス捜査官は遺体を確かめに向かった。「中に入っていい？」母屋の裏口の前に立っている保安官補に声をかける。

保安官補はうなずき、紙のオーバーシューズを差し出した。マッドルームからキッチンに入って最初に気づいたのは、室内のうだるような暑さだった。窓は全部閉まっているのに扇風機やファンはまわっておらず、窓辺に設置されているエアコンのスイッチも切ってある。

「四十三度くらいあるな、ここは」ランドルフがネクタイをゆるめる。

「昨夜もこんなふうに窓が閉めきられていたのか、ジョージー・ドイルに確かめる必要があるわね」サントスは居間へ移動しながら言った。「今週はずっと暑かったから、エアコンをつけていなかったとは考えられない。つけないなら、せめて窓は開けていたはずよ」

「犯人がやったのかもしれませんよ」ランドルフが考えを述べる。「窓を閉めてエアコンのスイッチを切れば、遺体の腐敗が速まる。検視官が死亡時刻を推定するのが難しくなるでしょう」

「ありうるわね」サントスは認めた。「無理やり押し入った形跡はなし。普段は夜、施錠していたのかも確かめないと」家の中を見てまわると、きちんと暮らしていた普通の家庭だとわかった。

「この家に銃が何丁あったかわかっているの？」サントスは傍らの保安官補にきいた。

「祖父のマシュー・エリスによると複数あったそうです」保安官補が答える。「このあたりの家はたいていそうですが、三丁か四丁ではないかと」

「種類はわかっているのか？」ランドルフが質問した。

保安官補は手帳を見た。「鹿撃ちに使う一二〇ゲージのポンプアクション式ショットガンとBB銃、それに一二ゲージの銃もあったと思う、とマシュー・エリスは証言しています」

「畑で見つかった二〇ゲージのショットガンがドイル家のものか、調べて」サントスは保安官補に指示した。

三人はまわりに触れないように注意しながら、ゆっくり階段をのぼっていった。ランドルフは階段の横の壁に散っている血しぶきに気づいた。「犠牲者のひとりか犯人のものでしょう。家族を探しに戻ったジョージー・ドイルの腕から落ちた血の可能性もある」

サントスとランドルフは主寝室に入って、リン・ドイルを見おろした。胸に大きな傷がある。「至近距離から明確に狙って撃ったんだな」ランドルフが言う。

サントスは汗が顔を流れても、スーツの上着を脱がずに耐えた。寝室は一階よりさらに暑い。「暖房が入っているのかしら」そう言いながら床に開いている通気口に歩み寄って指先をかざすと、あたたかい空気の流れに触れた。「あなたが言ったとおりよ。犯人は暖房をつけたんだわ」ランドルフに言う。

次に三人は、ウィリアム・ドイルの遺体があるジョージーの部屋へ向かった。「何か気になるものは見つかった？」サントスが鑑識員に質問する。

「指紋の採取作業を行って、数種類が見つかりました。繊維はいろいろと採取できていますが、重要なものかどうかはまだわかりません」

つまり大した発見はないということだ。「ほかにはないのか？」ランドルフがきく。

「一番いいやつを最後に取っておいたんですよ」鑑識員がにやりとした。「薬莢《やっきょう》が二種類ありました。二〇ゲージのショットガンのものがふたつと、九ミリ口径銃のものがひとつ。九ミリのやつは見逃がすところでした」

ランドルフはそのあとすぐイーサン・ドイルの部屋を見に行ったが、サントスはウィリアム・ドイルの遺体を見おろしながら、今聞いた情報について考え込んだ。銃が二丁ということは、侵入者はふたりいたのだろうか？　ドイル夫妻の体に何発の弾が撃ち込まれたのか、それらが発射された銃の種類はなんなのか、検視の結果が出ないとわからない。

家の中は荒らされていなかった。金目のものが奪われた形跡はないから、動機が盗みということはないだろう。

「これを見てください」ランドルフの声で、サントスはわれに返った。ランドルフが十三センチ×十八センチほどの金の写真立てを差し出す。その写真にはイーサン・ドイルが祖父と並んで写っていて、イーサンは迷彩柄のショットガンを誇らしげに掲げていた。

科学捜査の結果が出なければ断言はできないが、トウモロコシ畑で見つかったショットガンはイーサンのものと酷似している。だが、持ち主である彼は今どこに？そしてベッキー・アレンの身に何があったのだろう？

24

現在

ワイリーは懐中電灯の光をそらさないようにしながら、まどろんでいる女性のけがの程度を推し量った。片方の目は腫れて、完全にふさがっている。頬も片側が紫色に腫れあがっていて、唇の傷はおそらく縫わなければならないほどひどい。鼻は曲がってしまっているし、耳の先には水疱《すいほう》が点々とできている。凍傷だ。女性は物置小屋にたどり着いたあと、ここまで来た。それだけの体力があったということだが、それでも医者の手当てが必要だ。

暗闇に包まれた部屋の気温はどんどんさがっているのに、少年は母親のそばを離れようとしない。隣で丸くなっていて、ときどき母親の耳に何かささやいている。つまり、ちゃんとしゃべれるということだ。〝お母さんの名前は？　あなたの名前は？　何かから逃げているの？〟あれこれ質問して情報を引き出そうとしても、決して口を開かなかったというのに。

ワイリーは懐中電灯の光を自分の顔に向けた。「わたしを見て。遊びでやっているんじゃないわ。ちゃんとこっちを見て」少年がのろのろと視線を向けた。「わたしがあなたを傷つけるようなことをした？　銃を向けられたり、火かき棒で殴りかかられたりしたけど、そのあとあなたにやり返すんじゃないかと思わせるようなことを、わたしは何かしたかしら？」

しばらくして、少年がおずおずと首を横に振る。

「そうよね。それにあなたのお母さんを傷つけるつもりもない。絶対に」

それでも少年が口を引き結んだまま何も言わないので、ワイリーはあきらめてキッチンに行った。そこは体が凍りそうなくらい寒かった。割れた窓を段ボールでふさぎ、外に置き去りにしていた薪を回収する。そして暖炉に薪を数本加え、火が安定して燃え始めるまで見守った。部屋があたたまるまで、しばらくかかる。ワイリーはふたたび少年と向かいあう位置に座った。

風がたてる口笛のような音や老朽化したパイプが凍りついてたてる音から、懸命に気をそらす。荒れ狂う風で窓ガラスがガタガタ揺れた。

「あなたの助けが必要なの」ワイリーは静かに語りかけた。「あなたが誰で、どこから来たのか、教えてもらわないと」

そのあとも沈黙が続いた。ふたりは女性の苦しそうな呼吸の音を聞きながら、腫れた唇の前に白いもやが弱々しく広がっては消えていくのを見守った。

「あなたたちが誰かから逃げているのなら、手を貸してあげられる。あなたたちを守ってあげられる。だけど、そのためには事情を話してくれなくちゃ」ワイリーは説得を続けた。

女性が目を開く。「話しかけるなら、わたしにして」

「いい考えね」ワイリーは言った。「じゃあ話して」

女性が口をつぐむ。

「もういいわ」ワイリーはどうしようもなくなって両手をあげた。「早く助けが来てほしい。あなたたちを連れていってもらえたら、どんなにほっとするかしら」

女性の顔を恐怖がよぎる。「助けなんていらない」

「わたしにはそうは見えないけど」

「ねえ、まだ寒いから、もう一枚毛布を持ってきてくれない？」女性が少年に頼んだ。

「毛布がある場所は知っているわよね」ワイリーに言われて、少年が懐中電灯を持って急いで階段へ向かう。

「いい、よく聞いて」少年が声の届かないところまで行ったのを確認して、女性が口を開いた。「わたしたちは嵐がおさまったら出ていく。そうやって完全に姿を消すから、何もきかないでちょうだい。わかった?」

「悪いけど、そんなやり方は受け入れられないわ」ワイリーは首を横に振った。「それと今わたしが心配しているのは、二階に行ったあの子のことだけだから。あなたが彼を連れてどこへ行くつもりなのか、彼がそれで本当に大丈夫なのか、わからないままでは絶対に出ていかせない」

女性はワイリーをにらんだあと、階段に目を向けた。「わたしたちを追っている男は、連れ戻すためならなんでもするわ」女性はわずかに体を起こしたが、その動きで痛みにうめいた。「そして、わたしはそうさせないためになんでもする。本当になんでもよ。それがあなたに手斧を振りおろすことだとしても」険しい声でささやく。

ワイリーはぞっとして体が冷たくなり、ポケットの中の銃を手で確かめた。女性がはったりを言ったとは思えなかった。

少年が毛布を抱えて階段をおりてきた。「ほら、母さん」誇らしげに言う。「毛布を二枚持ってきたよ。これで足りる?」

「ええ、ありがとう」女性はワイリーをにらみながら返した。「それで足りるわ」

25

二〇〇〇年八月

自宅のキッチンの椅子に座っているマーゴ・アレンの傍らを、別居中の夫ケヴィンが落ち着きなく歩きまわっていた。家で続報を待つあいだ、近所の誰かに下の子どもたちの面倒を見てもらったほうがいいと家まで送ってくれた保安官補に助言されたが、マーゴは首を横に振った。今、子どもたちを自分の目の届かないところにやるなんて絶対に無理だった。だから四歳のトビーは彼女の膝の上で母親の首にかかっている銀の十字架を触って遊んでいるし、十歳のアディーは向かいの椅子に座って、携帯用ゲーム機の画面を食い入るように見つめている。

ドイル家の農場に検視官の車が入ってくるのを見たとき、マーゴは気を失いかけた。今までの人生であれほどの恐怖を覚えたことはなく、喉に手を突っ込まれて息を引きずり出されたかのようだった。保安官は誰が死んだのかは言わなかったが、ベッキーではないとだけ教えてくれた。そして意味のない約束を山ほどしながら、彼女を保安官補に渡した。なんの助けにもならない下っ端の保安官補に。

その保安官補に娘のところへ連れていってほしいと懇願したら、ベッキーがどこにいるのかは不明で、全力で捜索しているところだとようやく認めた。マーゴは頭に血がのぼってドイル家の母屋に駆け込もうとしたが、三人がかりで止められた。彼女は別に騒ぎを起こそうとしたわけではない。ただ家の中にベッキーがいないことを、自分の目で確かめたかっただけだ。ローレル・ストリートの小さな灰色の家へ戻ると、夫がキッチンのテーブルについていて、ベビーシッターはいなくなっていた。

「どうしておれたちは何も教えてもらえないんだ?」ケヴィンが声をあげる。マーゴと同じく、彼も泣いて目が赤くなっていた。誰かはわからないが死人が出て、ジョージーは病院へ搬送され、ベッキーは行方がわからない。

「すみません、ミスター・アレン。保安官からすぐに連絡があると思います。ところで、ぼくのほうから誰かに電話をかけなくて本当にいいんですか? ご家族とか友人とか」

マーゴは首を横に振った。本当は両親に電話するべきだが、知らせればオマハから四時間かけて車で駆けつけると言いだすに決まっている。でもマーゴは、今はそこまで大事にする気になれなかった。ベッキーが今にも家に駆け込んできて、息を切らしながら心配させたことを謝るかもしれない。そうなってほしいと必死に祈っていた。そのあとならオマハの母親に電話をかけ、ベッキーも普通のティーンエイジャーになってしまったと愚痴をこぼすことができる。

玄関のドアを叩く音にマーゴは反射的に立ちあがったが、すぐに座り直した。ベッキーならノックなんてするはずがない。それでもふたたび立ってキッチンの入口へ行き、ダール保安官補がドアを開けに行くのを見守った。外に出た彼は、数分後にマーゴの知らない女性を連れて戻ってきた。女性がアイオワ州犯罪捜査局のカミラ・サントス捜査官だと自己紹介する。

「娘が見つかったんですか?」ケヴィンがきいた。

「残念ながら、まだ見つかっていません」サントスはマーゴの膝の上の男の子を見おろした。男の子は母親の顔を優しく叩いて、涙を拭いている。もうひとりの子はゲームをしながら、大人たちをちらちら見ていた。

「奥さん」サントスは静かに声をかけた。「わたしのこれまでの経験から、こういうときはご家族の支えになってくださるような方に来ていただくことを強くお勧めします。そのようなご家族や友人はいらっしゃいませんか? われわれのほうで連絡しますから」サントスが女性だからか、それとも州警察の捜査官という肩書からか、マーゴは耳を傾ける気になった。

そしてうなずき、名前と電話番号を書いて渡した。サントスがその紙を保安官補に渡す。「アディー、弟を寝室に連れていって、テレビをつけてあげてくれる？」

「うん、わかった」アディーは小声で返すと、椅子からおりてトビーの手をつかみ、寝室へ向かった。

「ああ、もう、信じられない。どうしてこんなことに」マーゴは椅子の上で体を前後に揺すった。ケヴィンが妻の背後に立って肩に手を置いたが、マーゴは体を揺すって逃れ、咳払いをして続けた。「何が起こっているのか教えてもらえますか？ 保安官補からは大したことを聞けなかったので」

「ミスター・アレン、ミセス・アレン」サントスがマーゴの向かいに座る。「今わかっていることをお伝えしますね。昨夜ウィリアム・ドイルとリン・ドイルが殺され、ふたりの娘であるジョージーが銃で撃たれました。警察が現場に着いたときには、イーサン・ドイルと娘さんの姿は見当たりませんでした」

マーゴが両手をきつく握りあわせた。皮膚に爪が食い込んで、半月形の跡ができる。

サントスは続けた。「ジョージー・ドイルの話によれば、彼女はベッキーを見失ってしまったそうです。そこでわれわれは今、ふたつの可能性を考えています。ベッキーが犯人から逃げて、どこかに隠れているか、もしくは犯人に連れ去られたか」

マーゴの背後でケヴィンが行ったり来たりし続けている。こんなときくらいじっとしていられないのかとマーゴは怒鳴りたかったが、頬の内側を血の味がするまで嚙んでこらえた。

「すでにアンバーアラートシステム（子どもの誘拐事件が発生した場合、さまざまな媒体で緊急速報を流すシステム）を使ってトラックの情報を流していますし、いただいたベッキーの写真を広い範囲で公開しています。周辺地域の捜索を続け、明日には捜索犬も投入する予定です」

「捜索犬だって？」ケヴィンがようやく足を止め、しゃがれた声を出した。「捜索犬は死体を探すのに使うものだろう。あんたたちはベッキーが死んだと思ってるのか？」

「黙って、ケヴィン」マーゴは静かにたしなめた。

ケヴィンがふたたび歩きだし、狭いキッチンの中をとめどなくうろつく。「犬はそういうのに使われるんだ。死体を見つけるのにな。ほかにも隠していることがあるのか？　娘は死んでいると、あんたたちは考えているのか？」

「黙って、ケヴィン」マーゴがテーブルに両手を叩きつけ、鋭い音が部屋に響いた。

手のひらから手首にかけて刺すような痛みが走ったが、胸の痛みに耐えるよりはるかにましだったので、彼女は何度も何度も手を叩きつけた。バシッ、バシッ、バシッ。安っぽい合板が割れて粉々になってもかまわなかったのに、派手な音をたてるだけで持ちこたえた。そこで平手ではなくこぶしを叩きつけると左手の小指の骨がきしんだけれど、かまわず叩き続けた。とうとうケヴィンが歩くのをやめ、その場に立ち尽くして、見知らぬ他人を見るような目で妻を見つめている。アディーが走ってきて何が起こっているのかを見て取ると、恐怖に目を見開いた。

とうとうサントスが近づいてマーゴの両手を押さえた。熱くなっていたマーゴの手に、捜査官の手がひんやりと感じられる。「お気持ちはわかります」サントスは低い声でなだめた。

サントスの暗い色の目をのぞいたマーゴは、この女性が数々の恐ろしいものを見てきていることを悟った。だが、彼女の目にはほかのもの——希望の小さなきらめき——も見える。マーゴはそれにすがりつき、捜査官の目を見つめ続けた。きっと大丈夫。大丈夫に違いない。

リーヴァイ・ロビンス保安官補は事務所へ戻ってショットガンを証拠品として保管

し、イーサン・ドイルのトラック〝ダットサン〟に対する捜索指令を発令したが、そのあいだも別のことに気を取られていた。

ブロック・カッターとイーサン・ドイルは友人同士だ。そしてジョージーは事件当日の夕方、ベッキーと一緒にカッターを見たと言っていた。リーヴァイがスピード違反でカッターを止めたのが夜中の一時過ぎ。カッターはドイル家の農場の方向から走ってきた。このことを保安官に報告すべきだとリーヴァイはわかっていたが、その前にカッターから事情を聞くことにした。あのとき、自分が重要なものを見逃したのではないことを祈った。

そしてカッターの農場に向かったものの、幸運にも途中のガソリンスタンドでカッターのトラックが止まっているのを発見して、駐車場の奥の隅に車を止めた。熱気がコンクリートからゆらゆらと立ちのぼり、ごみ箱に捨てられているものが暑さで腐敗していやなにおいがしている。リーヴァイはカッターのトラックにもたれて青年を待った。カッターが売店を出て、ゲータレードを片腕に抱えてぶらぶらと近づいてくる。ところがリーヴァイを見つけた瞬間、青年はまばたきを繰り返して視線を左右に泳がせ、その様子から逃げ出そうとしているとリーヴァイは判断した。「どうしてそんなにびくついてる？　いくつか質問したいだけだ」

「なんについての質問だよ？」カッターが用心深く返す。彼はあまり調子がよさそうではない。疲れてよれよれな感じで、それはリーヴァイも同じだった。

「ドイル家の農場で起きた殺人事件についての質問だ」リーヴァイはカッターの反応を注意深く見守った。

カッターが肩を落とす。「ああ、その話なら聞いた。ひでえ事件だよな。イーサンと女の子は見つかったのか？」

「そんなふうにきくってことは、イーサン・ドイルと知りあいだったのか？」

「ああ、まあ」カッターは言って、ゲータレードのボトルに口をつけた。「学校が一緒だ」

「イーサンに最後に会ったのはいつだ？」リーヴァイが首をこすると、手が汗で濡れた。

カッターが顔を上に向ける。「うーん、結構前だよ。おれたち、夏の初めにけんかでちょっとまずいことになっちまって……」

「イーサンとけんかしたのか？」リーヴァイが確認する。

「いや、おれとイーサンが別のやつらとけんかしたんだ。むかつくやつらに会って、もめちまって。大したことでもなかったんだけど」カッターは残念そうに頭を振った。

「両方の親に、もう一緒に出歩くなって言われてさ」カッターかジョージー・ドイルか、どちらかが嘘をついている。そしてジョージーが両親が殺された日にブロック・カッターを見たなんて嘘をつく理由が、リーヴァイには思いつかなかった。

リーヴァイは相手がどこまで嘘をつくのか、確かめることにした。

「でも昨夜きみの車を止めた場所は、イーサンの家から遠くなかった。あんなところで何をしていた？」リーヴァイは尋ねた。「しかもあんなにスピードを出して」

「理由はもう言っただろう。家に帰るのが遅くなったんだ。遅いと親父がすげえ怒るからさ」カッターが言い訳がましく言う。

「映画を観に行ったんだったな。なんの映画だ？」リーヴァイは探りを入れた。

「『最終絶叫計画』だよ。いとこのリックと観た。電話して確かめてもいいぜ」

リーヴァイはうなずいた。「ああ、そうするよ。ところで、イーサンが行きそうな場所に心当たりはないか？」

カッターは首を横に振った。「ないな。さっきも言ったけど、イーサンとはもう長いこと顔を合わせてねえんだ。やつは外出禁止を食らってるって聞いたし」

「行きそうだと思うところでもいい」

「さあ。釣りに行くのは好きだったし、プールってのもあるかもしれねえな。あとはカーラ・ターナーとしばらくつきあってたから、彼女のところかも」カッターはゲータレードを飲み干した。「これ以上は思いつかない」

「そうか」リーヴァイは言い、とりあえずこの場ではカッターの嘘を追及しないことにした。明日、保安官事務所で正式に話を聞き、嘘を暴いてやるつもりだ。それまでは尾行しながら監視する。もしかしたら、カッターがイーサン・ドイルのもとへ連れていってくれるかもしれない。「ほかに何か思いついたら電話で知らせるように、わかったな？」リーヴァイは厳しい口調で言い渡した。

「わかった。やつが見つかるといいな」カッターが言い、ゲータレードのボトルをごみ箱に捨てる。

「ああ、そう願ってる」リーヴァイが言うと、カッターは立ち去った。あいつは嘘をついている――リーヴァイはその理由について考え込んだ。カッターが守ろうとしているのはイーサン・ドイルなのだろうか？ それとも彼自身か？

　四百八十キロほど離れたネブラスカ州リロイで、ネブラスカ州警察所属のフィリップ・ロープは州間道路80号線を西に向かって走っていた。彼は一九九〇年型ダットサンのシルバーのピックアップトラックの捜索指令を受け取っていて、まさにそれに当てはまる車がバックミラーに映っていた。捜索指令はアイオワで起こった凄惨な事件に関連したものだった。ふたり殺され、ふたりが行方不明になっている事件に。

もちろん、行動に出る前にトラックをもっとよく観察して、ナンバーを照会する必要がある。それに捜索指令自体が誤りの可能性もあった。たいていがそうだ。

後ろを走るトラックを横に並ばせるために、ローブはパトカーのスピードを落とした。横に来たら中をのぞける。だが彼がそうするのに合わせて、トラックもスピードを落とした。数台の車が追い越していったのに、シルバーのトラックとの距離はさらに開いている。どういうことなのだろう？

トラックの中はよく見えないが、ふたり乗っていることはわかり、ローブの鼓動が速まった。こうなったら、なんとしてもトラックの後ろに行かなければならない。通信指令係に今いる位置を伝えると、一番近くにいるパトカーでも六十五キロほど離れていると知らされた。しかし、ふたりのティーンエイジャーの命が危険にさらされているとわかっているのに、悠長に応援を待っていられなかった。

もう一度スピードを落としてみたが、トラックもそうしたので、二台のあいだの車が数台増えただけに終わった。トラックは明らかにパトカーを避けようとしている。

そこでトラックを確実に先へ行かせるために道の脇に車を寄せると、トラックのドライバーがアクセルを踏み込んだ。アイドリング状態のパトカーの横をトラックが猛スピードで通り過ぎるとき、恐怖に引きつった顔をこちらに向けている若い女性がちらりと見えた。

ロープは急いで車を出すと、時速百三十キロ近いスピードで走り始めたトラックを追いかけた。

「くそっ」ロープは毒づいた。サイレンと警告灯をつけたが、安全のために数台の車を見送らなければならず、歯噛みする。ようやくアクセルを踏み込むと、速度計の赤い針が時速百四十五キロ付近まで跳ねあがった。

前を走る車がパトカーを通すために次々と路肩へ寄り、ロープとトラックのあいだには一台が残るだけになった。その車を運転している若者は関心がないのか気づいていないのか、よけようとする気配もスピードを落とす気配もない。

そこで追い越すために左の車線に移ったロープはその瞬間、間違いに気づいた。トラックのドライバーが右にハンドルを切って、ぎりぎりのタイミングで出口に入ったのだ。

ロープがあとに続くのはどうやっても無理で、後ろに遠ざかっていく出口をなすすべもなく見送るしかなかった。小声で悪態をつき、スピードを落として中央分離帯に隙間がある部分まで行ってUターンする。

ロープが出口に到着したときには、シルバーのトラックは影も形もなかった。


サントス捜査官はベッキー・アレンの小さな部屋の真ん中に立って、十三歳の少女の心に入り込もうとした。室内は散らかっていた。ベッドは起きたときのままで、服が床に脱ぎ捨てられている。板壁に画鋲《がびょう》でとめつけられているのは、クリスティーナ・アギレラやマンディ・ムーア、バックストリート・ボーイズのポスターだ。

引き出しもベッドの下もクローゼットの中も調べたが、そういう普通の場所には注意を引かれるようなものはなかった。部屋の隅に、値札がついたままの新しいバックパックとウォルマートの袋に入った新年度用の学用品――ノート、フォルダー、バインダー、蛍光ペン、ボールペン、鉛筆――が置かれている。

この部屋からわかるのは、ベッキーはポップミュージックを聴き、『グースバンプス』や『ベビーシッターズ・クラブ』シリーズの本を読み、ベッドの下に落ちているくしゃくしゃの包み紙からして、タフィーやキャラメルアップル味の棒付きキャンディに目がないということだった。そんな少女に隠された秘密の部分があったとは思えないが、彼女が十六歳の青年と同時に姿を消したということも否定しようのない事実だ。そこでひとつ問題が浮かびあがる。彼女が自分から一緒に行ったのか、それとも違うのか。

サントスはベッドの端に座り、ウォルマートの袋をひとつ取った。中にはさまざまな色のノートと、すでに開封された細い蛍光ペンのセットが入っている。ノートをまとめて出して一番上のものを開くと、ベッキーはこの年頃の女の子らしく、表紙の内側に丸い字で名前を書いていた。そのあとに続く白いページをめくっていくと、突然鮮やかな色が目に飛び込んできた。

そのページは花とハートと星とさまざまな文字で埋め尽くされていた。色の洪水の中で、青いインクでひときわ太く書かれた一連の文字に目がとまる。〝BJA+ED〟ベッキー・ジーン・アレンとイーサン・ドイルのイニシャルを並べたものだ。

ベッキーは自らイーサンと一緒に行ったのかもしれない。そして幼いカップルは狂暴化したのだろうか？ ボニーとクライド（一九三〇年代前半にアメリカで強盗や殺人を繰り返した男女）や、チャールズ・スタークウェザーとキャリル・フューゲイト（一九五〇年代にアメリカで大量殺人を犯した男女）みたいに。熱に浮かされたように殺人を重ねた星まわりの悪い恋人たち。マーゴとケヴィン・アレンに、彼らの娘とイーサンの関係についてきく必要が出てきた。

アレン夫妻とこの話をするのは気が重かったが、サントスはノートを持ってキッチンへ戻った。マーゴはテーブルに肘をつき、両手で頭を抱えていて、ケヴィンは感情もあらわにしゃがれた声で電話をしている。

サントスを見てケヴィンはすぐに電話を切り、目元をぬぐった。「妹に状況を知らせていたんだ」

「電話は空けておかないと」マーゴが険しい声で夫を非難する。「ベッキーがかけてくるかもしれないのよ」

言い訳をしようとしたケヴィンを、サントスはベッキーのノートを掲げて制し、問題のページを開いてマーゴの前に置いた。ケヴィンがマーゴの後ろからノートをのぞく。

「なんだこれは？　ただのいたずら描きじゃないか」

サントスはイニシャルの部分を指先で叩いた。「〝ＢＪＡ＋ＥＤ〟とあります。ベッキーとイーサンにはなんらかのつきあいがありましたか？」

「つきあい？」マーゴがむっとした声で返す。「ベッキーはまだ十三歳ですよ！　男の子とつきあうような年じゃありません。一方的に好きになったりすることはありますけど」

「恐縮ですが、これはおききしないといけないので」サントスは言った。「イーサン・ドイルも同じだった可能性はありませんか？　お嬢さんに好意を抱いていた可能性は？」

「なんだって？　イーサンは十六歳だぞ」ケヴィンが不快そうに言う。「十六歳の青年が、たった十三歳の女の子とデートしたいなんて思うはずがないだろう」

「普通の十六歳の青年ならそうでしょうね」マーゴが震える声で応じる。「あなたはイーサン・ドイルが犯人だと言っているの？　両親を殺して、ベッキーを連れ去ったと？」

「そんなことは言っていません。ただ、われわれはすべての角度から検討し、あらゆる可能性を考える必要があるんです。ベッキーにとってイーサンが親友の兄以上の存在になっていると感じたことがあるかどうか、教えていただけませんか？」

「いや、そんなことはなかった」ケヴィンは即座に否定したものの、サントスはマーゴを見つめていた。マーゴの表情はケヴィンの言葉とは違うことを語っている。

「ミセス・アレン？」サントスは促したが、マーゴが答える前に保安官補が入ってきてサントスを脇へ引っ張っていった。

「なんなの？」マーゴが恐怖をにじませる。「何かあったの？」

「ちょっと失礼します」サントスは言った。「すぐに戻ってきますから」

「何があったの?」サントスの言葉を聞いて、マーゴは怒鳴った。「あの子が見つかったの?　ああ、もう無理。お願いよ、これ以上耐えられない。今すぐ教えて」ケヴィンが妻の横にしゃがんで腕をまわすと、今度はマーゴも抗わなかった。

「真偽を確かめたうえで有力と思われる情報は必ずお伝えすると約束します」サントスは彼らに告げた。「情報が集まっても関係ないものだったり、嘘だったりするものがほとんどで、それらを見極めるのがわれわれの仕事なんです。つらいのはお察ししますが、もう少し待ってください。わかったことがあれば必ずお伝えしますから」

マーゴ・アレンがすすり泣く声を聞きながら部屋を出ると、サントスはランドルフに電話をかけた。

「どうしたの?」まわりを見まわして、夫妻に声が届かないことを確認する。

「ネブラスカでイーサン・ドイルのものと特徴が一致するトラックが目撃されました。州間道路80号線を西に向かっていたらしい」ランドルフが言う。「今、確認を待っているところです」

「わかったわ。アレン夫妻にあといくつか質問したら教会に向かう」

「目撃されたトラックは当たりかもしれませんね」

「そうね。じゃあ、あとで」トラックを発見したというのは大きいが、そこに誰が乗っているかが鍵だ。

できればイーサン・ドイルとベッキー・アレンが無事で、犯人が逮捕されてほしい。サントスは若者ふたりが殺人と無関係であることを祈った。双方の家族とジョージー・ドイルには、子どもたちが殺しに手を染めていたなどというよりもましな結末が必要だ。けれども、こういう陰惨な事件が残すものは死体や肉体的な傷だけではないと、サントスは知っていた。トラックで何が発見されたとしても、ドイル家の人々もアレン家の人々も、これまでと同じではいられない。

26

少女が外をのぞくと、風が木々を揺らし、金色や赤色や黄色の葉をさらっていくのが見えた。落ちた葉は草のあいだをかさかさと音をたてて転がり、窓の前にすでにできている山に加わっていく。

部屋の温度が低く、少女はいらいらしていた。テレビではおもしろい番組をやっていないし、絵を描くのにも飽きてしまった。そこでベッド脇の隅に置かれた本の入った箱に目を向けてみる。父親が持ってきた日以来、箱の中の本には触れていなかった。約束した犬を連れてきてくれないことに、腹が立っていたからだ。でも今は退屈しているし、細い窓からぼんやり外を眺めているのと比べれば、古本のほうがましだ。

蓋を開けると、前と同じくかびくさいにおいが立ちのぼった。それと同時に、認めたくはないが、わくわくする気持ちもわきあがる。少女は本が好きだった。物語や絵に没頭して、すべてを忘れられるからだ。今、目の前には、まだ一度も開いていない本が箱いっぱいにある。そう思うと、父親に対して感じていた怒りが少しだけおさまった。

「もう食べるものがほとんどないわ」母親が部屋の反対側で声をあげる。

少女はそれを無視して箱の中をあさった。絵本がある。空から食べ物が降ってくる中で傘を差している男が描かれているものと、ジョージとマーサという二匹のカバが描かれているものだ。

「あとはこれだけ」母親が言う。「これしか残ってない。それとピーナッツバターがちょっとだけ」

少女が紫色のクレヨンを持ったいたずら好きな男の子の絵本から目をあげると、母親がスープの缶詰とクラッカーのパックをひとつずつ掲げていた。

「もうすぐ持ってくるよ」少女は返した。心配はしていなかった。父親はいつも食べ物を持ってきてくれる。いいものばかりではないけれど、食べるものがなくなることはない。

ふたりは夕食にスープを食べた。母親が許してくれたので、少女が缶切りで缶を開けて中身をガラスのボウルに出し、水を加えた。それをあたためるために電子レンジのボタンを押すのも、やらせてもらえた。「クラッカーは取っておきましょうね」母親が言う。

スープを食べ終えると、少女は本の箱の前に戻った。

翌日の朝食で、ふたりはクラッカーを三枚ずつ食べた。昼食にはピーナッツバターを塗ったものを二枚ずつ。父親はまだ現れなかった。

「もしかしたら、もう戻ってこないのかも」少女は言い、水を飲んだ。水を飲めばおなかがふくれると、母親に言われたのだ。

「戻ってくるわよ」母親は言ったが、その声には不安がにじんでいた。「戻ってきてくれなくちゃ困るわ」

夕食にはピーナッツバターを塗ったクラッカーを少女は二枚、母親は一枚食べた。それでピーナッツバターの瓶は空になり、ふたりはおなかをふくらませるためにまた水を飲んだ。その夜、少女はなかなか眠れなかった。おなかがグーグー鳴っていて、クラッカーはあと二枚しかないと考えずにはいられなかった。それもなくなったら、どうすればいいのだろう？　父親が戻ってこなかったら？　彼女と母親は飢え死にしてしまう。

少女は母親を起こさないように静かにベッドを出て、残りのクラッカーがちゃんとあるかどうか確かめに行った。するとクラッカーはあり、こっそり食べてしまいたかったが、ずるはしたくないのでやめておく。少女はベッドに戻って、なんとか眠ろうとした。

翌朝、母親は少女にクラッカーを二枚とも渡した。「わたしはおなかがすいてないから」という母親の言葉は信じられなかったけれど、それでも少女はクラッカーを食べずにはいられず、なるべく長くもつようにちびちびかじった。昼食の時間が過ぎ、夕食の時間が過ぎても、父親は現れなかった。

少女はいらいらし始めた。空っぽの胃の中で水だけが揺れていて、気分が悪い。

「おなかすいた。父さんはいつ来るの？」

「食べるものはないの」母親が険しい声で返す。「全部なくなっちゃったのよ。何も残ってない」

「じゃあ、母さんがあっちに行って取ってくればいいじゃない」少女が言い返すと、母親は黙り込んだ。

〝あっち〟とふたりは呼んでいた。〝あっちに行ってはだめ。父さんが怒るわ。危ないの〟母親はいつもそう言う。

父親も同じだった。〝あっちには悪いやつらがいる。おまえをおれたちから引き離そうとするやつらだ。そうなったら、母さんに二度と会えなくなるぞ〟

だから少女も母親も一度もここから出たことがなかった。コンクリートの床とセメントの壁に囲まれた地下室にずっといる。

ところが驚いたことに、母親は階段をあがって閉じたドアの前に立った。そしておずおずと手を伸ばして取っ手をつかみ、ぐいっとひねった。だが鍵がかかっているためドアは開かず、母親は戻ってきて部屋の真ん中に立った。

「何してるの？」少女はきいたが、母親が近づくなというように手を振る。

母親はしばらくそのまま立っていたものの、やがて少女にペンを持ってくるように言った。「ペン？」少女は当惑した。

「いいからペンを持ってきて」母親が鋭い口調で繰り返すのを聞いて、少女は急いでお絵描き道具が入っている箱からペンを出して、母親に差し出した。母親がペンをひねると外側のプラスチック部分が外れたので、少女は驚いた。母親がそれをテーブルの上に放って、尖ったペン先とインクの入った筒からなる残りの部分を見つめる。それを持って母親がまた階段をあがると、少女もついていった。母親がドアの前にしゃがみ、ペンの先を取っ手に差し込む。

「何してるの？」少女はきいたが、母親は静かにするように言って、ドアの取っ手をいじり続けている。いつまでやるのだろうと少女が思いかけたとき、カチッという小さな音とともに、突然ドアが開いた。あまりにもあっけなかった。

待っているように言われても少女は聞かず、母親と一緒に〝あっち〟へ踏み出した。

そして目に入った景色に、少女は驚嘆した。キッチンには大きな冷蔵庫とコンロと電子レンジだけでなく、テレビで見たような食器洗浄機まである。円い木製のテーブルのまわりにはそれに合わせた椅子が四脚あり、ぴかぴかのカウンタートップの上には長い食器棚が取りつけられていた。

これはいったいどういうことなのか、少女は説明してほしくて母親を見た。地下室には食卓として使っている小さなプラスチックのテーブルと、彼女より小さい冷蔵庫があるだけで、コンロすらない。それなのに、どうしてそこで暮らさなければならないのだろう？

けれども母親はキッチンを見てはいなかった。何かに取りつかれたようにふらふらとキッチンを抜け、ダイニングルームへと進んでいる。別のテーブルと椅子があるダイニングルームも通り抜けると、まだ部屋があった。そこにはソファがひとつどころかふたつもあり、それとセットの椅子とテレビ、天井まで届くくらい背の高い時計もあった。部屋の窓はすべて分厚いカーテンで覆われている。

母親はこの驚くべき部屋にも目を向けず、上のほうに四角い窓が三つある大きなドアを見つめていた。ふたりははめ込まれたガラスを通して差し込む日の光を浴びて、体にぬくもりが広がっていくのを感じながら、しばらくじっと立っていた。

母親が取っ手に手を伸ばしてひねったが、ドアは開かなかった。そこで取っ手の下にある真鍮製《しんちゆうせい》の錠を右にひねってから取っ手をまわすと、今度はきしみながら開く。まるで絵本を見ているようだった。少女は立ち尽くした。たくさんの色とにおい、そして見たことのない景色に圧倒されて、ぼうっとした状態でふらふらと外に出て、玄関前のコンクリート製の階段の上まで行く。空気はひんやりしているが、地下室よりあたたかかった。空は青く、蜂蜜色の太陽はぬくもりに満ちている。木々は宝石みたいな色の葉をまとい、まわりには見渡す限り金色の畑が広がっていた。家の前から続く細い道の先にある道路を進んだら、どこに行けるのだろう？　山なのか、海なのか、砂漠なのか。とにかくここから遠く離れたどこかだ。

外の世界は少女が想像していたより静かだった。吹き渡る風に静かにざわめくトウモロコシ畑の音、緑のバッタが飛ぶブーンという小さな音、納屋に巣くうツバメが飛び交い、さえずる音。そんな穏やかな音しか聞こえてこない。少女が身をかがめてきれいな黄色い花を摘もうとしたとき、いきなり腕を引かれた。

母親が少女を家の中に引き込んでドアを閉め、鍵をかける。「あっちには行けないのよ」母親は怯えた様子で、呼吸が浅く速くなっている。

ふたりは手をつないで居間からダイニングルーム、ダイニングルームからキッチンに戻った。「おなかがぺこぺこだよ」少女はカウンターの上に置いてあるバナナを食べたくてしかたがなかった。母親が戸棚を開けると、中にはスープや豆やトウモロコシの缶詰がぎっしり入っていた。別の戸棚にはシリアルとクラッカーとクッキーの箱が並んでいる。

「たくさんは持っていけないわ」母親が何を持っていこうかと思案しながら言った。「なくなっていることに気づかれたら、ここに来たのがばれてしまう」しばらく迷った末、スープの缶詰をふたつと冷蔵庫からオレンジとリンゴをひとつずつ取る。

「さあ、行きましょう。いつ戻ってくるかわからないから」そう言われて少女は地下室のドアの取っ手に手を伸ばしたが、母親がついてこない。母親はキッチンの壁に取りつけられた電話の前で足を止めていて、震える手で受話器を取ると、耳に当ててボタンを押し始めた。

いったい誰にかけているのだろう？　地下室に電話はなく、少女はテレビでしか見たことがなかった。でも、母親は何をどうすればいいのかわかっているようだ。受話器から呼び出し音が響き始め、それが止まると同時に女性の声が聞こえた。「もしもし、もしもし?」

母親は深い悲しみの表情を浮かべ、受話器を静かに置いた。ふたりはわずかな食べ物を抱えて地下室への入口を抜け、母親がドアを閉めて鍵をかけた。階段をおりると、母親が一番下の段に座って泣きだす。少女は母親の足元に座った。

しばらくすると母親は泣きやみ、涙を拭いた。「父さんにこのことを言っちゃだめよ。わかった? これはわたしたちだけの小さな秘密」

少女は母親と一緒に小さな秘密を持つという考えが気に入ってうなずき、指切りをした。けれど、ききたくてもきけない質問がふたつあった。どうして今まで外に行かなかったのか? そして、また外に出てはいけない理由はなんなのか?

27

現在

つまり、この女性と少年は虐待する男から逃げているのだ。それならつじつまが合う。嵐の最中に必死に逃げて身を隠していたことも、過剰なまでの警戒心も。「警察に行けば助けてもらえるわ」ワイリーはふたりと向きあいながら言った。「嵐がおさまったら、保安官のところに行きましょう」

「だめよ」女性は苦痛に身じろぎをした。「あなたはわかってない。あいつは絶対につかまえに来る。あいつがどんな人間か、あなたは知らないのよ」

ワイリーはその言葉に反論できなかった。この女性がどんなことをくぐり抜けてきたのか、どんな男と結婚しているのか、自分は知らない。ワイリーの別れた夫は、欠点は数々あれど暴力を振るうような真似はしなかった。ただ頑固で、自分のことしか考えられない男だっただけだ。

ワイリーは本を執筆するための調査の過程で、世の中には信じられないくらい独占欲が強くて暴力的な夫やパートナーがいると知った。だからワイリーには、この女性が男との関係においてどれだけのものに耐えてきたのか、推し量ることすらできない。でも、共感することならできる。

「どうしてあなたたちの名前を教えてくれないの？〝あいつ〟の名前は？ 教えてくれたら嵐が去ったあとにわたしも一緒に警察へ行って、あなたたちが保護してもらえるように力を貸せるわ」

「無理なの」女性が首を横に振る。「何も言えない。ここから離れて遠いところに行くまでは絶対にだめ」

「どこかのタイミングで誰かを信用しなくてはならないのよ」ワイリーはいらだちを覚えた。「それならわたしを信用したらどう？」

女性が立ちあがった。「おいで」少年に呼びかける。「ここを出るわよ」

ワイリーは笑ったが、すぐに女性は本気なのだと悟った。「いったいどこへ行こうというの？ トラックは燃えてしまったし、あなたはけがをしてる。それなのに、この嵐の中に幼い息子を連れ出すつもり？ ありえないわ」

「息子じゃない」むっとしたような小さな声が響いた。

「なんですって？」ワイリーは少年を見た。「なんて言ったの？」

「しいっ」女性が子どもをにらむ。「何も話してはだめ」

「女の子だもん」子どもはさらに強い口調で言い、短く刈られた頭に手を滑らせた。

ワイリーは驚きのあまり言葉が出なかった。今の今まで、前庭で発見したのは男の子だと思っていた。

「名前は？」ワイリーにきかれて少女は口を開きかけたが、母親がさえぎった。

「言わないで、言ったら許さないわよ」女性が険しい声で注意し、涙をあふれさせた。

「ごめんなさい」少女が母親に身を寄せる。「ごめんなさい」

「わかったでしょう？　夫から逃げ出したいって理由だけで、わたしが娘の髪をこんなふうにすると思う？　娘と逃げているのは、単に夫と親権を争っているからだと思うの？」女性は今や叫んでいた。「彼に見つかったら殺される」彼女が口をつぐんで、気持ちを静める。「いいえ、もっとひどいことになるかもしれない。あそこに連れ戻されてしまう」女性がスウェットシャツの袖を引きあげると、両方の手首にぐるりと傷跡があった。

ワイリーは言葉が出なかった。女性の手首の傷は、ロープか結束バンドか手錠で拘束されていたためにできたように見える。

どう見ても、女性とその娘は絶望し、怯えていた。ふたりは命をかけて逃げているのだ。この気の毒な女性から無理やり事情を聞き出そうとするなんて、自分は何様のつもりなのだろう。

ふたりはここにいれば安全だ。夫はひどい人物のようだが、妻と子どもを取り返すために他人の家にまで押し入るとは思えない。まさか、そこまで常軌を逸した行動に出ることはないだろう。

今は女性を追いつめないほうがいいと、ワイリーは考えた。彼女に休息を与えるのだ。そして嵐が去ったら、ふたりをブロンコに乗せて、保安官事務所へ行けばいい。

少女がこれまで頑《かたく》なに振る舞っていたわけが、よくわかった。けれども彼女はようやくワイリーに心を開き始めてくれている。信頼し始めているのだ。名前やどこから来たのかを母親が明かさなくても、娘が教えてくれるかもしれない。

28

二〇〇〇年八月

バトラー保安官はヘンリー家の前に車を止め、雑草の生えた庭と玄関前の崩れかけた階段を見つめた。灰色の外壁はところどころ小さくペンキがはがれていて、塗り直す必要がある。バトラーはぼろぼろの階段を慎重にのぼってフロントポーチに立ち、足元の腐りかけた板がいやな音をたてるのを聞きながら、ドアをノックした。しかし、誰も出てこない。

ジューン・ヘンリーのことは何年も前から知っているとはいえ、顔を合わせたのはほんの数回だった。夫婦で何十年も農場を営んでいたが、数年前に夫が亡くなると、ジューンはすぐに畑を売り払った。バトラーの記憶ではジューンは明るく人当たりのいい女性で、そんな彼女に昨日ジョージーとベッキーがここへ来たときのことを質問するのは気が進まなかったが、必要な手順だ。

夫妻にはジャクソンというひとり息子がいて、学生時代は野球選手として活躍したが、高校卒業後は軍隊に入って、最後の任務は一九九〇年の湾岸戦争だった。

復員後、ジャクソンは家に戻り、膨大ながらくたから使えるものを拾い出して売る商売を始めた。その頃から、彼はたびたび警察ともめるようになった。飲みすぎて騒ぎを起こすというのがほとんどで、何度かは軽犯罪もある。もう少し深刻な犯罪歴もあった気がするものの、はっきり覚えていなかった。

バトラーはもう一度ドアを叩いたが、やはり反応がない。ここで悠長に時間を使っている暇はなかった。時間が経てば経つほど、行方不明の子どもたちとドイル夫妻を殺した犯人を見つけられる可能性が減っていく。もちろんジューン・ヘンリーとジャクソン・ヘンリーから話を聞く必要はあるが、今はほかに優先すべきことがある。バトラーはあとで保安官補に来させることにした。

車に戻って乗り込み、道が広くなって向きを変えられるところまでゆっくりバックしていく。壊れた車ばかりが並べられている場所を越え、農機具が死体の山のように積みあげられているところも通り過ぎる。そこでようやく車の向きを変えて太陽の光に焼かれている黒いタイヤの山をよけて進みながら、気味の悪い場所だとバトラーは思った。

ふたたび家が視界に入ると、前に白いピックアップトラックが止まっているのが見えた。ブレーキを踏んで目を凝らす。白髪交じりの黒髪を短く刈り込んだ背の高い男が、年配の女性を支えながらポーチへの階段をあがっている。

ジューンとジャクソン・ヘンリーだ。

ジャクソンは玄関のドアを開けてあたりを見まわしたとき、保安官の車がエンジンをかけたまま止まっているのに気づいた。警戒するように目を見開く。

「やあ、ジャクソン」バトラーは軽い調子で呼びかけた。「きみとお母さんにちょっと協力してもらいたいことがあってね」

ジャクソンは何も言わず、保安官を怪しむように見つめている。

「昨夜ドイル家の農場であったことは聞いているだろう？ジョージー・ドイルとベッキー・アレンの昨日一日の行動を調べていたら、ふたりがここに寄ったとわかった。そのときの話を聞かせてもらえたら助かる。ふたりがここに来た時間や、話した内容を教えてほしい」

「おれは何もしてない」ジャクソンがそわそわした様子で唇をなめる。「ふたりは犬を探してた。だけど、いなかったから帰ったよ」

「ジョージーもそう言っていた」ジャクソンにジョージーは話ができる状態だと知ら

せたくて、バトラーはわざと名前を出した。「敷地内を案内してくれないか？　ふたりが犬を探していた場所を教えてほしい」

「おれの敷地にあんたを入れなきゃいけない理由はない。話だってしなくていいはずだ」ジャクソンがトラックに近づきながら言う。

「なあ、ジャクソン、正確には、ここはおまえの土地ではなくお母さんのものだ」バトラーは穏やかに説得した。

「母さんのことは放っておいてくれ。病気なんだ」ジャクソンが家に目を向ける。

「母さんを煩わせる必要はないだろう」

「いや、残念だがその必要がある」バトラーはあくまでも丁寧に言った。「人がふたり殺され、ティーンエイジャーがふたり行方不明になっているんだ。わたしの務めとして、昨日ドイル家の人たちやベッキー・アレンと接触したすべての人間から話を聞かなくてはならない」友好的な笑みを作ってジャクソンに向ける。「どうだろう、歩きながら話すというのは？」

ジャクソンの顔に迷うような表情が浮かんだ。こういう表情を、バトラーはこれまで何百回となく見てきた。ジャクソンは今、トラックに戻って走り去るべきか、この場にとどまって保安官が何を望んでいるのか見極めるべきか、決めかねている。

ジャクソンはどちらも選ばなかった。トラックには乗り込まず、自分の足でその場から離れたのだ。ジャクソンが灰色の土ぼこりを蹴立てながら、猛然と走って家の裏にまわるのを、バトラーは見送った。この瞬間、ジャクソン・ヘンリーはバトラーの中で単なる目撃者から容疑者に変わった。

バトラーは血がわきたつのを感じた。人が逃げるのは、後ろ暗いことがあるときか恐怖に駆られたときだ。バトラーは車をヘンリー家のトラックの後ろに止めたあと、車内の無線で通信指令係を呼び出した。雑音を通して、応援を待機させることとジャクソン・ヘンリーに関する記録を調べることを要請する。

現時点ではここを捜索する法的な権限がないので、別の方法で許可を得る必要があった。

バトラーはさっきとは違い、感覚を研ぎ澄まして車を出た。解明しなければならないことがたくさんある。なぜジャクソンは逃げたのか。彼はどこに隠れているのか。どんな銃や武器を所有しているのか。

バトラーは銃に手をかけながら腐りかけた階段をのぼり、ドアをノックした。ジューン・ヘンリーがドアを開けた。頭にかぶったピンクの帽子が傾いている。彼女はいつ倒れてもおかしくないほど弱々しく見え、バトラーは衝撃を受けた。

ジューンが疲れきった様子でバトラーを見あげる。「あの女の子たちの話を聞きにいらしたんでしょう？　どうぞ入って」

そこから四百八十キロほど離れた場所で、州警察のフィリップ・ローブはまだシルバーのトラックを探していた。その出口は州間道路80号線から八キロほど離れたマックール・ジャンクションに通じている。ほかの警官も捜索に加わり、トラックが州間道路に戻ったときに備えて目を光らせているが、ローブはトラックがマックールの村に隠れている気がしてならなかった。そこで静かな通りをゆっくり走りながらトラックを探しているものの、走っている車の二台に一台はピックアップトラックなのが捜索を難行させている。それでも彼は辛抱強く、学校や銀行やドライブイン・レストランの前を通過していく。

ローブはマックール・ジャンクションから4号道路を通って高速道路に出て、駐車場へ入った。するとそこにシルバーのトラックがいた。乗っているのもふたりのままだ。ローブは無線で場所を伝えると銃を抜いて慎重に外へ出て、体を隠すためにパトカーの後ろにまわった。

トラックにナンバープレートがついていないのを見て、さらに警戒心が強まる。これは捜索対象のトラックだと五感が告げていた。「両手をハンドルに置け」ロープは怒鳴った。「もうひとりはダッシュボードの上だ！」ドライバーが車を発進させるかもしれないとも思ったが、トラックは動かない。

数分のうちに、州警察の警官がふたり到着した。ヨーク郡保安官事務所の保安官補も三人駆けつける。彼らは乗ってきた車で取り囲んで逃げられないようにしたが、トラックに動く気配はない。警官や保安官補たちは車をおりると、銃を構えた。

「運転手、ドアを開けなさい」ロープが怒鳴ると、運転席側のドアがすぐに開いた。「両手を見せるんだ、両手を！」車の外に突き出された両手は震えている。「そのままゆっくりおりて」テニスシューズを履いた足が片方現れ、次にもう一方がコンクリートの上におろされる。背の高い男がトラックからおり立った。

若い男の目は恐怖で見開かれている。

「すみません、ごめんなさい」男が口ごもりながら謝罪を繰り返す。

「地面に伏せろ」別の警官が怒鳴ると、若者は両手を伸ばして言われたとおりにした。警官や保安官補が彼に群がり、銃を頭に突きつけながら、両手を背中にまわす。

ロープは助手席に座っている人間に注意を移した。「助手席側もドアを開けなさい。両手をあげて！」小柄な女性がトラックをおりて、両手を頭上に掲げる。

「けがはないか？」ローブはきいた。「何かされなかったか？」少女がすすり泣きながら首を横に振る。

「ベッキー・アレン？　名前はベッキー・アレンかい？」

少女は戸惑った様子でロープを見て、首を横に振った。「いいえ、クリスティーナよ」

バトラー保安官は帽子を脱いで、居間に入った。ギラギラした太陽の光が分厚いカーテンでさえぎられている室内は涼しく、ユーカリの香りがする。家具は少なく片づいていて、きれいに掃除されていた。小さなテーブルの上には薬の瓶がいくつも並び、そのすぐ横に水の入ったグラスが置かれている。隅にあるテレビでは連続ホームドラマが流れていた。「おっしゃるとおり、ふたりの話を聞くためにうかがいました」

ジューンが痩せた体を色あせたピンクのセイヨウバラ柄の布張りの椅子におろしたので、バトラーはその向かいにあるそろいの柄のソファに座った。

「ジョージー・ドイルとベッキー・アレンが昨夜ここに来たという報告を受けました」すぐに本題に入る。

「来ましたよ。ふたりとは七時頃に話しました。犬を探しに来たそうです。だから敷地の中を好きに探していいと言いました」ジューンは横のテーブルから薬の瓶を取って蓋を開けようとしたが、なかなか開かなかった。

そこでバトラーが手を差し出すと、ジューンは瓶を渡した。「ふたりはどれくらいのあいだ、ここにいましたか？」蓋をひねりながらきいた。

「それほど長くはいませんでしたよ。ありがとう」蓋の開いた瓶を渡されて、ジューンが礼を言う。「そうね、二十分くらい。もっと短いかしら。そのあと手を振って帰っていきました」

「息子さんがふたりと接触したかどうかご存じですか？」

ジューンが瓶を手のひらに打ちつけて錠剤を二粒出し、口に入れてグラスの水を飲む。「わたしが見た限りでは、それはありませんでした。息子も何も言っていませんでしたし」彼女は薬と水を飲み込んでから答えた。

「ジャクソンがわたしを見て逃げたんですが、理由は思い当たりますか？」

「どういう意味でしょう？」ジューンが声に警戒をにじませる。

「息子さんは家の前であなたをおろしたあと、わたしを見て逃げたんです。なぜだと思います？」バトラーは問いかけた。

ジューンは大したことじゃないというように手を振った。「前回あなた方のひとりと話をしたとき、あの子は逮捕されました。もう話したくないと思ったとしても、無理はないんじゃないかしら」

ジューンが口にした件を、バトラーもすぐに思い出した。六カ月ほど前、泥酔した男が家に侵入し、ベッドにもぐり込もうとしたとバーデンの女性から通報があり、ジャクソンが逮捕されたのだ。

ジャクソンは郡の拘置所に数日勾留されたあと、公の場で泥酔し不法侵入したことを認めた。

「さっきここに帰ってきたとき、トラックを運転していたのは誰ですか?」

ジューンが目を細める。「わたしです」きっぱりと言った。「ジャクソンはわたしの化学療法に付き添ってくれただけで、運転はわたしがしました」

バトラーはうなずいたものの、ジューンの言葉は信用できなかった。ジャクソンは飲酒運転でずいぶん前に免許停止になっているが、今でも機会があるごとに運転している可能性は高い。

「敷地内を少し見てまわってもかまいませんか?」バトラーは尋ねた。「われわれが一刻も無駄にできないのは、ご理解いただけると思います。子どもたちを早く見つけなくてはならないんです」

「それなら、こんな場所で時間を無駄にしないほうがいいのではないかしら」ジューンは鋭い口調で言い、苦労して立ちあがった。「女の子たちは犬を探しに来たと、もうお伝えしました。彼女たちは少しだけ見てまわって、すぐに帰っていったんです。わたしたちが知っているのはそれだけですから」

苦しそうに息をつきながら玄関にたどり着いたジューンに、バトラーは最後に告げた。「ミセス・ヘンリー、われわれは行方不明の子どもたちを見つけるためにできる限りのことをしなければなりません。どうかジャクソンに、わたしが話をしたいと言っていたと伝えていただけませんか?」

言い返そうとしたジューンを、バトラーは指を立てて制した。「話をするだけです。ジャクソンがわれわれにいい感情を持っていないのはわかっていますし、ここを去ったあとベッキー・アレンに何があったのか、彼が知っていると考える理由はありません。ですが彼女がここに来たのは事実で、わたしは彼女と接触したすべての人間から話を聞く必要があるんです。そのことは理解していただけませんか?」

ジューンは薄い唇をきつく結んで、うなずいた。「ジャクソンにはあなたが話を聞きたがっていたと伝えますが、わたしが話した以上のことはあの子も話せませんよ」

涼しい家を出たバトラーは、うだるような重苦しい暑さに包まれた。彼はジューン・ヘンリーに警戒心を抱かせるという過ちを犯した。だが、ここにはまた戻ってくる。そしてジャクソンがそれでもバトラーと話すことを拒むなら、捜索令状を取るまでだ。そうすれば、なんらかの答えが手に入るかもしれない。

29

少女の父親がようやく姿を現したのは、あれからさらに三日が経過したあとだった。チキンバスケットと、マッシュポテトとコーンとコールスローとグレイビーソースの容器が詰まったビニール袋を抱え、彼はドアから入ってきた。食べ物のにおいを嗅いだとたん、少女はめまいを覚えた。ひどく空腹だった。父親のもとへ行ってもいいか確かめるために母親を見ると、母親は険しい顔をしていた。怒っている。だから少女はじっとしていた。母親はふらつきながら立ちあがると、父親の前に立ち、両手を腰に当てた。「置き去りにしたわね」母親は言った。「食事も与えずに放っておいた。わたしたちは丸三日間、何も食べていないのよ」

「だから、こうして食事を持ってきただろう」父親は母親の横をすり抜け、食べ物をテーブルに置いた。

母親があとを追う。「こんなことは許されないわ」父親の腕をつかんだ。「こんなふうにわたしたちを置き去りにするなんて」父親が振り返り、鋭い目で母親を見おろした。母親は父親の肘から手を離したが、臆することなくにらみ返した。なんの前触れもなく、一撃が加えられた。父親のこぶしが母親のみぞおちにめり込み、肺から空気を奪い去る。母親はがくんと膝をつき、苦しそうにあえいだ。少女は母親に近寄ろうとしたが、父親が人さし指を立てたので、その場にとどまった。

「席につけ」父親は椅子を指さした。少女はテーブルについた。母親は床に両膝をついたまま、空気を求めてまだあえいでいる。父親は戸棚から皿を二枚取り出し、引き出しからカトラリーを探し出した。そして容器の蓋をすべて開けると、少女の皿に山のように食べ物を盛りつけ、自分の皿にも取り分けていった。カリカリのフライドチキン、山盛りのマッシュポテトとコーン、濃厚な茶色いグレイビーソース。

「食べろ」父親が命じ、少女の向かい側の椅子に座る。

こっそり母親を見ると、床の上で体を丸めていた。「母さんを見るな」父親が口いっぱいにビスケットを頬張ったまま言う。「食べろ」

少女はフライドチキンを手に取り、ひと口かじった。冷めているけれど、すごくおいしい。母親の前で食べるのは気が引けたものの、どうしても止められなかった。向かいに座る父親は食べ物をスプーンで口に運び、大げさに舌鼓を打ってみせた。「うん、うまい」マッシュポテトを口いっぱいに頬張ったまま言う。そしてチキンの身をきれいにしゃぶり取ると、残った骨を母親のすぐそばの床に放り捨てた。

少女は父親に対して憎しみを覚えたが、それでも食べ続けた。皿に盛られた料理はきれいになくなった。苦味を感じたコールスローでさえも。ビスケットを一個、二個と食べ、父親が彼女の皿におかわりを取り分けても文句を言わなかった。少女は父親の目を盗んで、テーブルの下の膝の上に食べ物のかけらを忍ばせた。

しばらくしてフォークを置いたとき、熱くて酸っぱい屈辱感が喉元に込みあげた。少女の指は油でギトギトになり、シャツの前には油っぽいビスケットの食べこぼしがくっついている。父親が笑い声をあげた。「うまいだろ?」

少女は食べ物を胃におさめるので精一杯だった。母親は床にうずくまり、飢えと恐怖で弱っているのに、彼女はそんな母親を差し置いて食事をした。不誠実でひどく悪いことをしたような気がする。

父親がテーブルから立ちあがり、ほとんど空になった容器を片づけ始めた。食べ残しを小さな冷蔵庫には入れず、これ見よがしにごみ箱へ押し込む。

「何か言うことがあるだろう、チビ?」父親が言う。

「ごちそうさま」少女は小さな声で言った。

父親は母親のそばへ行き、いまいましげに見おろした。母親が次なる一撃に身構える。少女は膝の上に隠した食べ物を床に落とさないようにじっとしていた。「感謝の言葉」父親が語気を強めてゆっくりと言った。「たまには少しくらい感謝したらどうだ？」父親はじっと待ったが、母親はなおも床の上で体を丸めている。父親が母親を蹴ろうとするように片足を後ろに引いたので、少女はすすり泣きの声をもらした。ところが、父親は爪先で母親を軽くつついただけだった。「何か言うことは？」子どもに言い聞かせるような口調になる。

「ありがとう」母親は言ったが、ちっとも感謝しているようには聞こえない。その言葉の中にはいつもとは違うものが含まれていた。これまで一度も見せたことのなかった冷ややかな感情が。

「どういたしまして」父親が軽い口調で言い、母親をまたぐ。少女が息を詰めていると、父親は部屋を横切り、階段をのぼってドアから出ていった。

少女はさらに数秒待ってから、膝の上の食べ物をテーブルに置き、母親のそばへ行った。「ごめんなさい」母親の耳元でささやく。「ごめんなさい。自分だけ食べちゃって」

母親は少女を見あげてほほえんだ。「いいのよ。あなたが食べられてよかったわ」

「少しだけど母さんの分も取っておいたよ」少女は言った。「持ってきてほしい？」

母親は身を守るように両腕でおなかを抱えたまま、首を横に振った。「もうしばらくここで横になっていたほうがよさそう」母親が痛みをこらえながら言う。少女はベッドから枕を取ってきて、母親の頭の下に入れた。

胃が暴れている。むかむかするが、食べたものを吐きたくなかった。あんなにひどい空腹を感じるのはもうこりごりだ。少女はごみ箱に近づくと、捨てられた容器を拾いあげた。スプーンで残り物をかき集め、どんなに小さなかけらでも皿にのせていく。最終的に、わずかばかりのチキンとビスケット、マッシュポテト、コールスローが集まった。その皿を母親のもとへ運んでいき、そばの床に腰をおろした。「さあ、母さん、これを食べて」

母親が首を横に振る。「いらないわ、あなたが食べなさい」

「もう食べたよ」少女はきっぱりと言った。「おなかいっぱい。これは母さんの分。食べて、お願い」

母親は痛みに顔をゆがめながらコンクリートの床から身を起こし、冷たい壁にもたれた。少女は母親の手に皿を押しつけた。「ひと口でいいから」少女は促した。母親はフォークを口に運ぶと、涙を流しながら食べ始めた。

30

二〇〇〇年八月

午後四時、サントス捜査官はセント・メアリー教会の駐車場に車を止めた。これまで数々のユニークな場所が捜査本部として使われたが、教会は初めてだった。正面のドアから中に足を踏み入れたとたん、子ども時代の懐かしいにおいに迎えられた。森林を思わせる乳香と没薬《ミルラ》のいぶしたような香りが、赤い絨毯《じゅうたん》と石壁に染み込んでいる。

サントスは身廊を通らずに地下へ続く階段をおりた。わずか数時間で、ランドルフ捜査官が立派な捜査本部を設置していたので、サントスは感心した。コンピューターとプリンター、電話機と無線機、さらに現地の地図までそろっている。

ホワイトボードの前にはテーブルが置かれ、バトラー保安官と数人の保安官補が折りたたみ椅子に座っていた。ランドルフはホワイトボードマーカーを持ち、きれいな字でメモを取っている。

「何かわかった？」サントスは椅子を引き寄せながら尋ねた。「ネブラスカでの目撃情報はどうだった？」

「手詰まりです」ランドルフが首を横に振って答える。「十代のふたり組でした。若者が両親のピックアップトラックを無断で持ち出し、ガールフレンドを乗せてリンカーンへ向かっていたときに、警察官を見てパニックを起こして逃走したそうです。それ以外にピックアップトラックの目撃情報はありません」ランドルフはつけ加えた。

「そう。ほかにわかったことは？」サントスは尋ねた。

フォスターという名の保安官補が口を開いた。「ケヴィンとマーゴ――アレン夫妻に不審な点はありません。母親は下のふたりの子どもたちと自宅にいたそうです。父親のほうは自分の家で恋人と過ごしていたと証言し、恋人もそれを認めています」

「離婚協議において親権争いは？」ランドルフがきく。

フォスターは首を横に振った。

「父親も母親も心底取り乱しているように見えたわ」サントスも同調した。「それに、ふたりとも捜査に全面的に協力しているし。ほかには？」

「地元の性犯罪者リストを調べて、ふたりの保安官補が確認に当たっています」ランドルフが言った。「さらに、ドイル家の近隣住民が不審なものを見聞きしていないか、数人の警官が一軒一軒聞き込みにまわっています」

「あなたのほうはどう、保安官？」サントスは尋ねた。

バトラーがジューン・ヘンリーとの会話と、ジャクソンの不審な挙動について説明した。「追跡捜査をしてみる価値はあるが、ジャクソン・ヘンリーはただの飲んだくれだ。彼が暴力的な行動に出るとは思えないし、わたしの知る限り、ドイル家とのあいだにもめごとが起きたことは一度もない」

「では、行方不明の十代のふたりに話を戻しましょう」サントスは言った。「イーサン・ドイルについてわかっていることは？　両親との関係は？」

「家庭内暴力の通報を受けたことは一度もない」バトラーが答える。「だがイーサンは、十代の若者たちとけんかをして警察の尋問を受けたことはある」

「それと、カート・ターナーからも通報を受けたことがありましたね。イーサンが彼の娘にストーカー行為をしていると」フォスターがつけ加えた。

「ああ、そうだったな」バトラーが返す。「イーサンが娘につきまとっていると言って、父親はかんかんに怒っていた。イーサンが何度も家にやってくるのにたまりかねて通報してきたんだ。保安官補が出動して、彼女と距離を置くようイーサンに言い聞かせ、告訴にはいたらなかった」

サントスはベッキー・アレンの寝室で見つけたものをみんなに報告した。「女子学生の単なる片思いかもしれないけど、どうやらベッキーはイーサンに恋心のようなものを抱いていたみたいなの。ふたりが一緒に逃走した可能性も考えられるのでは？」

「ジョージー・ドイルは今も病院で検査中のため、まだ多くを語っていないが」バトラーがあとを引き取って言う。「彼女が現場で語った話によると、ベッキー・アレンも彼女と同じように怯えていたらしい。ふたりで一緒にトウモロコシ畑に向かって逃げている最中にはぐれてしまったそうだ」

足音が聞こえ、全員が振り向くと、リーヴァイ・ロビンス保安官補がこちらへ歩いてきた。「遅れてすみません」リーヴァイが小声で言って席につく。

「イーサン・ドイルは両親とけんかをしたのかもしれませんね」ランドルフが意見を述べた。「両親を殺害し、妹を銃で撃ったあと、アレン家の娘も殺害した。あるいは一緒に連れ去ったか」

「事実であってほしくはないが、どうやらその可能性が高そうだな」バトラーが言う。「カッター家の息子のほうは何かわかったか？」保安官はリーヴァイに尋ねた。

リーヴァイは首を横に振った。「彼を署に連行して、正式に事情聴取する必要があります」午前一時頃、ドイル家からそう遠くない場所で、ブロック・カッターが運転する車を停止させたことをリーヴァイが説明する。「彼はいとこと一緒に映画を観に行ったと話していました。そこでいとこに確認したところ、最初はブロックの証言と一致していましたが、さらに詳しく追及していくうちにつじつまが合わない点が出てきて。彼は昨夜、ブロックとは会っていません。あの青年は嘘をついたんです」

「友人をかばっているのかもしれない」バトラーがげんなりしたように目をこすりながら言う。

「ここで視野を狭めてしまうのは得策ではないけれど」サントスは椅子から立ちあがり、テーブルを離れた。「どうやらイーサン・ドイルが容疑者リストのトップにいるようね。リーヴァイ、何か手がかりがつかめるかもしれないから、ブロック・カッターから目を離さないで」

サントスはバトラーのほうを向いた。「ジャクソン・ヘンリーも追跡捜査が必要だけど、とりあえずジョージー・ドイルに引き合わせてちょうだい。何か新しい情報を明かしてくれるかもしれない」

ドアが開き、ドクター・ロペスがバトラー保安官と見知らぬふたりを連れて病室に入ってきた。

「ジョージー」ドクター・ロペスが声をかける。「具合はどう？」

「大丈夫」ジョージーは答え、保安官と一緒にいる男女を誰なのだろうというように見つめた。

「しばらくは腕が痛むでしょうから、鎮痛剤を出しておくわ。くれぐれも傷口を濡らさないように。でも、いい知らせもあるの。あなたはここでひと晩過ごさなくてよくなったわ。もう少ししたら、おばあちゃんと一緒に家に帰れるからね」

ジョージーはぎょっとして祖母を見た。あの家に帰る？　あそこへ帰れるかどうか自信がなかった。自分の寝室と大事にしていたものを思い浮かべてみる。CDウォークマンとCD。４Hクラブのメダルと、窓台に並べていたガラスの動物のコレクション。寝室の床に横たわる、顔のなくなった父親の姿が脳裏にちらつく。ジョージーはやりきれなくなり、祖母を見た。

ジョージーの心を読んだかのように、キャロラインが孫娘の手をぽんと叩いた。

「わたしたちの家に行くのよ」

ジョージーはうなずき、その言葉の意味を理解した。もちろん、もうあの家に戻ることはないだろう。両親が死んでしまった。ジョージーとイーサンはふたりきりで暮らしていくことはできない――孤児になったのだから。

保安官が咳払いをして、いかにもかたそうな茶色い帽子を脱ぎ、かぎ鼻越しにジョージーを見た。「ジョージー、きみが無事でよかったよ。こちらはデモインの犯罪捜査局から来た、サントス捜査官とランドルフ捜査官だ。彼らが捜査を行っている……昨日の夜、きみの家で起こった事件の。少しだけきみの話を聞きたいそうだ」

ジョージーの目には、そのふたりは警察官には見えなかった。どちらも制服を着ていないし、女性は黒いズボンをはいて、同じく黒のジャケットを着ている。

祖母に目をやると、キャロラインがうなずいて了解を示した。「わかった」ジョージーは言い、病室のベッドの上で体の向きを変えた。

ドクター・ロペスが立ち去ると、サントス捜査官が椅子を引き寄せてベッドの傍らに座ったので、彼女が拳銃の手入れに使っているオイルのにおいがした。バトラー保安官ともうひとりの捜査官は壁にもたれ、じっと観察している。キャロラインはそのまま、孫娘のそばにいる。

「あなたがとてもつらい経験をしたことは知っているわ、ジョージー」サントス捜査官は優しい口調で言った。「でも、とても重要なことだから、わたしたちはここに来ているのよ。あなたに今すぐいくつか尋ねたいことがあるの。いい？」

ジョージーはうなずいた。

「あなたのお兄さんについて教えて、ジョージー」

「イーサン？」驚いて尋ねる。「お兄ちゃんがどこにいるかわかったの？」

「いいえ、残念ながら」捜査官は答え、乱れた髪を耳の後ろにかけた。「だからこそ、あなたの助けが必要なの」

「わたしの？」ジョージーは返した。「お兄ちゃんがどこにいるのかは知らない。もしかしたら、わたしみたいに怖くて隠れたのかも。みんなでトウモロコシ畑を探してるって、おばあちゃんが言ってたけど」

「ええ、そうよ。みんなで捜索しているんだけど、イーサンがいそうな場所を見逃さないようにしたいの。彼のお気に入りの場所はどこかしら？」

「知らない」ジョージーは肩をすくめた。「お兄ちゃんはいつも、ずっと自分の部屋にいるから」

「ほかには？」ドアのそばにいるランドルフ捜査官が尋ねる。「友だちの家とか？もしかしてガールフレンドとか？」

「お兄ちゃんにガールフレンドはいないよ」ジョージーは思わず言った。カーラ・ターナーについて触れなかったのは、ふたりはハッピーエンドを迎えなかったからだ。

「カーラのことはもう知ってるわ」サントス捜査官が言う。嘘をついたことがばれて、ジョージーは顔を赤らめた。「イーサンはいつもどこで時間を過ごしているの?」

「おじいちゃんの家の池や小川に釣りに行くのが好きよ。ほとんど毎日行ってる」

サントス捜査官がポケットから取り出した小さな手帳にそのことを書きとめる。

「誰か親しい友だちは?」

「カッター。ときどき一緒にいる」

「イーサンとブロックは仲がいいの?」捜査官がきいた。

「まああって感じ」ジョージーは答えた。「お兄ちゃんがカッターとつるむと、父さんと母さんがあまりいい顔をしないの。カッターは不良っぽいところがあるから」

「どんなふうに不良っぽいの?」

肩をすくめる。「学校をサボったりとか、お酒をたくさん飲んだりとか、たぶんそういうことだと思う」ジョージーは説明した。「それにちょっと気持ち悪いし」

「気持ち悪いって、どんなふうに?」サントス捜査官が問いかけた。

ジョージーは親指の爪を嚙んだ。ベッキーを見るときのカッターの目つき、彼女への触り方。言葉にするのは難しい。「ベッキーにしつこく触って、なれなれしかったの。彼女はいやがってた」

「彼女があなたにそう言ったの？」

「そういうわけじゃないけど、わたしにはわかった」

「聞いたところによると、ベッキーはイーサンに淡い恋心のようなものを抱いていたそうだけど」捜査官が言う。

「まさか」即座に返した。「そんなことはないと思う。そんな話、一度も聞いたことがないし」

「あなたはよくやっているわ、ジョージー。とりあえず、もう少しだけ質問させて。あなたのご両親に恨みを持っていそうな人に心当たりはない？　ご両親を痛い目に遭わせてやろうと考えそうな人は？」

ジョージーの頭に真っ先に浮かんだ答えは〝いない〟だった。ふたりともまわりから好かれていた。母親が人の悪口を言うのを一度も聞いたことがないし、父親はいつもやんわりと人をからかい、みんなを笑顔にしていた。サントス捜査官にまっすぐ見つめられ、ジョージーはベッドの上でもぞもぞ体を動かした。

本当は、両親に対してひどく腹を立て、怒りをあらわにした人物がひとりだけ思い浮かんだが、イーサンの名前を口に出すことはできない。

「父さんはブロック・カッターのお父さんを嫌ってた」ジョージーは唐突に言った。

「ブロックとイーサンが問題を起こしていたから？」サントス捜査官が尋ねる。

ジョージーはうなずいた。「それに、お互いに嫌いあってた」どう説明すればいいかわからない。母親に会いたかった。母親ならどうすればいいかわかっていて、ぴったりな言葉を見つけられるよう手助けしてくれたはずだ。ジョージーの苦悩を察したらしく、祖母が横から口を挟んだ。

「ランディ・カッターがある土地のことで、娘夫婦に対して激怒したんです」キャロラインが説明する。「当時はかなり険悪になりました。ウィリアムが農地を買ったんですが、その土地をランディも手に入れるつもりだったらしくて。殴りあいのけんかになって、お互いに弁護士を立てる事態にまで発展しました。あるとき家畜が何頭か死んでいるのが見つかり、ランディ・カッターの仕業に違いないとウィリアムは確信していました。それを証明することはできなかったけれど。最近は目立った騒動は起きていないようでしたが、あれ以来、こじれた関係は元には戻りませんでした」

「土地をめぐる争いが今回の事件の原因だと？」サントス捜査官が問いかける。

「この地域では殺人事件はあまり起きないが」バトラー保安官が口を開いた。「起きるときはたいてい、ふたつのうちのどちらかに行き着く――不倫か、土地をめぐる争いか」

興味深い、とサントスは胸のうちでつぶやいた。カッター家の人間の名が何度も何度もあがる。

「今朝、トウモロコシ畑であなたのお兄さんの銃が見つかったの、ジョージー」サントスは低く真剣な口調で言った。「あなたが隠れていたと言った場所から、そう遠くないところで」ジョージーが包帯の巻かれた自分の腕に視線を落とす。「ショットガンがそこにあった理由に心当たりはある？」ジョージーが肩をすくめた。

「ジョージー、とても言いづらいことなんだけど、あなたのお兄さんが両親に苦痛を与え、そのあとであなたをトウモロコシ畑まで追ってきた可能性もあると思う？」

「そんなのありえない」ジョージーが目に涙を浮かべ、大声で言う。「お兄ちゃんはそんなことしない、絶対に」

「銃が最近使われたかどうかがわかる検査があるの。その検査によって、イーサンの銃について何かわかると思う？」

「お兄ちゃんはそんなこと考えてなかったわ」ジョージーが声を張りあげた。「わたしたちを狙ったんじゃなくて、空中に向けて撃ったんだもの」

サントスとランドルフは視線を交わした。「お兄さんが昨日、銃を撃つのを見たのかい？」ランドルフがきく。

「うん、でも人に向けて撃ったわけじゃない」きっぱりした口調だった。「腕が痛い」

ジョージーが助けを求めて祖母を見る。

「ひとまずこれで充分でしょう」キャロラインが有無を言わさぬ口調で告げた。「ジョージーは帰宅してもいいとお医者さんに言われたので」

「また改めて話しましょう」サントスは言った。「少し休んで、ジョージー」

サントスとランドルフが廊下に出ると、先に出たバトラーがふたりを待っていた。

「両親が死亡、少女はショットガンで撃たれて負傷、青年はピックアップトラックと十三歳の少女とともに行方不明」サントスは述べた。「イーサン・ドイルにとって不利な状況ね」

バトラーが頭を振る。「あの一家のことは昔から知っていて、どんな家族かわかっているだけに、イーサンがやったとは信じがたいな」

「一年間に何件の殺人事件を扱うと言っていましたっけ？」ランドルフが尋ねた。その声に悪意はなかったとはいえ、自分が見下されていることにバトラーは気づいた。

殺人事件の発生率がアイオワ州でもっとも低いこの郡において、昨夜のような事件を扱った経験は乏しいものの、バトラーの率いる組織は懸命に職務を果たしている。

「多くはないが、このあたりの住民のことは知り尽くしている。それだけにイーサン・ドイルが殺人を犯すとは考えにくいんだ」バトラーは目をこすりながら、病院の出口へ向かって歩いた。ランドルフが車を取りに行くと、サントスが後ろからついてきた。

「大丈夫？」まばゆい太陽の下に立ちながら、サントスがきく。

「ああ」バトラーは返した。「このあたりでもひどい事件が起こらないわけじゃない。だが、子どもたちが巻き込まれるのは……」

「わかるわ。もしイーサン・ドイルの犯行だとしたら、このコミュニティは今までどおりというわけにいかないでしょうね」

バトラーの腰に装着した携帯無線機が耳ざわりな音を発した。マイクをオンに切り替える。「バトラーだ。どうぞ」スピーカーから聞こえる声はくぐもっていたが、話の内容は明確に伝わった。

「保安官、アレン宅から今しがた通報がありました。娘を誘拐したと主張する者からの電話をマーゴ・アレンが受けたそうです」

バトラーに目を向けられたので、サントスが指示を出した。「すぐに誰かを向かわせるわ。もし相手がもう一度電話をかけてきたら、番号を割り出せるかもしれないから。ジョージーの祖父母の家にも同様に」

　バトラーが無線でやりとりしているあいだに、サントスは技術班に応援を要請した。

「いたずら電話かもしれないが」ランドルフが車をそばに寄せると、バトラーは言った。

「ええ、でも用心するに越したことはない」サントスが返す。「もし犯人でないとしても、少なくともあの家族をもてあそぶ不届き者をとっつかまえることはできるわ」

　バトラーは腕時計に目をやった。「イーサンとベッキーが行方不明になって十八時間が経過した」

「必ず見つけ出しましょう。生きていることを祈るばかりよ」

「次はどうする？」

「捜索と聞き込みを続け、寄せられた情報を追っていくわ」サントスが答える。「そして明日は、捜索犬を出動させる」

　病院から祖父母の家へ車で向かうあいだ、ジョージーはずっと黙っていた。腕が痛み、胃がむかむかする。母親と父親の死体が目の奥にちらりと浮かんだ。何気なく撮ったスナップ写真を何枚か見せられたかのようで、一瞬だったが鮮明で、カラーの色彩だった。車を止めてほしいと頼むと、キャロラインが車を道路脇に寄せた。

ジョージーは車のドアを開けると、恐る恐る砂利を踏み、けがをした腕をそっと抱いて排水溝の前に立った。大きく深呼吸をしているうちに吐き気がおさまってくる。ノラニンジンが白い頭を揺らしていた。細かい毛で覆われた茎から一本花を折ると、指のあいだでこすり、つぶれた小さな花を鼻に押し当てた。母親が菜園で育てていたニンジンと同じ香りがする。

車に戻ると、祖母がハンドバッグの中を探り、包み紙にくるまれた小さな円盤状のペパーミントキャンディを見つけ出した。祖母はそれをジョージーに手渡し、もうひとつを探し出す。「胃のむかつきがやわらぐわよ」ふたりで赤と白の包みを開き、唇のあいだから滑り込ませた。セロファンのかさかさという音と、キャンディをなめる音が車内に響く。数分後、キャロラインはふたたび車を走らせ始めた。祖母の言ったとおり、キャンディはほんの少しながら効き目があった。

家に着いたのは午後八時近くで、太陽が地平線にとけていた。オレンジのシャーベットの夕日。ジョージーの母親はよくそう呼んでいた。この道を一・五キロほど進んだところに自分の家がある。とても近いのに、もう二度と自分の家になることはないのだとジョージーは思い知らされた。

夜があっという間に押し寄せた。祖母の家は真っ暗で、静まり返っている。キャロラインが助手席までやってきてドアを開け、手を差し出した。ジョージーはほっとした思いでその手を取った。ふたりで裏口からマッドルームに入る。ゴムマットの上にマシューの靴とブーツがきちんと並び、壁の真鍮製のフックには祖父が納屋で着る上着と、キャロラインが涼しい夏の夜にはおる大きめのカーディガンがかかっている。

絶望が胸に押し寄せてきて、ジョージーは泣きだした。心の奥底にある名もなき場所からわき起こる大きな嗚咽《おえつ》。キャロラインが驚き、ジョージーを引き寄せて自分の膝にのせる。ジョージーの体は大きすぎたものの、彼女は祖母の肩に顔をうずめ、むせび泣いた。ふたりはしばらくそこに座っていた。キャロラインが膝にのせたジョージーを前後に揺らす。娘のリンが幼い頃に、よくそうしてやったように。

ジョージーが泣きやむと、キャロラインは疲れた足取りで彼女を二階へ連れていった。「あなたはこの部屋で寝てね」そう言ってドアを開ける。ごく最近、淡いセージグリーンに塗り替えられたばかりの居心地のいい部屋にはツインベッドが備えられ、テーブルには祖母のミシンが置かれていた。

窓には薄手の白いカーテンがかかっている。キャロラインが窓の前に行き、プラスチック製のブラインドをおろそうとしたとき、家の前に見慣れない車が止まっていることにジョージーは気づいた。

「あれは誰？」ジョージーはきいた。

「保安官補よ。今夜は家の外で待機していてくれるんですって」キャロラインがベッドカバーを整えながら、こともなげに言う。「用心のためよ、ハニー。珍しいことじゃないわ」

「でも、どうして？　悪いやつが戻ってくるのを心配しているってこと？　どうしてここに戻ってくるの？」ジョージーはブラインドをずらし、隙間からもう一度外を見た。

祖母が何も答えないので、窓から向き直る。キャロラインの顔に浮かんだ表情を見て、ジョージーは理解した。保安官補はジョージーの身を守るためにここにいるのだ。両親を殺した犯人が彼女の命を狙ってやってくることを警戒して。「心配しないで、ここにいればあなたは安全よ」キャロラインが言う。

ジョージーはベッドにもぐり込んだ。シーツから漂白剤のにおいがする。ひんやりして、痛む足に心地よかった。

ジョージーの心は暗く孤独な場所をさまよった。両親が死んでしまった。父親と母親は今、何を思っているだろう？　ジョージーが安全な祖父母の家にいることにほっとしているだろうか？　それとも、彼らを救うためにジョージーがもっと努力するべきだったと考えている？　イーサンとベッキーがどこにいるにせよ、ジョージーも一緒にいるべきだと思っているだろうか？

その瞬間、はたと気づいた。両親はこの先ずっと、ジョージーを上から見おろし続けるだろう。彼女の一挙一動、頭で考えることのすべてがお見通しということだ。今この瞬間に考えていること――保安官補が暗い外にいてくれてほっとしていること。頭の中で〝イーサンがやった〟というささやき声が聞こえていること。外出を禁止されたというくだらない理由で、実の兄が両親を、そしておそらくベッキーも殺したと思っていること。もしベッキーではなくジョージーが逃げ遅れていたら、自分が死んでいたかもしれないということも。

目を開けると天井に暗い影が揺れていた。夜がふけていくときの家の耳慣れないきしみに耳を傾けながら眠りを待ったが、いっこうに訪れなかった。ドアがギィーと鳴る音が聞こえ、祖父母が顔をのぞかせた。やがて誰かのすすり泣く声が聞こえたような気がしたけれど、畑を吹き抜ける熱風だったかもしれない。

しばらくすると、ジョージーはベッドから抜け出し、窓から外をのぞいた。保安官補はまだ同じ場所にいる。だが、何か別のものも見えた。ジョージーは暗闇をじっと見つめた。あれはなんだろう？　明かりの点滅？　影の変化？

悪いことは暗闇の中で起こる、とジョージーは思った。

ベッド脇の小さなランプをつけ、ふたたび上掛けの中にもぐり込む。ジョージーはようやく、途切れがちで悪夢に満ちた眠りについた。

31

二〇〇〇年八月

八月十四日土曜日の明け方、サントス捜査官はランドルフ捜査官が宿泊しているモーテルの部屋のドアをノックした。彼らはバーデン・インという低層のモーテルに滞在している。〝重荷《バーデン》〟という名のとおり重苦しい雰囲気の建物だが、少なくとも清潔ではあった。

ランドルフがノックに応じてドアを開けた。すでに身支度をすませて、スーツの上着とネクタイを身につけている。

サントスが室内に足を踏み入れると、よどんだ熱気に迎えられた。「何これ？」サントスは舌打ちした。「エアコンがきかないの？」

「そうなんですよ」ランドルフは答えたが、汗ひとつかいていない。

「郡の検視官から折り返し連絡が欲しいという伝言をもらったの。なんらかの結論が出ていればいいけれど」ランドルフがエアコンをどうにか作動させようとしているあいだに、サントスは小さな机の前に座り、電話に手を伸ばした。

「ええ、カミラ・サントスです。ドクター・フォスターをお願いします。お電話をいただいたようで」

エアコンがガタガタと振動し始めた。ランドルフがどんな手を使ったのか知らないが、どうやらうまく作動したらしい。いくぶんひんやりした微風がサントスの額に吹きつけたとき、電話の向こうから声が聞こえ、彼女は居ずまいを正した。サントスが相手の話を聞きながらすばやくメモを取るのを、ランドルフがじっと見ている。

「それはたしかですか？」サントスはペンを置きながら尋ねた。「犯人はなぜそんな真似を？」相手の反応を聞いて小さく笑う。「いいえ、人生は楽じゃないってことね、どうやら現実に向きあわないといけないようだわ。知らせてくれてありがとうございます。この事件の不可解な点のリストに加えておきます」

サントスは通話を終え、期待に満ちた目を向けているランドルフを見あげた。

「ドイル夫妻は複数の銃で撃たれていたわ」サントスは言い、椅子から立ちあがった。

「現場で二種類の薬莢が発見されたわけですから、その点は納得がいきます」ランドルフが返す。「つまり犯人はふたり、銃は二丁」

「あるいは犯人はひとりで、銃は二丁」サントスは意見を述べた。「ドイル夫妻が撃たれた箇所が興味深いの。ウィリアム・ドイルは九ミリ口径銃で喉を撃たれたあと、同じ箇所をショットガンで撃たれていたそうよ。リン・ドイルも同様だった。ただし撃たれたのは胸部だったけれど」

「使用した銃の種類がばれないようにするためかもしれませんね」ランドルフが考え込むように言う。「イーサン・ドイルがショットガンを使用できたことはわかっていますが、拳銃も所持していたんでしょうか？　とにかく、使用した武器の種類がそのうち判明すると知っていたわけですよね。十六歳の犯行にしては、やけに入念に計画されているように思えますが」

「同感よ」サントスは言った。「でも、ありえないことではないわ。これがボニーとクライドのような事件なのだとすれば、イーサンとベッキーがふたりでドイル夫妻を銃撃した可能性もある。かたい約束みたいなものを結んでいたとか――あなたがやるなら、わたしもまったく同じことをやる、という感じで」

「その可能性はありますね。でもそうでないとすれば、なぜわざわざそんなことをしたのでしょうか？」

サントスはしばし考えた。「もしわたしなら、九ミリ口径銃で殺害したとしても、ショットガンで犯行に及んだと思われるほうが好都合かもしれない。より大きな穴が開いて、より大きな損傷を与えられるから。少なくとも、操作を攪乱《かくらん》させて時間稼ぎができる」

「ショットガンは九ミリ口径銃に勝るわけですね」ランドルフがドアへ向かいながら言った。

「いかなるときも」サントスはうなずいた。

農場の仕事は、死とともに終わりを迎えるわけではない。マシュー・エリスは娘夫婦の農場にいる家畜の世話をする必要があった。キャロラインとマシューはジョージーを一緒に連れていくのをためらったが、彼女はどうしても同行したいと懇願した。家には近づきたくなかったけれど、ヤギの様子を見たかったし、ロスコーが帰ってきているかどうかも確認したかったのだ。

朝早い時間で太陽がのぼり始めたばかりだというのに、昨日と同様に容赦ない暑さになりそうだった。予報では体感温度が四十度にも達するという。

車で家へと向かう短い道中、ほかの車は一台も見かけなかった。ボランティアの捜索隊はまだ到着しておらず、保安官補がひとりだけ、小道の突き当たりに配置されている。

マシューがスピードを落としてトラックを私道に入れようとすると、保安官補が停車せずにそのまま進むよう手を振って言った。「ここは立ち入り禁止です」

助手席に座っているキャロラインが背筋を伸ばした。「ここはわたしの娘の家よ」開いた窓越しに言う。「ここの責任者と話をさせてちょうだい」

「ええ、もちろんです」保安官補は言った。「このたびはお悔やみ申しあげます。このまま進んで、私道に入ってもらってかまいません。もうひとりの保安官補が対応しますので」

マシューが母屋の前に車を止めると、三人はトラックからおりた。ジョージーは母屋を見あげた。家は危険から身を守ってくれる安全な場所でなければならない。風雨を避け、悪の侵入を防ぐ要塞であるべきだ。それなのに、この家は最悪の形でジョージーを裏切った。

「おれたちは家畜の世話をしに行くが、本当に家の中に入りたいのか？」マシューがキャロラインに尋ねる。

「わたしは大丈夫」キャロラインは感情を表に出さずに返した。「ジョージーの身のまわりのものを、いくつか取ってくるだけだから」

キャロラインが保安官補とともに家の中に入っていくのを、マシューとジョージーは見守った。

あの家に足を踏み入れた祖母は階段をのぼり、自分の娘が命を落とした部屋を通り過ぎ、ジョージーの部屋の血まみれの絨毯の上を歩かなければならない。あそこで何があったのかを知りながら、どうしてそんなことができるのか、ジョージーにはわからなかった。自分はあの家には二度と足を踏み入れるものか、と心に誓った。

背後から足音が聞こえた。振り返ると、マーゴ・アレンがこちらに近づいてくる。

マシューは驚いた。昨日あんな事件が起こったあとで、マーゴがこの家に戻ってくるとは思っていなかったが、その理由は理解できた。ここは彼女の娘が最後に目撃された場所だからだ。マーゴがベッキーを車で送ってきたとき、娘は健康で幸せで安全だった。その娘が行方不明になったのだ。

マシューは片手を差し出したが、マーゴはその手を取ろうとしなかった。

この暑さにもかかわらず、彼女はだぶだぶのスウェットシャツにジーンズという姿だ。泣きすぎたせいで目が腫れ、肌がまだらになっている。自分もこんなふうに見えるのだろうか、とジョージーは思った。これ以上よくないことをひとつでも見聞きしたら、粉々に砕け散ってしまいそうに見えた。

「少しでいいからジョージーと話がしたいの」マーゴが唇を震わせながら言った。

「いいでしょう？　少しだけなら」

「それはどうかな」マシューはためらい、指示を与えてくれる人間を探して周囲を見まわした。

「何が起こったのか知りたいだけなの。警察は何も教えてくれなくて」マーゴがジョージーのほうを向き、彼女の手を取った。ジョージーは手を引き抜きたかったが、マーゴは強く握りしめた。「わたしはただ知りたいだけ。あなたは逃げることができたのに、なぜベッキーは逃げられなかったのか」

ジョージーは祖父を見た。「なあ、ミセス・アレン」祖父が口を開く。

マーゴはジョージーから目を離そうとしない。「いえ、いいの。あなたが無事でよかったわ。あなたは外にいたのよね？　あなたが外に出ていたことは聞いたんだけど、ベッキーはどこにいたの？　あの子は家の中にいたの？」マーゴの声が大きくなる。「あの子をイーサンのそばに置いて外へ出たの？　それともあの子も一緒に外へ出たの？　どうしてわたしは何も教えてもらえないのかわからなくて。でも、あなたは教えてくれるでしょう？　何があったのか話してちょうだい」

「ベッキーのことは申し訳なく思っているよ」マシューが言う。「みんなが彼女を見つけるために全力を尽くしているところだ」

「みんなじゃないわ」マーゴは金切り声をあげた。「わたしは違う。わたしは捜索に加わるべきじゃないって警察から言われたの。家で待っていたほうがいいって。だけど、じっと待ってなんかいられない。何が起こったのか、どうしても知りたいのよ」

この気の毒な女性を慰めてくれる人はいないかと、マシューは必死にあたりを見まわしたが、誰も見当たらなかった。

「ベッキーがイーサンに熱をあげていたんじゃないかって、警察は考えているみたいなの」マーゴは言い、ジョージーの手をさらにきつく握った。「イーサンがあの子を連れ去ったんだと思う？」

「違う！　お兄ちゃんはそんなことしない」ジョージーは握られた手を引こうとした。

「あの子はまだ十三歳なのよ」マーゴが悲しげに言う。「どうして彼が十三歳の少女に興味を持つの？　あの子はまだ子どもなのに」悲嘆に打ちひしがれ、マーゴの顔は青ざめていた。

「おい」マシューが鋭い口調で言った。「イーサンは何もしていない。あの子だって行方不明なんだ。手を放してくれ」マーゴの指からジョージーの手を引きはがす。

マーゴがようやく手を放したとき、ジョージーの皮膚には半月形の跡が残っていた。

「娘がどこにいるのか知りたいだけなのよ！」マーゴが叫んだ。「電話がかかってきたの」涙を流しながら言う。「知ってた？　イーサンと名乗る人物から、ベッキーを誘拐したって電話がかかってきたの。どういうことなのかわかる？　ねえ、わかってる？」

「うちの孫は絶対にそんなことはしない」マシューは声を詰まらせた。「別の人間の仕業だ。さあ、お引き取り願おうか。すまないが、あなたはここにいるべきじゃない」

大声を聞きつけた保安官補とキャロラインが、あわてて家から出てきた。「奥さん、こちらへ。話をしましょう」保安官補が促す。

「娘がどこにいるのか知りたいの、お願いよ」マーゴは懇願して、ジョージーの目をのぞき込んだ。「ねえ、お願い、彼らは何も教えてくれないの。お願いだから教えて、ジョージー、あなたはベッキーの親友でしょう。あの子を助けたいと思わないの？」

ジョージーは何も答えられなかった。キャロラインが両腕を広げ、ジョージーとマーゴのあいだに立ちふさがる。保安官補がマーゴをなだめつつ連れ去ろうとした。

マーゴがキャロラインをよけ、ジョージーのけがをしているほうの手首を握る。

ジョージーは痛みをこらえきれずにうめいた。「あなたのお兄さんがやったんでしょう？」マーゴが歯を食いしばりながら言う。「なぜなの？　どうしてわたしの大切な娘を連れ去ったの？」

保安官補が割って入り、ジョージーの手首からマーゴの指を引きはがした。「やめなさい。彼女が痛がっているだろう」

「お願いです、ジョージーと少し話がしたいだけなの。何が起こったのか教えてもらわないと」

小道の突き当たりに配置されていた保安官補が小走りでこちらへやってきた。「奥さん、あなたはここにいてはいけません」彼がマーゴとジョージーのあいだに割って入り、もうひとりの保安官補がすばやくジョージーを連れ去った。気がつくと、ジョージーはテントの脇に止められた保安官補の車の後部座席に座っていた。「ここなら大丈夫だ」保安官補が車のエンジンをかけてエアコンをつけると、通風孔から生ぬるい風が吐き出される。「悪気はないんだ。彼女は自分の娘を見つけたいだけで」

そのとおりだとわかっていた。疑念が心に忍び込んでくるとはいえ、ジョージー自身もベッキーと兄を見つけ出したいと思っている。

保安官補たちがマーゴと祖母と話しているのを、ジョージーは眺めた。彼らの声が次第に大きくなり、口調がいらだちを帯びてきた。

やがてマーゴが両手を振りあげたかと思うと、保安官補の車に駆け寄ってきた。

「ジョージー、ベッキーはどこなの？」叫びながら車のドアを開けようとしたが、無理だとわかると窓に両手を押し当てた。「ドアを開けなさい、ジョージー」命令口調で言う。

「わたしの娘はどこなの！」マーゴがこぶしで窓を叩くので、ガラスが震えた。

ジョージーは車の床に滑り込み、両腕で頭を覆った。

「奥さん、車から離れなさい」保安官補が言う。一瞬の静寂が訪れたあと、背筋がぞっとするような苦痛の悲鳴が聞こえた。

マーゴ・アレンの叫び声は次第に小さくなったが、死にたいとジョージーは思った。でも死ねないのなら、居場所はここしかない。犯罪者や酔っ払いや悪人たちが落としていった泥で薄汚れたフロアマットに顔を押しつけ、ジョージーは保安官補の車の床にうずくまっていた。

リーヴァイ・ロビンス保安官補はじりじりしながら車のハンドルを小刻みに叩いた。彼はいらだっていた。ブロック・カッターはすでに白状したこと以外にも、何かとんでもないことを知っている気がしてならない。

イーサン・ドイルが両親を殺害し、アレン家の娘を連れ去ったという線がますます濃厚になっている。あるいは彼女も殺害し、死体を遺棄して逃走したのかもしれない。

イーサンに不利な証拠が次々と出てくる——両親との緊張関係、元ガールフレンドへのいやがらせの疑い、トウモロコシ畑で発見されたショットガン。そして今、イーサン・ドイルと名乗る人物からアレン家に電話がかかってきたことが判明した。

イーサンへの容疑が強まるにつれ、ブロック・カッターへの疑念も深まっていく。彼は殺人事件が発生した当日にイーサンと一緒にいて、事件直後には犯行現場付近にいた。しかも警察に嘘をつき、アリバイ工作をしようとした。

ブロックが自宅にいることはあまり期待していなかった。事件当夜の居場所を偽ったことがばれたとなれば、彼は話をしたがらないだろう。

リーヴァイは疲労を感じた。祖父がよく言っていたように、〝どろどろに疲れて〟いた。いったん帰宅して数時間の仮眠を取ったほうが賢明なのはわかっているが、時間が経てば経つほど、ベッキー・アレンが生きて発見される可能性はどんどん低くなるのだ。

カッター家へ向かう途中、三箇所の道路封鎖と、二頭の捜索犬とそのハンドラーらしき人たちのそばを通り過ぎた。州警察はあらゆる手を尽くしている。リーヴァイは高揚感が胸に込みあげるのを感じた。ブロック・カッターに関することで、自分は何かつかんだのだ。

カッター家はドイル家の農場から一・五キロほど離れたところに住んでいて、両家のあいだに確執があることはリーヴァイも知っていた。それどころか、ここ何年かのあいだに数回、いざこざ——肥料がこぼれているとか、作物が被害を受けたとか、家畜が行方不明になったとか——に対処してほしいと通報を受けて出動したことさえあった。とはいえ、報告書を作成したところで問題が解決するはずもなく、互いにますます反感を募らせるだけだった。ブロックとイーサンが友人関係にあるらしいと聞いて驚いたのはそのせいもある。彼らの両親はあまりいい顔をしなかっただろう。

リーヴァイはカッター家の私道に入ると、錆色のれんが造りの平屋建ての家の前で車を止めた。家のまわりには三百エーカーのトウモロコシと大豆の畑が広がり、遠くの草地で肉牛が草を食《は》んでいた。

車からおりる間もなく、デブ・カッターが玄関前にいるのが見えた。「こんにちは。すべてうまくいっている?」彼女のほうから声をかけてきた。

「ええ」リーヴァイは気軽な口調で返した。「この前の晩にドイル家の農場で何が起こったかは聞いていますか?」

「もちろん。知らない人はいないわ」デブが布巾を両手で絞りながら答える。「昨日も別の保安官補がここへ来たから、銃声を聞いた気がすると伝えたところよ」

「それは何時頃ですか?」

「夜の十二時頃か、もう少しあとだったかしら。事件が起きたと聞いて初めて、あれは銃声だったんだと気づいたの。恐ろしいわ、本当に恐ろしい」

「ええ」リーヴァイは相槌《あいづち》を打った。「ぼくがここへうかがったのもその事件のためです。イーサン・ドイルの友人に話を聞いてくるよう指示されて。彼の行きそうな場所に心当たりがないかどうか」

「ブロックとイーサンは友だちじゃないわ」デブがむっつりとして言う。「お互いに近づくなとあの子たちには言っていたの。あのふたりが同じ空間にいたら、ろくなことが起こらないでしょう」

「そうでしょうね。でも、若者っていうのは」リーヴァイはいわくありげに身を乗り出した。「ときには好ましくない行動をするものだ。違いますか?」

デブは心得顔で小さくほほえんだ。「出直してもらったほうがいいんじゃないかしら。夫が帰ってきた頃に」

「そうですか。でも」片手で髪をかきあげる。「時間がないんです。ふたりの捜索に時間がかかればかかるほど、無事に見つかる可能性は低くなる。もし逆の立場でブロックが行方不明になっていたら、母親としてはどんな助けでもありがたいと思うはずです」

デブはしばらく考えた。「今、ブロックは家にいないの。だけど帰ってきたら、あなたに電話させるわ」

「彼のいそうな場所に心当たりは？　どんなささいな情報でもいいんです。ブロックが何か知っていて、彼自身がそのことに気づいていない可能性もありますから」デブ・カッターが思いをめぐらせるのを待ち、リーヴァイはさらに言った。「おそらく二日後には、イーサンとベッキーが生きて発見される見込みはなくなるでしょう」

その悲劇を思い、デブは頭を振った。息子を失うなんて想像もできない。ブロックは無鉄砲な子だが、必ず家には帰ってくる。でも、もしある日、帰ってこなくなったら？　胸が張り裂けるだろう。恐ろしくてたまらない。「昔、リクター農場があった場所へ行ってみるといいわ。ランディがあそこに豚舎を建てていて、ブロックが手伝ってるの」

「ありがとうございます、ミセス・カッター。ほかに何か思いついたら、遠慮なく連絡してください」

「もちろんよ。わたしでお役に立てることがあれば、なんでもするわ」

リーヴァイは車に戻り、エアコンをつけた。リクター農場はここから三、四キロほどしか離れていないが、無駄足になりそうな気がした。しかし、たとえブレイク郡全域を追いまわすはめになろうと、カッター家の息子から話を聞くつもりだ。

かつてのリクター農場はまさしく聞いていたとおり、朽ち果てて荒れ放題になっていた。母屋は今にも倒壊しそうな状態で、残っている離れ家のほとんどは、板切れが積み重なっただけの無残な姿になっている。においはさらにひどかった。豚の腐敗した糞便と尿が混じり合い、涙が出るほど強烈な悪臭を放っている。

リーヴァイは車からおり、周囲の光景を眺め渡した。付近に車は見当たらず、豚舎に閉じ込められている豚の鳴き声以外は何も聞こえない。どうやら誰もいないようだ。

母屋のまわりを歩いてみる。太陽の光と風雨にさらされ、灰色のペンキが色あせている。窓とドアはベニヤ板で覆われ、内部の壁や間仕切りもはがされて、とても人が住めるような状態ではない。そういえば、リーランド・リクターが亡くなったあと、農場が競売にかけられたという話を思い出した。八十六歳になっても頑なに自宅に住み続けていたリクターが亡くなったのは、数カ月前のことだ。どうやらランディ・

カッターが競売で落札したようだが、彼が手に入れた物件は大したものには見えなかった。

何かがちらりと動くのが目にとまり、リーヴァイは豚が収容されている金属製の横長の建物に目をやった。何かが、あるいは誰かが角を曲がって視界から消えた。豚なんてこった、豚舎を確認しなければならないとは。リーヴァイはぞっとするほど豚が嫌いだった。小さな黒い目、ブヒブヒ鳴く平べったい鼻、どうにも扱いにくい。しかもやつらは目の前にあるものなら、肉でもなんでも平らげてしまう。

豚舎へ向かって大股で歩いていき、角を曲がったとき、ブロック・カッターがピックアップトラックの荷台に座り、茶色い紙袋に入った瓶からラッパ飲みしているのが見えた。

「やあ、ブロック」リーヴァイは声をかけた。「きみを探していたんだ」カッターが驚いて手を滑らせ、瓶を地面に落とした。乾いた土がまたたく間に液体を吸い込んでいく。

「ああ、びびった」カッターが言い、あわててトラックの荷台からおりた。

「びびらせたか?」リーヴァイはカッターに近づいていった。「言っておくが、今、ものすごくびびっているのは――ベッキー・アレンだ」

「その事件のことなら、おれは何も知らない」カッターは言い、土の塊を蹴った。

「それはたしかか？」徐々に距離を詰めると、カッターはあとずさりした。「最初に会ったとき、トラックの荷台にカバーがかかっていたよな？　あれはいつだった？　ああ、そうだ、ドイル夫妻が殺されて、イーサン・ドイルとベッキー・アレンが行方不明になった夜だ」

「おれはその場にいなかった。何が起こったかなんて知るわけないだろう」カッターが反抗的に顎をあげる。

「だが、すぐ近くにいた」リーヴァイはカッターの胸に人さし指を突きつけた。「ぼくが車を停止させたのを覚えているだろう？　車を止めたとき、きみは正気とは思えない無茶な運転をしていて、豚みたいに大汗をかいていた」自分が言った冗談にくすりと笑う。「そして、いとこと映画を観に行っていたとでたらめを言った。おまけにトラックの荷台にはカバーがかかっていた。なぜそれを外した？」

「なんでって、別に」カッターが返す。「関係ないだろう。何をしようがおれの勝手じゃないか。これはおれのトラックだ」

「ずいぶんきれいだな」リーヴァイはトラックを上から下まで眺めまわした。「最近、洗車したばかりのようだ。なんのためだ？　ひょっとして、証拠を隠滅しようとしたのか?」

「違う!」カッターが否定した。「車はいつもきれいにしてる。きれい好きなんだ」

「カバーは?」リーヴァイは追及した。

「納屋の板を運ぶよう父さんに頼まれたからだよ」カッターが板材の山を指さす。

「あんながらくたにも金を払う連中がいるんだと。トラックに積み込むためにカバーを外す必要があったんだ」

「鑑識班に調べさせたら、何か出てくると思うか?」

「出ないよ! 何も見つかりっこない」カッターは怒りで顔を真っ赤にした。カッターが横を通り過ぎようとしたので、リーヴァイも一歩横へ寄り、通り道をふさいだ。

「そうかもな」リーヴァイはため息をついた。「証拠を消したければ、ぼくなら豚の中に放り込むだろう」カッターの肩越しに手を伸ばし、豚舎の壁を思いきり叩く。その音に驚き、中にいる豚たちがキーキーと鼻を鳴らして押しあいへしあいする音が聞こえた。「見てみようじゃないか」リーヴァイはカッターの肘をつかみ、豚舎の扉の前へ連れていった。

「おい! 何するんだ。放せよ」カッターがわめく。

「ぼくは優しく接しようとしたんだぞ、ブロック。きみはスピード違反をしていた。

おおかた酒に酔っていたか、薬でハイになっていたんだろう。でも、ぼくは見逃してやった。きみのいとことは幼なじみだし、彼はいいやつだからな。それに引きかえ、きみはくそガキだ。そして次に会ったとき、きみはまた嘘をついた。殺人事件当日に、イーサンにもジョージーにもベッキーにも会ってないとな。きみが彼らと会ったことはわかっているんだ。十三歳の少女の体に触ろうとしたことも」

「そんなことは……」カッターは口を開いたが、リーヴァイは彼の体を揺すって黙らせた。

「ジョージー・ドイルが嘘をついてるっていうのか、ブロック？」リーヴァイは言った。自制心を失いかけているのは自分でもわかったが、疲れきっていたし、ぐずぐずしている時間はなかった。捜索犬を出動させ、道路を封鎖し、何百人もがイーサンとベッキーの捜索に当たっているのに、手がかりひとつ見つかっていないのだ。

このバッジを賭けてもいい。ブロック・カッターは何か知っている。おそらく重大な何かを。それを突き止めるまでは、豚の糞にまみれたこの荒れ果てた場所から、てこでも動くものか。

リーヴァイは豚舎の扉を引き開け、カッターを中へ押し込んだ。ひどい悪臭がして、必死に吐き気をこらえる。「豚が目の前にあるものをなんでも食い尽くすってことは、きみも知っているよな?」

「放してくれ、正気かよ」カッターが身をくねらせて抵抗したので、リーヴァイは押さえつけた。

「さあ、ブロック、ドイル家で何が起こったのか、イーサンとベッキーはどこにいるのか、何か知っていることがあるなら、今すぐ白状したほうがいいぞ」

「くそったれ」カッターが吐き捨てるように言う。

すばやく蹴りを入れてカッターの足を払うと、彼は地面に倒れ、豚たちががつがつ餌を食べている囲いのすぐそばに手をついた。

カッターは手を引っ込めようとしたが、リーヴァイは靴のかかとで彼の手首を押さえつけた。なめし革を思わせる肉厚な豚の鼻がカッターの指を嗅ぎまわり、鋭い犬歯が指の関節をかすめる。

「わかった、わかったよ!」カッターが大声をあげた。「イーサンはベッキーに気があったんだ。あの日も、彼女にべたべたまとわりついてたよ」

リーヴァイはカッターの手首から足を離すと、シャツの襟をつかんで引き起こした。

「ひどいじゃないか」カッターが目を見開いて叫ぶ。「こんなことするなんて!」

「ほかには?」リーヴァイはカッターの抗議を無視して尋ねた。

「イーサンは両親を嫌ってた。憎んでた。死ねばいいって言ってたよ」カッターは答え、鼻水を片腕でぬぐった。

「イーサンが両親の死を望んでいたってことか？　彼がそう言ったのか？」

カッターがうなずく。「あの家にいるのは耐えられない。両親と縁を切りたくてたまらない。あいつはそう言ってた」

「嘘だったらただじゃおかないぞ、ブロック」リーヴァイは彼を豚舎から引っ張り出した。

「嘘じゃないって。誓う」カッターはきっぱりと言った。

「イーサンとジョージーとベッキーに最後に会ったのはいつだ？」リーヴァイは尋ねた。

「ええと、夕食のあとだったかな。六時頃だよ。おれたちは的撃ちをしに行ったんだ」

「的撃ち？」初めて聞く話だ。

「ああ、でも、的を狙って撃っただけだ。大したことじゃない。みんなで何発か撃って、おれは家に帰った」

「だが、きみは真夜中過ぎに車を走らせていた。なぜだ？」

「さあ、ただ退屈だったからじゃないかな」それを聞いて、リーヴァイはカッターの襟首をつかんで、ふたたび豚舎のほうへ引きずり戻そうとした。「わかった、わかったって」カッターが身をよじってリーヴァイの手から逃れる。「イーサンの親父さんがショットガンを取りあげようとしたけど渡さなかったから、あいつを歩いて帰らせたあと、もう一度待ちあわせたんだ。ふたりで車を走らせてバーデンまで行った。イーサンが元カノと話がしたいって言ったから」

「カーラ・ターナーと?」リーヴァイははっきりと名前を出した。

「ああ。カーラに会おうと家の前に車を止めたら、彼女の親父さんに怒鳴られてさ。そのあとしばらくドライブして、さらに何発か銃を撃ったあと、小道の突き当たりであいつをおろして、おれは帰ったよ」

「それは何時頃だった?」ふたりは節くれ立ったクラブアップルの木陰に移動した。落ちていた実を踏みつぶすと、リンゴではなく、腐ったキャベツのようなにおいがした。

カッターが唇を噛む。「さあ、十一時頃じゃないかな。よく覚えてないけど」

「ぼくがきみの車を止めたのは一時過ぎだぞ、ブロック」リーヴァイは思い出させようとした。「それまでの二時間、何をしていた?」

カッターはがっくりと肩を落とした。逃げ道がなくなったことに気づいたようだ。リーヴァイは腕組みをして答えを待った。

「まだ家に帰る気になれなかったから、もう少しだけドライブしてから車を止めて」カッターは頭上の大きな枝からクラブアップルをもぎ取ると、指でもてあそんだ。

「一服しながら音楽を聴いてたんだ」何を吸っていたのか、リーヴァイはきかなかった。

「車はどこに止めた？」リーヴァイは尋ね、カッターの手からクラブアップルを奪い取った。

「さあ、そのへんの砂利道だよ。もう行ってもいいだろう？」

「だめだ」ぴしゃりと言う。「砂利道にいるあいだに見たものを言ってみろ。何を見たせいで、時速百四十キロ以上ものスピードであわてて車を走らせていたんだ？」

「何も見てないって、本当に」カッターは言い張った。リーヴァイは彼をにらみつけた。「わかったよ。たしかに銃声を聞いた」カッターが動揺のにじむ声で言う。「何発も。〝あいつがやった、本当にやりやがった〟とおれは思った。しばらくその場に座って、聞き間違いだと自分に言い聞かせようとした。そしたらまた銃声が聞こえてきて、怖くなってその場を離れた。パニック状態になって車を走らせていたとき、あんたに止められたんだ」

「よし、わかった」リーヴァイはカッターの肩を叩いた。「ほらな、正直に話したほうがいいだろう?」カッターがまったくそうは思わないと言いたげな表情でうなずく。

「それで?」カッターはきいた。「もう行ってもいいかい?」

「悪いが」リーヴァイはクラブアップルを地面に放り捨てて答えた。「もう一度、一部始終を話してもらおうか。最初からだ」


ジョージーは車のドアが開く音を聞いた。うずくまったまま顔をあげてそっと様子をうかがうと、保安官補と祖父が見えた。「もう出てきても大丈夫だ。彼女はもうここにはいないよ」

車から出たくなかった。外の世界はあまりにも過酷で、苦痛に満ちている。ジョージーは顔をそむけた。

「さあ、おいで、シュー」祖父がぐったりした様子で言う。「おまえはもう大きすぎて抱っこできないんだ。起きあがって自分で歩いてくれ」

祖父は年を取っていると前から思っていたが、今、目の前に立っている男性はいっそう老けて見えた。皮膚が頭蓋骨に張りついているみたいにやつれ、紫色の血管が額に浮き出ていて、泣き腫らした赤い目は落ちくぼんでいる。

ジョージーは車からおりると、ベッキーの両親がいないかとあたりを見まわした。

「保安官が彼女を連れていったよ」マシューが説明した。

ジョージーは目を見開いた。「刑務所に連れていかれたの？」信じられない思いで尋ねる。

「いや、そうじゃない」マシューは孫娘の肩を抱きながらテントの前を通り過ぎ、母屋のほうへ導いた。「ゆっくり話ができるように静かな場所へ連れていっただけだ。彼女はひどく動揺しているんだ、シュー。かわいい娘が行方不明になったんだからな。あまり責めないでやってくれ」

「だけどあの人たちは、イーサンが父さんと母さんを殺して、ベッキーを連れ去ったと思ってるのよ」ジョージーは涙をこらえきれなくなり、泣きだした。

「人は恐怖を感じると、まともにものを考えられなくなるんだ」マシューが言い聞かせた。ジョージーは歩きながら、祖父の細い体にもたれかかった。「そのせいで、これからイーサンの悪口をたくさん耳にすることになるだろう。彼らは犯人を探していて、今はイーサンがそうだと思われている。だが、おれたちは誰よりもよく知っているだろう？　イーサンが人に危害を加えたりするような人間じゃないって」

「うん、そうだよね」ジョージーははなをすすった。でも、本当にそうなのか確信が持てなかった。イーサンが空中に向けて銃を撃ったとき、兄の顔に浮かんだ表情をこの目で見たから。父親と言い争っているときの、怒りに満ちた声をこの耳で聞いたから。「お兄ちゃんが見つかったら、刑務所へ連れていかれるの？」

「たしかなことはまだ何もわからない」マシューが答えた。「この事件が解決するまでは、とにかく辛抱しなきゃいけない。でも、何が起ころうと大丈夫だ」

　祖父の言葉を信じたかった。

　ジョージーはずきずきとうずく腕の痛みを気にしないようにして庭を駆け抜け、納屋へ向かった。ヤギたちに会いたくてたまらない。納屋の中に入ると、天井に張り渡された丸木の梁を見あげた。それはどことなく慈悲深い巨大獣の肋骨《ろっこつ》を思わせた。納屋の中央に数本延びている長さ二・五メートル、深さ一メートル弱ほどの溝に、祖父がヤギのために新鮮な藁《わら》を敷いていた。ジョージーはそのにおいを吸い込んだ。

　そのとき、納屋の中に人影が入ってくるのが視界の隅に見えた。最初は祖父が迎えに来たのかと思ったが、その人物はマシュー・エリスにしては長身で、肩幅が広く、足取りがしっかりしていた。その人物が近づいてくると、ブロックの父、ランディ・カッターだとわかった。

ジョージーがわずか数メートル離れたところに座っていることに、ランディは気づいていないようだ。彼はどことなく冷ややかで、抜け目のない表情をしていた。自分の家の納屋だというのに、ジョージーはなぜかこっそり身をひそめていたほうがいい気がした。

家畜の囲いから納屋の扉までの距離を目で測る。遠くはないけれど、腕をけがしているのであまり速くは走れそうにない。ランディを恐れる理由は特にないとはいえ、両親が彼を嫌っていたことは知っている。

両親が誰かと対立していなかったか、とサントス捜査官にきかれたことを思い出した。ジョージーの父親はランディ・カッターも、ランディの父親のこともあまり好きではなかった。ランディの父親は赤ら顔の怒りっぽい人で、近隣の農地が売りに出されるたび少しずつ買い集めていったそうだ。〝千エーカーの土地を手に入れるまで買い占め続けるつもりだろう〟とウィリアムは言っていた。

さらに、ランディ・カッターがあらゆる手を尽くしても手に入れられずにいた土地を、ウィリアムとリンも欲しがっていた。

その確執とも言うべきものは何年も続き、日常生活にも溶け込んでいた。柵を壊したり、迷い牛のことで保安官に通報したりしたのはランディ・カッターに違いないとウィリアムは確信していた。それなのにイーサンとランディの息子が親しくつきあうものだから、どちらの親もいい顔をしなかった。

ランディは納屋の中央に立ち、ゆっくりとまわりながら中をぐるりと見渡している。この人はここにいるべきじゃない、とジョージーは思った。普通の人は許可もなく他人の家の納屋に入ったりしない。ランディがゆっくりと体をまわし、やがてジョージーと向きあう形になった。一瞬、視線が合い、彼は決まり悪そうにうつむいた。

「すまない、怖がらせるつもりはなかった。きみのおじいさんを探していたんだ」ランディは〝マクドノー・フィード・アンド・シード〟というロゴマークの入った赤い野球帽を取り、大きな手でこねくりまわした。

「ジョージー」マシューのしわがれた声がした。「そろそろ行こうか」ランディの姿を見たとたん、マシューがさっと表情を変え、不審そうに目を細める。「なんのご用かな?」

「いやいや」ランディがあわてて言う。「何か手伝えることがないかと思って立ち寄っただけだ。雑用とかで人手が必要なんじゃないかと思って。今回のこと、心からお悔やみを言うよ」彼は頭を振った。「まさかこんなことになるとは」

マシューがランディ・カッターを帰らせたあと、ジョージーは祖父のそばで仕事をした。マシューが乳搾りをしているあいだに、ヤギたちに水と餌をやる。ジョージーが穀物をすくって餌槽に入れ、新しい干し草を重ねているあいだ、頭のまわりをハエがぶんぶん飛びまわっていた。

最後の餌槽に穀物を入れ始めたとき、腐敗臭が鼻をついた。ジョージーは手で顔を覆った。ヤギのにおいはきつい。特に雄ヤギは。でも、そのにおいとは違う。独特なにおいだった。農場では普段からよく動物が死ぬ。ヤギであれ鶏であれ、夜中に訪れるポッサムであれアライグマであれ、死んだ動物が発する悪臭は間違いようがなかった。死骸が入っている餌槽からヤギに餌を食べさせるわけにはいかない、とジョージーは思った。動物の死骸を探そうと、餌槽の底に敷きつめられた深さ一メートル足らずの干し草を注意深くかき分けていくと、それが見えた。濃いインディゴブルーのデニム。ジョージーは動きを止めた。あまりにも場違いで異質な光景だったので、自分が見ているものをすぐには判別できなかった。

生地を引っ張ってみたが、びくともしない。さらに干し草を払いのけると、デニム地がさらに見えた。においがますます強くなり、背筋がぞっとした。手を止めて祖父を呼ぶべきだとわかっていたが、それでも恐る恐る細長い餌槽の中の干し草を払いのけていくと、濃紺から青白い色に変わった。干し草とあまり変わらない色に。

自分が何を目にしているのかまだよくわからなかったので、もっとよく見ようと身を乗り出した。それは手のひらを上に向けた手だった。まるで何かを受け取ろうとしているかのように丸められている。たとえばお釣りの硬貨をもらうときや、聖餐《せいさん》を受けるときのように。そのとき、あるものがジョージーの目に入った。傷跡だ。彼が十四歳のとき、有刺鉄線を張りめぐらせた柵に手をついたときにできた傷。手のひらの皮膚がギザギザのX形に裂けたのだ。

イーサンだった。

32

初雪が降ると、少女はよく窓の下に置いた椅子の上に立ち、雪片が舞い落ちるさまを眺めた。窓の向こうに手を伸ばし、白い結晶を手のひらで受け止めてみたくてたまらなかった。それはまるで、きらきら輝く星のようだった。

日が沈んだら明かりをすべて消すことになっていたので、暗闇は早く訪れた。少女と母親は頭上にいる父親の足音を聞きながらヒーターの前で身を寄せあい、長い時間を過ごした。

少女の父親はきちんと食べ物を持ってくるようになり、スナック菓子やプラスチック容器に入ったプディングのようなおやつが含まれていることさえあった。しかし、母親は父親を信用していなかった。彼がまた長期間家を空けた場合に備えて食事の量を制限し、缶詰のチキンヌードルスープやラビオリ、瓶入りのピーナッツバターやツナ缶などを備蓄していた。

母親はいつも自分より多めに食事を与えてくれたが、決して満たされることのない空腹に少女はいつも苦しめられていた。

母親は口数が少なくなった。よく物思いにふけるようになり、二、三度繰り返して問いかけないと返事がないこともあった。母親はうろうろと歩きまわり、階段の下でときどき足を止めては、鍵のかかったドアを見あげる。少女は本を読んだり、塗り絵をしたりして、ひとりで遊んでいた。

ある日、母親は階段を何段かのぼったが、すぐにおりてきた。次の日はもう一段上までのぼった。それが何日か続いた。四段目、五段目、六段目となり、とうとう母親は一番上までのぼった。少女はじっと息をひそめていた。ドアを開けるつもりだろうか？　父親はものすごく怒るだろう。母親はしばらくそこに立っていたが、最後にはおりてきた。

ある夜、父親がドアを勢いよく開け、ビニール袋を持って入ってきた。「今夜は客を数人招くことになっている」と彼は言った。少なくとも少女の知る限り、この家に人が来たことは一度もない。「誰？」少女は尋ねたが、父親は鋭い目つきで彼女を黙らせた。

「おまえたちはおとなしくしていろ。いいか、物音ひとつたてるな。彼らはもうすぐここに来る」父親がビニール袋の中を探る。少女は大好きなイチゴのパックが出てくるのを期待した。だが父親が取り出したのは、ひと巻きの銀色のテープだった。

少女の隣にいた母親が身をこわばらせた。「それをどうするつもり?」警戒した口調で問いかける。

「少しのあいだだけだ」父親は説明し、歯を使ってテープを十五センチほどの長さに切り取った。

「やめて」母親が首を横に振る。「そんなことをしなくても、わたしたちは静かにしているから」

「危険を冒すわけにはいかないんだ。さあ、こっちへ来い、チビ」

「やめて。この子はおとなしいわ。いつも静かにしているでしょう」

「そんなことないぞ」父親が言ったので、少女は恥ずかしさで顔が熱くなった。

「こっちへ来るんだ」父親が命じる。少女が歩み寄ると、口にダクトテープを貼りつけられた。その瞬間、息が苦しくなり、部屋の壁が押し迫ってくるような感覚に襲われた。

「まだ幼かったから」母親は食いさがる。「しかたがなかったのよ」

少女が口元に手をやり、テープをはがそうとすると、父親は彼女の両手をぴしゃりと叩いた。「だめだ」少女は両手を脇におろし、必死に呼吸した。

するとと父親が母親のほうを向いた。「こっちへ来い」彼は命じた。母親は首を横に振り、涙を流した。「お願い、やめて。おとなしくしているから」泣きながら言う。父親は母親を自分のほうに引き寄せると、テープをもう一枚ちぎり、母親の口に貼りつけた。

少女が目に涙をためて見ていると、母親は引きずられるようにベッドへ連れていかれ、手錠でヘッドボードにつながれた。母親は抵抗しなかった。抵抗すれば、もっとひどい目に遭うと知っているからだ。

「あっちに座ってろ」父親は少女に向かって、コンクリートの床から伸びている金属のパイプを指さした。少女は首を横に振った。次に何が起こるのかはわかっている。両腕で抱えられ、パイプのところまで連れていかれるあいだ、少女は身をくねらせて抵抗した。「じっとしろ」父親は不機嫌な声で言い、少女を床に放り投げた。そしてダクトテープをもう一度ちぎり、少女を後ろ手に縛って、足首もポールに縛りつける。

父親は荒い息をしながら、手際のいい自分の仕事ぶりを満足げに眺めた。ふたりがどこへも行けず、物音もたてられないことを確認すると、階段をのぼり始める。「おとなしくしてろよ」そう言い残し、ドアを閉めて鍵をかけた。

少女は冷たいコンクリートの床でうつ伏せになっていた。口をふさがれ、両腕を後ろで縛られて、片方の足首はパイプに固定されている。息が苦しいし、母親の姿も見えない。涙がこぼれ、ねばねばした鼻水が出てきて、ますます息が苦しくなった。

頭上から父親の重い足音と、ほかの何人かの軽い足音が聞こえた。さらに明るい笑い声と耳慣れない話し声、そして陽気なジングルベルが響く。少女は目を閉じて眠ろうとしたが、肌にダクトテープが食い込み、筋肉が痛んだ。

階上の広い居間に座り、クリスマスキャロルを歌うのはどんな感じなのか、少女は想像した。きれいな服を着て、ベルやトナカイや妖精の形をしたクッキーを食べ、ツリーの下に置かれたきれいに包装されているプレゼントを数えるのだろう。

目を開けて窓のほうを見る。カーテンの隙間から雪が降っているのが見えた。顔に雪が舞い落ち、舌で味わうのはどんな感じだろう？

33

二〇〇〇年八月

悲鳴が納屋の中に響き渡ると、マシューが駆け寄ってきて、ジョージーの苦痛の原因を探ろうと周囲に目を走らせた。

「ジョージー、どうした?」祖父は声を張りあげた。ジョージーはただ餌槽を指さすことしかできなかった。彼女が指さした先をマシューが目で追い、イーサンの体をとらえる。マシューは餌槽の前に両膝をついた。「イーサン」信じられないといった表情で言った。周囲にいるヤギたちが悲しげな鳴き声をあげる。

「死んでるの?」ジョージーはきいたが、答えはもうわかっていた。

「そこから離れなさい。何も触っちゃだめだ」マシューは声を詰まらせながら言うと、餌槽の縁につかまらずにやっとのことで立ちあがった。

ジョージーは後ろにさがったが、すでに否定したい気持ちが理性的な思考をうわまわっている。「たぶん違うわ」だが、手のひらの傷跡をこの目で見た。餌槽の中にあるのは兄の死体だ。マシューがジョージーを納屋から連れ出すとき、ヤギたちがやかましく鳴きたてた。まるで戻ってきてほしいと懇願しているかのように。

「おじいちゃん、吐きそう」ジョージーはすまなそうに言うと、祖父から離れて草の上に嘔吐《おうと》した。

「大丈夫だよ」マシューがジョージーの顔に髪がかからないよう押さえていてくれた。しばらくして胃の中が空っぽになり、空えずきもおさまった。ようやく体を起こすと、マシューがポケットから清潔なハンカチを取り出し、ジョージーの口をぬぐった。

マシューは助けを求めて急いで母屋へ行き、保安官補とキャロラインを連れて戻ってきた。ジョージーはカエデの木の下に立っていた。広く平らな葉が容赦なく照りつける太陽から守ってくれている。兄が餌槽の中で、干し草にまみれてひとりで死んでいたと思うと耐えられない。納屋のほうを見る気にもなれなかった。

この農場には二度と足を踏み入れたくない。ここの土には家族の血が染み込んでいる。腐敗して黒くなったトウモロコシやアルファルファが地面から生えてくる光景が、ジョージーの脳裏に浮かんだ。

保安官補が応援を呼び、現場となった納屋を保存しているあいだ、マシューとキャロラインとジョージーは木の下で身を寄せあっていた。

最初に到着したのは救急車だった。けたたましくサイレンを鳴らしながら走ってきて、砂利道でスピードを落とすと砂ぼこりが舞いあがり、車体が砂のもやに包まれた。

続いて保安官がパトカーで、サントスとランドルフの両捜査官が黒いSUVでやってきた。

「残念でならないわ、ジョージー」サントスが立ち止まって声をかける。「どうしてあなたばかりこんなに失わなければならないのかしら」

なんと答えたらいいのかわからなかったので、ジョージーは何も言わなかった。草の上に座って木の幹にもたれ、手で顔を覆うと、キャロラインも隣に腰をおろし、彼女を抱き寄せて一緒に泣いた。

救急救命士たちが納屋から出てきたが、担架は空っぽのままだった。「お兄ちゃんを運んでくれないの？」ジョージーは叫び、ヒステリックな発作が胸に込みあげるのを感じた。干し草に覆われたままの状態で、イーサンを餌槽の中に放置しておくなんて。

「連れていけないんだ、すまない」ひとりの救急救命士が申し訳なさそうに返す。

「保安官と警察が捜査をしなければならないんだ。ほかの人がきみのお兄さんを迎えに来るだろう。でも、そのときは大切に扱ってくれると約束するよ」

その言葉を信じたかった。でも、会う人会う人がジョージーに大丈夫だと言うけれど、ちっとも大丈夫ではないし、もう二度と大丈夫にはならないだろう。

「またサントス捜査官に話を聞かれることになるだろうな」マシューは片手で顔をさすった。「いつになったら終わるんだ?」哀願するような口調だ。

サントスがこちらに向かって歩いてきた。黒いスーツのジャケットを脱いでいて、コバルトブルーのブラウスが汗で濡れている。「これから鑑識班が現場を調べて、証拠を集めます。でも見たところ……」言いかけて口ごもった。ジョージーがまだ十二歳だということを急に思い出したらしい。

「続けてくれ。ジョージーには知る権利がある」マシューが促す。

「見たところ、今回も殺人事件のようです」サントスは言い、手の甲で額の汗をぬぐった。

イーサンが無事に発見されることを祈ってはいたものの、孫息子はすでに死んでいるだろうとマシューは心のどこかで思っていた。人々が噂しているようなことは、イーサンにはできないとわかっている。検視官が最終的な決断を下すことになるが、どうやらイーサンはウィリアムとリンを殺害した残忍な怪物に殴られ、絞殺されたあげく、餌槽の干し草の下に隠されたと思われた。

イーサンはずっとここにいたのだ。すぐそばに。

マシューーがジョージーの手を握りしめていると、保安官補たちがサントスのまわりに集まってきた。「再編成が必要ね」サントスが言う。「アレン宅にかかってきた電話について何かわかったことは？　あの電話はどう考えても、イーサンがかけたものではないわ。誰の仕業なのか突き止めないと」

「まだわかっていません。引き続き調べます」ランドルフが返した。

「全員を集めましょう。この地域の性犯罪者の所在を確認すること。それからイーサンのトラックも捜索する必要がある。トラックを発見したら、少女が見つかるかもしれない」

マシューーはアレン家の娘が見つかることを願ったが、彼女もまた同じ運命をたどるのではないかと恐れた。ジョージーだけが生き残ったのだとマシューーは悟った。マシューーたちにはジョージーしかいない。そしてジョージーには、マシューーたちしかいないのだ。

捜索救助ボランティアのシルヴィア・リーが犬の鼻にTシャツを近づけると、体重五十キロのブラッドハウンドのジュピターは、鼻をくんくんいわせて布のにおいを嗅いだ。

「探せ」シルヴィアが命じると、ジュピターはしわだらけの長い顔をあげ、空気のにおいを嗅いだ。それから、行方不明の十三歳の少女が最後に目撃された場所付近にあるトランポリンに注意を向けた。ジュピターはトランポリンのまわりを一周したあと、家のあるほうへ歩きだしたが、納屋で立ち止まり、つかのまその場にとどまった。

ジュピターは突き出た鼻をさげ、小走りでトウモロコシ畑へ向かった。シルヴィアは犬のハーネスにつないだ長いリードをしっかりつかみ、ジュピターに引っ張られながらついていった。まだ朝早い時間なのに、シルヴィアはすでに汗びっしょりで、ズボンの裾も朝露でびしょ濡れだった。

ジュピターはトウモロコシ畑のすぐ手前で立ち止まると、ふたたび進路を変え、家の前を通って小道をのぼり、通りへ向かった。

砂利道に出たとたん、ジュピターは一瞬立ち止まり、鼻をあげて空気を確かめた。しわだらけの顔に、いかにも真面目そうな茶色い目をした凛々《りり》しい犬だ。自分の仕事の重大さを理解し、行方不明者を家に帰せるかどうかは自分にかかっていることを自覚しているようだった。ジュピターは自分の仕事にとても真剣に取り組んでいた。

ジュピターがためらう様子を見せた。西へ向かって何歩か歩き、立ち止まって東のほうを見る。シルヴィアは辛抱強く待った。もし少女がこちらへ来たのなら、ジュピターはにおいを嗅ぎ取るだろう。ジュピターは何度か行ったり来たりした。西側のある地点に集中しているようだったが、すぐに興味を失った。これはあらゆることを意味している――少女が車に乗って走り去ったか、あるいはそっちの方向へは向かわなかったか。

ジュピターはたるんだ顎の皮膚を揺らしながら、左から右へと視線を移した。そしてようやく決断したらしく、東へ向かって進み始めた。何かに気づいたようだ。シルヴィアは彼のペースについていくために小走りにならざるをえなかった。駆け足で道を進むシルヴィアの靴とジュピターの足が土色の砂ぼこりをかぶり、犬の長い垂れ耳は地面をかすめ灰色になった。

ジュピターが興奮しているのがリードを通して伝わってくる。少女のにおいを嗅ぎつけたのだ。彼らはドイル家から遠ざかっていたが、ジュピターは最初のうちは道路を進み続けた。数百メートルおきに、ジュピターが道をそれて丈の高い草むらに入ったり、溝へおりたりするたびにシルヴィアの脈拍が速くなる。行方不明の子どもを見つけたいけれど、道端のスイッチグラスやチコリーの中に横たわる姿を発見したくはなかった。

　ときおり車がゆっくりと通り過ぎ、ドライバーがハンドルを握ったまま、人さし指だけで挨拶をしてくる。タイヤがほこりとともに、ジュピターが追跡しているかすかなにおいの粒子まで舞いあげていく。

　砂利道の土ぼこりがシルヴィアの汗ばんだ肌と唇にまとわりついた。腰のベルトにさげていた水筒を外し、たっぷりと喉に流し込む。目の前に農場があった。というより、かつては農場だったらしいが今は廃品回収所のようだ。危険なほど傾いた大きな納屋があり、庭には農機具と故障した車が所狭しと並んでいる。高く積みあげられたタイヤが視界をさえぎり、ゴムが燃えるにおいがあたりに漂っている。

　突然、ジュピターがリードを引っ張って左側に進み始めたので、シルヴィアは足を取られそうになった。ジュピターは草の生い茂る溝に入り込み、シルヴィアも引っ張られるまま中におりた。草がシルヴィアの腰の高さまで伸びていて、ギザギザの枯れ葉が肌をこする。

　急にリードがゆるんだ。ジュピターが止まるのは、探していたものが見つかったときだけだ。

　シルヴィアは広大な草地の草を両腕でかき分けながら、恐る恐る前に進んだ。頭のまわりをハエがぶんぶん飛びまわっている。ゆるんだリードをたどっていくと、ジュピターが当たりを引き当てたのだとわかった。

ジュピターはお座りの姿勢でシルヴィアを待っていた。悲しげな目をして。犬の傍らの地面には、ごわごわになった布の切れ端が落ちている。シルヴィアにはそれが乾いた血だとわかった。

シルヴィアはジュピターを撫でてやり、ポケットからご褒美のおやつを取り出して与えた。「よくやったわ、いい子ね」彼女はそう言うと、無線機を取り出して応援を求めた。

34

現在

もうすぐ午前四時でワイリーは疲れきっていたが、休むわけにはいかなかった。女性と少女がぴったりくっついてソファに座っているあいだ、ワイリーは暖炉の明かりを利用して原稿に目を通した。

すでに執筆を終え、書き加えるべきことはもうほとんどない。事件の重要人物のその後について説明する〝あの人は今〟の項を追加しようかとも思ったが、そこで語るべきことはあまりなかった。みなすでに死亡したか、消息不明になっているか、破壊された人生をひっそり送ることを望んでいるかのいずれかだからだ。

この悪夢が終わったら、嵐が去ってこの母娘《おやこ》の安全を確かめたら、バーデンを出て家に帰ろうとワイリーは思った。

出版社に原稿を届けたら、セスとの関係修復に努めよう。セスの父親ともいい関係を築けるように、もう少し頑張ってみよう。

原稿から顔をあげると、少女がソファの上からこちらを見つめていた。母親は無傷なほうの頬を枕にのせ、毛布を顎まで引きあげて丸くなっている。

「どうしてその名前になったの？」少女が尋ねた。

少女が話したいと思ったことが、よりにもよって自分の名前のことだったのにワイリーは驚いた。でも、慣れていた。彼女の変わった名前を知ると、誰もがその由来を知りたがる。「家族の名前なの」簡潔に答えた。

「あなたの名前は？」うっかり口を滑らせることを期待して、ワイリーはきいてみた。

「言っちゃだめって母さんに言われてる」そう答えると、少女は毛布から抜け出し、ワイリーのそばの床に腰をおろした。

暖炉から放たれる光が少女の顔を照らし出した。大きな目は茶色で、顔には口をふさぐために使われたダクトテープの跡が残っている。少女がどんな苦難をくぐり抜けてきたのか、ワイリーには想像もつかなかった。

「名字ならどう？　わたしはラーク。あなたは？」

「ないと思う」そのことを初めて考えたかのように少女が答える。

まさか、そんなはずはない。

「お父さんの名前は？」ワイリーはさらにきいた。

少女は不安げに額にしわを寄せ、黙り込んだ。「大丈夫よ」ワイリーは言い、眠っている女性にちらりと目をやった。「わたしには話しても」

「父さんは、父さんだから」少女が消え入りそうな声で言う。

「そう」ワイリーはあきらめた。「ああ、そうだったわ。あなたの服を洗濯したときに、あとで返そうと思っていたんだった」立ちあがり、暗いキッチンを抜けて、数時間前に少女の服のポケットに入っていたおもちゃを取りに行く。

比較的あたたかい居間を離れ、震えながら懐中電灯でカウンターの上を照らすと、それは見つかった。

よく見てみると、そのおもちゃはあまり知られていないアクションヒーローのフィギュアだった。緑色のマスクはほとんどはげ落ち、白い手袋は薄汚れて黒ずんでいる。長年遊んでいるらしく、プラスチックの体はへこみ、傷だらけだ。

この手のフィギュアを見たのはずいぶん久しぶりだった。懐かしさが胸に込みあげたが、ワイリーはすぐに払いのけた。

「はい、どうぞ」居間に戻り、おもちゃを少女に手渡す。おもちゃとの再会を果たした瞬間、少女がぱっと顔を輝かせてうれしそうに目を見開いたので、ワイリーはほほえんだ。しかし、ワイリーの顔から笑みがすっと消えた。一瞬その場に立ち尽くし、思いをめぐらせる。

「ありがとう」少女はおもちゃをしっかり握りしめてソファに戻ると、母親の隣にもぐり込んだ。

ワイリーはエンドテーブルに置いてある懐中電灯に手を伸ばし、スイッチを入れた。同じようにほかの懐中電灯も次々につけていくと、やがて室内が光に満たされた。ワイリーは言葉を失っている母娘の向かいに座った。暖炉の炎がぱちぱちと音だけは派手に燃えあがると、タスが鼻をくんくんいわせた。

ワイリーはキッチンへ行き、水のペットボトルを二本取ってきた。「さあ、これを飲んで」ランプを持ったまま女性のそばに膝をつき、相手がこちらを見おろせるようにした。目を覚ました女性がまぶしそうに目を細め、指先が壊死《えし》して少し黒っぽくなっている片手を出す。

「アスピリンを持ってきたわ。少しは痛みがやわらぐかもしれない。脳震盪《のうしんとう》を起こしている可能性を考えると、あまり強い薬はのませたくないけれど」ワイリーは言った。

錠剤を半分に割り、女性の開いた手のひらにのせたとき、馬蹄形《ばていけい》の傷跡が目に入った。ワイリーは思わずその手をつかんでしまったので、錠剤が床に落ちた。

「痛っ」女性が言い、手を引っ込める。

「ごめんなさい」ワイリーはうろたえながら、身をかがめてアスピリンを拾った。

「はい、どうぞ」女性にもう一度錠剤を手渡す。

女性は怪訝《けげん》そうな目でワイリーを見たが、錠剤を舌にのせると、その苦味に顔をしかめた。

「水を飲んだほうがいいわ」ワイリーは優しい口調で言い、ペットボトルの口を女性の唇にそっと近づけて飲ませた。

女性のあざだらけの顔をじっと見ると、疑い深げな茶色い片方の目がこちらを見つめ返してくる。ワイリーは自分の片手に視線を落とした。手のひらには、おそろいの馬蹄形の傷跡がうっすらと残っていた。

35

夜中、少女は溺れる夢を見た。どろどろした黒い水が鼻と口と肺に流れ込んでくる夢で、空気を求めてあえぎながら目を覚ました。母親は少女を抱きしめ、大丈夫だと言ったが、大丈夫ではなかった。

地下室はヒーターでは追いつかないほど冷えきっている。少女はスープを飲み、自分が描いた絵に色を塗り、音量を小さくしてテレビを見て過ごした。

父親が階段をおりてくるたび、何が起こるかまったくわからなかった。ダクトテープを持っていることもあれば、もこもこしたピンクの砂糖衣《フロスティング》で飾られたカップケーキや、箱に入ったピザを持ってくることもあった。おやつを持ってきて、少女の髪に触れて、かわいいと言った日でさえ、すぐに平手打ちしたり、突き飛ばしたり、つねったりした。

母親はもっとひどいことをされていた。

ある朝、少女が目を覚ますと、ベッドの隣に母親がいないことに気づいた。目をこすり、部屋の中を見まわす。誰もいない。ベッドから這い出し、バスルームのドアを押し開ける。やはり誰もいなかった。クローゼットに扉はついていないし、ほかに隠れられそうな家具もない。

絶望が胸に押し寄せる。ひとりきりだった。母親に置き去りにされたのだ。

足を引きずって歩く音が頭上から聞こえた。父親がやってくる。母親はどうしたのか知りたがるだろう。なんと言えばいい？　ドアがきしみながら開いたので、少女は急いでベッドに戻り、すり切れた柔らかい毛布に頬を押し当て、親指をくわえた。

足音が近づくにつれ、少女の心臓の鼓動も大きくなり、父親にも聞こえているに違いないと思った。

「わたしのかわいい子」母親の声がした。「起きて」

たくさんの疑問がわいてきた。どこへ行ってたの？　何をしてたの？　どうして階段をのぼったの？

母親が人さし指を唇に押し当てて言った。「しいっ、わたしたちの小さな秘密を忘れないで」母親はいろいろなものをビニール袋に入れて上階から持ってきていた。リンゴが一個、ドル紙幣が数枚、さらに袋の底でジャラジャラ鳴っているのは、かなりの量の二十五セント、十セント、五セントの硬貨だった。

母親は少女にリンゴを手渡すと、ビニール袋の持ち手を結んでごみ箱の底に隠した。少女がリンゴをかじるあいだ、母親は部屋の中を歩きまわった。

その日は一日がやけにゆっくりと過ぎた。母親は何やら考えごとにふけり、そわそわしていた。どうしたのかときいても、母親はただほほえんで、なんでもないと答えた。少女はかすかな不安を覚え、戸棚に駆け寄り、食べ物がどれくらい残っているか確かめる。それから安堵《あんど》のため息をついた。まだたくさんあった。

「今夜、父さんは来ると思う?」少女は尋ねた。

「わからない」母親がドアを見あげる。「来ないことを願うわ」

だがその夜、少女の父親はやってきた。ひどく不機嫌だった。バスルームへ行くように言われ、少女はしぶしぶ従った。ひどいことになるのはわかっている。少女は棚から本を一冊選び、バスルームに入ってドアを閉めた。起こっていることは見えなくても、何もかもはっきり聞こえた。ベッドが激しくきしみ、母親は痛みをこらえきれずに泣き叫んでいた。それが終わるまで、少女は耳をふさいでいなければならなかった。

それから三日間、少女が目を覚ますと母親はいなかった。けれども必ず戻ってきて、そのたびにごみ箱の底に隠してある袋に入れる品物が増えていった。鋭いはさみ、電気かみそり、水のボトルが二本、そして鍵がふたつ。

「父さんが帰ってくるのが怖くないの?」少女はきいた。

母親が首を横に振る。「父さんはいつも六時に出かけて、町へ行ってコーヒーと一緒にドーナツを食べるの。そしてたいてい八時までに帰ってくる。あなたを愛してるわ」母親は唐突につぶやいた。少女はほほえんだが、胸騒ぎがした。その言い方が別れを告げているように聞こえたからだ。

その後、母親は眠っている少女を揺り起こした。「起きて」少女は肘をついて身を起こし、眠い目で母親を見返した。

「今、何時?」

「とにかく起きて、わたしの言うとおりにして。急がないと」母親は赤いスウェットシャツを頭からかぶった。「着替えて、トイレをすませて」

少女は言われたとおりにした。テレビの明かりがちらついている以外、部屋の中は真っ暗だ。天気予報のキャスターがみぞれと雪と突風について伝えている。少女はバスルームへ行き、ジーンズとグレーのスウェットシャツに着替え、テニスシューズを履いた。

「どうしたの？　父さんが来るの？」

母親が首を横に振る。「いいえ。よく聞いて、わたしたちはこれから恐ろしいことをしようとしているの。でも、母さんを信じてほしい。信じてくれる？」

少女はうなずいた。母親はごみ箱に近づき、ビニール袋を取り出すと、持ち手の結び目をほどいて、中からはさみと電気かみそりを取り出した。少女は眉をひそめた。はさみは別に怖くないが、少女のお絵描き道具の箱にしまってあるはさみよりもずっと鋭く、刃が長い。

「さあ、こっちに来て」母親が言った。「今からあなたの髪を切るわ」

「どうして？」

「母さんを信じてくれるわね？」母親が繰り返し、少女の目をまっすぐ見つめる。

「うん」小さな声で答えた。

母親は少女の髪を手に取ると、はさみで切り始めた。カールした長い黒髪が床に落ちる。少女ははっと息をのみ、頭に手をやった。

「心配しないで、すぐに元通りになるから。約束する」母親はそう言ってチョキチョキと切り続け、やがて床に黒髪の小山ができた。続いて電気かみそりのコンセントを差し込むと、低い振動音が始まる。母親は柔らかな毛が少しだけ残る少女の頭皮に電気かみそりを当てた。

しばらくすると、母親はふうっと大きな吐息をついた。「いいわ、終わった」

「見てきてもいい?」少女の問いかけに、母親がしぶしぶうなずく。

少女はバスルームに駆け込み、ひびの入った鏡の前に立った。ひどいありさまだった。まるで別人みたいだ。坊主頭と言ってもいいほどで、首も耳もむきだしになっている。

「お願い、泣かないで」母親も涙声になっていた。「めそめそしないで」少女は泣きやもうとしたが、こぼれる涙を止められない。「わたしたちはしばらく別の人間になるの。だからあなたの髪を切らなくちゃいけなかったし、母さんも自分の髪を切って、ここを出たら色を変えるつもり。男の子のふりをできる? 少しのあいだならできそう?」

少女はうなずいた。

「よかった。わたしたちはここを出ていく。そしてもう二度と戻らない」

「父さんが怒るんじゃない?」少女は涙を流しながら尋ねた。

「ええ、だから急がないと」母親は腰まである自分の髪を、肩より上の高さに切り始めた。「階上《うえ》のカレンダーの今日の日付のところに〝牛の競売、ネブラスカ州バレル〟

と書かれていたの。でも急がなきゃ。わたしたちは今からここを出ていくのよ。一緒に持っていく大切なものを選びなさい、母さんは鍵を開けるわ」

ふたりでここを出ていく。本当に階段をのぼって、あのドアから出ていく。興奮で少女の体に震えが走った。ついに〝あっち〟へ行くのだ。何を持っていくべきか、それはわかりきっている。ウサギ柄の小さなタオル。生まれたときからずっと使っているタオルだ。本を何冊かとお絵描き道具の箱も持っていきたいけれど、ひとつだけにしてと母親に言われたし、タオルを置いていくわけにはいかない。そのとき、緑色の服を着たプラスチック製のフィギュアが目にとまった。小さい頃に母親からもらったもので、母親がずっと持っていたそうだ。最近は塗り絵や読書をして過ごすことが多かったので、そのフィギュアの存在をほとんど忘れていた。少女はそのフィギュアをポケットに滑り込ませた。ふたつ持っていったとしても、母親は気にしないだろう。

「やだ、嘘でしょ」階段の上から母親の声がした。続いてドアの取っ手をガチャガチャまわす音と、木製の扉をこぶしで叩く音が聞こえる。「うまく開かない」母親は敗北感のにじむ声で言い、階段をおりてきて一番下の段に腰をおろした。「きっと鍵をもうひとつ追加したんだわ。開かないの。わたしたちが何かたくらんでいたことがばれてしまう。あなたの髪も切ってしまったし、わたしは殺されるわ」そう言って、両手に顔をうずめる。

「ばれないよ」少女は母親の隣に体を滑り込ませて階段に座った。「わたしが自分でやったって言う。ね、約束の指切り」

「ばれるわ」母親が首を横に振る。「母さんがこの部屋から出て、鍵とお金と電気かみそりを盗んだことがばれてしまう。ごめんね、本当にごめんね」母親は泣いた。

「大丈夫だってあなたに約束したのに、大丈夫なんかじゃない」

ふたりはしばらくそのまま座っていた。少女は片手で母親の背中をさすり、もう一方の手で短く刈られた頭を撫でた。狭い部屋を見まわす。それほど悪くなかった。ベッドとテレビと本棚があるし、窓もある。

「母さん」少女は背筋を伸ばして母親の腕を引っ張った。少女が指さした方向を母親が目で追う。「ドアを使わなくても、窓を使えばいいんだよ」

36

現在

そんなはずはない、とワイリーは思った。ありえない。ベッキーは死んだはずだ。何年も前に。そう確信していた。

でも、もしそれが事実でなかったとしたら？　ベッキーは長い年月、どこかに隠されていたのだとしたら？　彼女を連れ去った男とのあいだに子どもをもうけていたとしたら？

罪悪感が胸に押し寄せた。殺人事件が起きた夜の光景が脳裏に浮かぶ。ベッキーと一緒に寝室にいるとき、窓から月明かりが差し込んでいた。その少しあとに、ベッキーは行方不明になった。

ワイリーがいなければ、ベッキーはあの家にすらいなかっただろう。

頭の中で小さな声が割り込んできた。女性の手にある馬蹄形の傷跡は、ワイリーのものとおそろいだ、と。

ワイリーは目をしばたたき、首を小さく横に振った。やはりありえない。ベッキー・アレンは死んだのだ。

長年、ワイリーは逃げ続けてきた。過去から、この家から、あのおぞましい夜から、彼女の家族全員を奪った男から。

両親が殺されてから間もなく、ワイリーは祖父母と一緒にバーデンから三百キロ以上離れた場所へ引っ越し、新しい生活を始めた。失ったもののすべてを思い出させるものから逃れるために。彼女の家族を殺した犯人だと誰もが知る男から遠ざかるために。祖父母は新しい人生を始めようとしてくれたが、彼女はどこへ行っても過去に取りつかれていた。いつまでもジョージー・ドイルのままだった――家族を殺され、親友が何ひとつ痕跡を残さず行方知れずになった少女。大人になり、もうこれ以上ジョージー・ドイルではいられないと思い知ったとき、ウィリアムのW、リンのL、イーサンのE、そして祖母の旧姓から名前を取り、ワイリー・ラークと名乗るようになった。

その後、恐ろしい犯罪をテーマにした本の執筆を始めた。なぜだろう？　詳しく分析しようと思ったことは一度もないが、理屈は通っている。自分の家族が殺され、親友が誘拐された事件は迷宮入りになった。だからこそ、ほかの人たちの悲劇を記録するのだ。

これまではそうだった。でも今は、自分自身の話を書いていた。ジョージー・ドイルの体験を世界中の人たちに読んでもらい、よく知ってもらうために。

やはりありえない。ワイリーはフォルダーを閉じて立ちあがった。さすがにばかげている。ベッキーは死んだのだ。おかしな考えを頭から振り払おうと決めたとき、外から低く響く音がかすかに聞こえてきた。

「なんの音？」女性が怯えながらきいた。

少女が家の正面の窓に駆け寄り、ブラインドをあげる。「光が見える」少女は叫んだ。「道の先のほうに」

「こっちに来なさい」女性が命じた。「そこから離れて」少女は後ろめたそうな顔をして母親のそばに戻った。

「除雪車だと思うわ」ワイリーはほっとした。

耳を澄ますと、エンジンのうなりとともに雪を押しのける音がはっきりと聞こえた。女性が不安げな表情になったので、ワイリーは言った。「これはいいことよ。嵐が過ぎつつあるということだもの。もうじき電力が復旧して、電気と暖房が使えるようになるわ」女性は納得できないようだ。

エンジン音がぴたりとやんだ。「もう行った?」少女がきく。「全部終わったの?」

「たぶんそうね。でも、道路の反対側を除雪するために戻ってくるはずよ」ワイリーは説明した。

少女が母親のそばを離れ、窓際に戻る。「どうしてまだ光が見えるの?」ワイリーも窓辺へ行き、女性もよく見ようとソファから身を乗り出した。「動けなくなったのかも」少女が考えを述べる。

「それとも、あなたたちの横転したトラックを見つけて止まったのかもしれない」ワイリーは言った。「ちょっと様子を見に行って、話をしてくるわ」

「お願い、やめて」女性が言う。「ここにいて」

「少しのあいだだけよ。心配しないで。除雪車に無線がついていたら、助けを呼べるかもしれないし」

女性の反対意見に耳を貸さず、ワイリーはソファの背もたれにかけていたコートをつかむと、懐中電灯を持ってマッドルームへ向かった。ブーツに足を押し込み、ニット帽の中に髪をたくし込む。除雪車が立ち去る前に、ドライバーに声をかけなければならない。無線で助けを求め、治療が必要な人がいると通報してもらうことくらいはできるだろう。

玄関のドアを押し開けたとたん、防寒着に身を包んだ男が目の前に現れ、ワイリーは驚いて懐中電灯を地面に落とした。鈍い音をたてて転がった懐中電灯を拾おうと、ふたり同時に身をかがめる。

先に懐中電灯を手にしたのはワイリーだった。「ああ、びっくりした。驚かさないで」ぎこちない笑い声をあげる。「ちょうど外へ出て、あなたに声をかけようとしていたところだったの」

「怖がらせるつもりはなかった」男が言い、ふたりはまっすぐに立った。

「ええ、そうよね」ワイリーは懐中電灯を男のほうに向けた。「あなたがここに来てくれてよかった。わたしたち……」そのとき、男が誰だか気づいた。ジャクソン・ヘンリー。彼女の家族を殺した男。ベッキーを誘拐した男だ。

37

二〇〇〇年八月

事態は急速に展開していた。捜索犬がヘンリー家の敷地の端で当たりを引き当てたという報告が、サントス捜査官のもとにもたらされたのだ。幸いなことに死体ではなかった。しかし、ベッキー・アレンのにおいがついた血まみれの布の切れ端が見つかったというのは、かなり悪い知らせだ。

捜索令状がおりるのを待っているあいだに、ジャクソン・ヘンリーに関してさらに不審な点がいくつか明らかになった。彼は〝砂漠の剣作戦〟でクウェートを解放する地上戦に参加したが、それ以降は上官と何度かもめごとを起こし、軍歴に傷がついていた。どうやらジャクソン・ヘンリーは命令に従うことを嫌い、大酒飲みで、女性兵士にいやがらせをするのをおもしろがる男のようだった。

ある女性は、ジャクソンとほかの男性兵士たちから精神的、性的ハラスメントを受け、神経衰弱に陥りかけたと訴えた。別の女性は、ジャクソンと一夜をともにしたあと帰宅させてもらえなかったと、不法監禁の罪で告訴していた。最終的に告訴は取りさげられたものの、どうやら若い兵士だった時分でさえ、ジャクソンはガールフレンドを独占したがるタイプだったらしい。

その後、ジャクソンは一応アルコールとの闘いに取り組んだようだが、一九九二年にバーデンへ戻ったときには、以前とは別人のようになっていた。

血のついた布の切れ端が見つかったからといって、ジャクソン・ヘンリーが罪を犯したという証拠にはならないが、どうもきなくさい。ただし、それがベッキーの血液かどうかはまだわかっていない。彼女が布を触ったり、手に持ったりしてにおいが移ったのかもしれないし、血液は別の人間のものかもしれない。

ヘンリー家の敷地の捜索令状を取るのに、貴重な時間が費やされた。敷地の端でひとつの証拠が見つかったからといって、判事は即座に捜索の許可を出すわけではない。だがジャクソンの不審な挙動と過去の法的問題が後押しとなり、判事は令状にサインすることに同意した。

あとはベッキーにとって手遅れではないことを祈るばかりだ。

サントスはヘンリー家の前に車を止めた。そのとたん、ゴムが焦げたような悪臭が鼻をついた。こんな暑い日にいったい何を燃やしているのだろう？　バトラー保安官も同じことを考えた。サントスが車からおりると、バトラーは頭を振り、彼女のほうに近づいてきた。

「あいつ、さては何か燃やしてるな」バトラーが怒りで顔を紅潮させて言う。「昨日のうちに話を聞いておくべきだった」

「だったら、今から話を聞くことにしましょう」サントスは言った。「でもその前に、彼を見つけないと。わたしたちは令状を執行してミセス・ヘンリーに話を聞くわ。あなたは燃やしているものの山に向かって、彼が証拠を灰にしようとしていないか確認してちょうだい」

「気をつけたほうがいい。もしジャクソンが家にいて酔っ払っていたら、何をしでかすかまったく予測がつかない」

「了解」サントスは言うと、保安官補ふたりとともに家に近づいた。窓を覆っている厚いカーテンの向こうで何かが動くのが見えた。「あれが見える？」サントスはきいた。先導していた保安官補がうなずき、サントスは携行している拳銃に手をやった。

警戒しながら踏み板の壊れた階段をゆっくり進み、玄関ポーチにあがる。

サントスはドアをノックし、警察だと名乗った。「ミセス・ヘンリー」大声で告げる。「われわれは家宅捜索令状を持っています。ドアを開けてください」

ドアが少しだけ開き、うるんだ青い目が彼らを見つめ返した。「何事?」ジューン・ヘンリーがきいた。

「失礼します、アイオワ州犯罪捜査局のカミラ・サントス捜査官です。われわれはお宅と隣接する土地の捜索令状を持っています。ドアを開けてください」ジューンが次に取るべき行動を決めるのを、サントスと保安官補たちは緊張しながら待った。

リーヴァイ・ロビンス保安官補が、この地域でよく知られた性犯罪者に事情聴取をしているときだった。のちに彼の警官としてのキャリアに終止符が打たれ、ブレイク郡保安官事務所に対して民事訴訟が起こされるきっかけとなる、ふたつの情報が入ってきたのは。

ひとつ目は、ドイル家の納屋の餌槽の中から十六歳のイーサン・ドイルの遺体が発見されたというものだった。

「町を離れるなよ」リーヴァイは尋問中だった卑劣な前科者に言った。

リーヴァイはパトカーに飛び乗り、ドイル家の農場へ向かって車を走らせた。気の毒な家族だ、とリーヴァイは思った。せめてもの慰めは、両親を殺害し、ベッキーを誘拐した犯人がイーサンではなかったということだ。しかしだからといって、ドイル家の四人中三人が命を落としたという事実に変わりはないし、十三歳の少女は今なお行方不明だ。

リーヴァイの頭の中にはいくつもの疑問が飛び交っていた。そのとき、ふたつ目の情報が入ってきた。州警察の迅速な捜査のおかげで、アレン家にかかってきた電話の発信番号を突き止めることに成功したという。これでイーサン・ドイルと名乗って電話をかけた人物が絞られる。発信場所はカッター宅だった。

ブロック・カッターを探せと、リーヴァイの直感が告げていた。カッターの野郎め。あいつはイーサンが殺人を犯したに違いないと言った。イーサンは両親に殺意を抱いていたし、アレン家の娘とも何か関係があったようだとほのめかした。全部でたらめだったのだ。だとしたら、カッターは何をしでかした？　犯行現場へ向かうべきか、あるいはカッターを追うべきか？　ドイル家へ続く道に入ろうとしたところでリーヴァイは考え直し、カッター家の農場へ直行することにした。何か答えが見つかるはずだ。

そのとき、遠くから一台の車が猛スピードで走ってくるのが見えた。ブレーキを軽く踏み、ドライバーと視線を合わせる。ブロック・カッターだった。急ブレーキをかけた瞬間、タイヤがきしみをあげて路面を横滑りし、鼻をつく煙とタイヤのスリップ痕を残した。リーヴァイはパトカーをUターンさせると、警告灯とサイレンをつけ、アクセルを踏み込んだ。

前を走るカッターの車はどんどんスピードをあげている。いったいどういうことだ？

アクセルを目一杯踏み込んで、パトカーはサイレンを響かせながら前進し、カッターのピックアップトラックのすぐ後ろに追いついた。なぜあの悪ガキは車を止めないのだろう？　カッターが急に右折して砂利道に入ったので、リーヴァイは危うく曲がり損ねそうになった。「くそっ」声を張りあげた瞬間、トウモロコシ畑に突っ込みかけ、ハンドルを左に切ってどうにか車体をまっすぐにする。それでもなお、カッターは猛スピードで進んでいる。砂ぼこりがもうもうと舞いあがり、二台の車は灰色の雲に包まれた。前も横も後ろも見えない。チョークの粉のような砂ぼこりがフロントガラスを覆い尽くしている。

スピードを落とす必要があったが、すでに手遅れだった。パトカーはブロック・カッターのトラックの荷台に激突した。その瞬間、金属がつぶれる音が耳に響き渡り、両脚が折れ、胴体にシートベルトが食い込むのをリーヴァイは感じた。痛みにうめき、車が回転して胃が飛び出そうになりつつ、やがて停止した。目を開けると、パトカーの前部がひしゃげ、両脚がハンドルの下敷きになっていた。不思議と痛みはなく、ただ胸部が強く圧迫されていた。

恐る恐る首を左右にめぐらせてみる。少なくとも首は動くようだ。次に足の親指を試してみた。動かせるような気がするが、よくわからない。周囲の土ぼこりが少しずつおさまり、徐々に車の外の世界が見えるようになってきた。ヘッドライトの明るい光の中に、リーヴァイはその光景を見た。カッターのトラックが電柱にぶつかり、ほぼ真っ二つになっている。そして運転席のドアから半分飛び出したブロック・カッターは、こぶしが砂利道にこすられ、首がぱっくり裂けていた。彼は動いていなかった。なぜこんなことに？　血の海が広がっている。

リーヴァイは目を閉じた。ただ答えを求めていただけだ。ドイル家とあの少女に何が起こったのか、突き止めたかった。ブロック・カッターを追ったのは正しい選択だった、そうだろう？　ただ自分の任務を遂行しただけだ。

38

「さがってなさい」母親はトイレタンクの陶器の蓋を持ち、窓の下に置いた椅子の上に立った。目を閉じて、蓋を窓にぶつけた瞬間、ガラスが床に砕け散った。母親が放り投げた蓋がコンクリートの床に当たって割れ、少女はびくっとした。「タオルをちょうだい」母親が指示する。

少女が手渡すと、母親はそのタオルを手に巻きつけ、窓に割れ残ったガラスを取り除いていった。カチカチにかたまった雪の壁が、こちらを見つめ返している。母親は手で雪を掘り出そうとしたがうまくいかず、ヒーターを持ってくるよう少女に告げた。

少女が言われたとおりにすると、母親は小さなヒーターを雪のすぐ手前に置いた。「椅子をもうひとつ持ってきて。それとスプーンも」母親が言う。少女はスプーンを探し出すと、もうひとつの折りたたみ椅子を母親の隣へ引っ張っていき、その上にのぼった。「今度はヒーターを持っていて。母さんが掘るから」

手早く作業を進めると、十分もしないうちに母親の腕はとけた雪でびしょ濡れになった。窓から吹き込む風の冷たさに、少女は思わず息をのむ。

「これでいいわ。冷え込みそうだから急がないと。ビニール袋を母さんに渡したら、毛布を取ってきて」

少女は椅子から飛びおりて、ガラスをざくざく踏みながらテーブルに駆け寄り、必要なものを取って母親のもとに戻った。

「あなたを先に通り抜けさせてから、母さんも這い出る。ガラスで切らないようにね」母親が少女の体を抱えあげると、少女は楽々と窓を通り抜けた。次にタオルとビニール袋が出てくる。少女は後ろにさがり、母親を待った。みぞれが降っていた。氷混じりの雨が首筋を伝い、冷たい風がスウェットシャツとジーンズ越しに肌を刺す。

母親は何度か試みてようやく体を引きあげ、割れた窓の枠から肩を出した。少女は母親が伸ばした両腕をつかんで引っ張った。母親はうめき声をもらしながら体を持ちあげて窓を通り抜けると、雪の上に倒れ込んだ。

母親はすぐに立ちあがり、周囲を見まわして自分のいる位置を確認しようとした。

「こっちよ」氷の粒を顔に受け、目を細めて言う。ふたりは手をつなぎ、滑りやすい庭を横切って家の前まで来ると、雨を避けて玄関ポーチに立った。

「次はどうするの?」少女は尋ね、震える体を母親に密着させた。夜は暗く、じめじめと寒くて、想像していたよりも大変に思える。

母親がビニール袋を開け、数日前に見つけた鍵束を取り出した。「この中にトラックの鍵があることはわかってるの。玄関の鍵も見つかるといいけど。さもないと歩かなければならないわ」

母親はひとつ目の鍵で、玄関のドアが開くか試してみた。合わない。さらにふたつ目、三つ目。ついに四つ目の鍵がすっと入り、ドアが開いた。家の中に入ると、ふたりは暗い部屋を横切ってキッチンへ行った。母親が地下室のドアの前で足を止める。「だから開かなかったのね」小声で言い、ドアの上部についているスライドロックを左に引いた。「鍵をふたつかけていたから」母親はスライドロックを元の位置に戻した。

「さあ、こっちよ」母親は少女を別のドアへと導いた。そのドアを開けると、窓のない暗い空間が広がっていた。母親が壁を手探りすると、室内がぱっと明るくなった。ガレージだった。駐車スペースのひとつは空いていて、もうひとつのほうには防水シートで覆われた車が止まっている。

母親が防水シートを引きはがすと、錆びて傷だらけの黒いトラックが現れた。このトラックは、めったに乗らないけれど処分するつもりはないと父親が言っていたものだ。ときどき乗って、思い出にふけるのが好きなのだという。

母親は冷たい金属に手を這わせた。黒い塗料のかけらが指につく。「乗って」母親は少女のためにドアを開けた。「シートベルトを締めてね」

少女は何を言われているのかわからなかった。

母親も少女のあとからトラックに乗り込み、ドアを閉める。そして鍵束を探り、イグニッションキーを見つけ出すと、手を伸ばして少女の腰と胸に合うようにシートベルトを引っ張り、留め金をはめた。

「どうやって外に出るの?」少女は閉ざされたままのガレージのドアを見つめてきいた。

「こうやるのよ」母親は頭上に手を伸ばし、黒いボタンを押した。すると大きな音を轟《とどろ》かせながら、ガレージのドアがゆっくりとあがり始めた。母親がハンドルに手をかけ、目の前にあるものをしげしげと見る。キーをまわすと、トラックのエンジンが動きだした。「さあ、行くわよ」母親は言い、不安げな笑みを浮かべた。

トラックはふらふらと前に進み出て、氷の張った私道に出た。車体の後部が左に揺れ、右に揺れ、ようやくまっすぐになる。母親は軽くアクセルを踏んだり、ブレーキを踏んだりしながら、じりじりと車を進めた。

「どこへ行くの?」長い私道をゆっくり進みながら、少女は問いかけた。

「しいっ、集中しないと」氷混じりの雨が吹きつけ、フロントガラスは霧で覆われて前がよく見通せない。ヘッドライトとワイパーを見つけると、それがいくらか役に立った。私道の端まで来たとき、母親は決断を迫られた。右へ曲がるべきか、左へ曲がるべきか。自分たちがどこにいるのかも、どこへ向かうべきなのかもわからない。

母親は深呼吸し、右に曲がった。

トラックがしょっちゅう揺れたり滑ったり止まったりするので、胃がむかむかし始め、少女はタオルを握りしめて吐かずにすむよう願った。

やがて母親はこつをつかんだらしく、ゆっくりとだが車を走らせることができるようになった。「何が起こっても」母親が口を開く。「あなたは先に進みなさい。彼が現れたら、とにかく逃げて。たとえ母さんとはぐれても逃げ続けるのよ。わかった?」

母親はふたたび右折した。ここは路面が滑りにくいらしく、アクセルを踏み込む。トラックがスピードをあげた。母親が少女に目をやった。「どこか安全な場所を探すの。誰にも何も言っちゃだめ。自分の名前も、母さんの名前も。安全な場所に逃げられたとわかるまで何も言わないで」

「安全かどうかはどうやってわかるの？」

「きっとわかるわ」母親が言う。「わかるはずよ」

それはどうだろう、と少女は思った。目の前の道路に目を向ける。これからはどこへでも行けるし、誰にでもなれるのだ。そのとき、ヘッドライトの向こうに木が見えた。一本の木が道の真ん中にまっすぐ生えている。「母さん！」少女は叫んだ。

母親はハンドルを右に切ろうとしたが、トラックは木にぶつかった。金属がつぶれる音と木が裂ける音が聞こえ、次の瞬間にはもう道路がなくなっていた。胃が揺さぶられ、トラックが上下に揺れて跳ねあがったかと思うと、突然逆さまになる。少女は舌を噛んでしまい、口の中が血まみれになった。何かかたいものに頭がぶつかり、トラックは回転しながら滑っていき、急に止まった。

少女は座席に座ったまま、逆さまになっていた。母親の姿が見当たらない。頭に触れてみると、手が血で赤く染まった。「母さん？」大声で呼んでみる。返事がない。フロントガラスが粉々に砕け、割れたガラスのプリズム越しに見えるのは白だけだ。気温がどんどんさがっている。痛む指でどうにかシートベルトを外したとたん、ドスンと落ちた。少女はもともと天井だった場所に座っていた。もう一度大声で母親を呼んだが、聞こえるのは風の叫び声だけだ。

どうすればいいのかわからない。頭が痛くて吐きそうだし、手足の指先が冷たく、焼けるように痛い。母親が先に進めと言っていたので、そうするつもりだった。何があろうとも。トラックのドアのひとつが開いていて、少女はそこからふらふらと這い出した。周囲には壊れた車体の破片が散乱しているが、母親の姿はどこにもない。

「母さん、どこ？」少女が叫んだ言葉は激しく降りしきる雪にかき消された。

あふれた涙が冷たい頬を伝った。先に進め、と自分に言い聞かせる。だが一歩踏み出したとたん、足を滑らせて地面に倒れた。少女は四つん這いで進み、どうにか小さな丘の上にたどり着いた。嵐の中で目を細めると、それが見えた。青白く弱々しいけれど、たしかにそこにある。少女は立ちあがり、ゆっくりと一歩ずつ進んだ。その星を目指して。

39

二〇〇〇年八月

玄関のドアがゆっくり開く。サントス捜査官は目の前に立っている女性を観察した。がりがりに痩せ、顔色が悪く、やつれている。死期がそう遠くないように見えた。

「あなたたちが来るだろうとあの子が言ってたわ」ジューンはしわがれた声で言った。

「ジャクソンはどこに？」サントスは尋ね、すばやく室内に視線を走らせた。

ジューンがぐったりした様子で椅子に腰をおろした。「わたしの息子よ。あの子を愛しているの」ぽつりと言う。

ジャクソン・ヘンリーの母親からは協力を得られないことをサントスは悟った。

「彼女に付き添っていて」保安官補のひとりに命じる。

サントスたちは家の中をざっと捜索した。どこを見てもきちんと整頓され、コンクリートの壁と床に囲まれた地下室でさえ、きれいに掃除されている。ジャクソン・ヘンリーとベッキー・アレンがいるような気配はまったくなかった。サントスが居間へ戻ると、ジューン・ヘンリーは座ったまま、警戒のまなざしで彼らを見つめていた。

これまでのところ、ごく普通の家だ。結婚し、ひとり息子を育てた年配女性が暮らす典型的な家に見える。さまざまな年齢のジャクソンや、ジューンと夫の結婚式の写真が飾られている。だが何かが欠けていた。

そのときサントスは思い当たった。この家はどこから見ても病気の年配女性が暮らす家で、成人した息子と一緒に暮らしているようには見えないのだ。ジャクソンがこの家で寝ている形跡はないし、彼の服や身のまわりの品でいっぱいのクローゼットもなかった。

どう見ても、ジャクソンはこの家で生活していない。つまり彼は敷地内のどこか別の場所で過ごしているのだ。

サントスは家の正面の窓に近づき、カーテンを開けた。外ではバトラー保安官たちが敷地内と離れ家を捜索している。ずっと遠くのほうで、燃えているタイヤの山から黒い煙が立ちのぼっているのを見た瞬間、サントスは胃のむかつきを覚えた。

タイヤを燃やすのは、倒木の枝や庭のごみを燃やすのとはわけが違う。法律で禁じられているのだ。一九九一年以来ずっと。ジャクソンもそのことは承知しているはずだが、どうやらまったく意に介していないらしい。タイヤに火をつけるのは容易ではない。高温で燃えるので、一度火がつくと消火するのは困難だ。しかもタイヤ火災の煙には、有害な化学物質や一酸化炭素が大量に含まれている。

ジャクソンは警察が来ることがわかっていたとジューンは言っていた。タイヤを燃やした罪で逮捕されたとしても、ドイル家の殺人事件とベッキー・アレン失踪への関与を示す証拠を隠滅できるなら、やる価値があるということか。

あの火を消さなければならない。

「最寄りの消防署に通報して、ここに出動させて」サントスは指示を出した。「タイヤ火災だと伝えてちょうだい」

サントスはジューンのほうを向いた。「ミセス・ヘンリー、ここにいるのは危険です。タイヤ火災の煙とガスで体調を崩す可能性があります。ここから避難してもらわなければなりません」

ジューンがあきらめたように肩を落とし、よろよろと立ちあがる。「あなたは誤解しているわ。ジャクソンはあの家族を殺していないし、あの女の子を誘拐してもいない」

「そう願っています」サントスが言うと、保安官補がジューンを家の外へ連れ出した。

そのとき銃声が響き渡り、サントスは急いで外へ飛び出した。あたりには黒い煙が立ち込め、ゴムの燃えるにおいが鼻をつき、目が焼けるように痛くなってくる。サントスは肘で口を覆い、銃声がしたほうへ向かった。

家から百メートルほど離れた場所にゴムタイヤが積まれていて、そこから出火していた。サントスが火元に近づくと、苦しそうに咳き込みながら反対方向へ急ぐ保安官補たちとすれ違った。

走ってきた保安官補をつかまえる。「何が起きているの？」

「男がショットガンを持って火元を見張っていて、誰も近づけないんです」保安官補の目は煙で赤くなっていた。「火の中に銃器を投げ込んでいるところを目撃しました。大量に所持していたようです。まるで武器庫ですよ」

「さっきの銃声は？」サントスはきいた。「負傷者は？」

「見えませんでした。煙がすごすぎて」保安官補が膝に両手をついて身をかがめ、咳き込みながらえずく。

「早く行って。全員を敷地から退避させたら応援を呼んでちょうだい」保安官補はうなずき、黒い煙の中へ消えていった。

自分も安全な場所に退避するべきだとわかっていたが、煙の中からバトラー保安官がまだ戻ってこないので、彼を置き去りにするわけにはいかなかった。サントスはスーツのジャケットを脱ぐとそれで顔を覆い、煙の中に踏み込んだ。

タイヤの山はすっかり炎に包まれていた。ジャクソン・ヘンリーは炎の前に立ち、ショットガンを振りまわしている。目には背後の炎のように異様な光が燃えあがり、足元にはガソリンの入った缶がいくつか置かれていた。

サントスはジャケットを投げ捨て、拳銃を構えた。

バトラーは有毒なガスにやられたらしく、地面に膝をついて苦しそうにあえいでいる。「ジャクソン・ヘンリー、武器をおろしなさい」サントスは煙の中で呼びかけた。

「やっぱりあんたか」ジャクソンはろれつがまわっていない。酔っているのだとサントスは気づいた。凶暴になっていて、何をしでかすか予測がつかない。彼の顔は煤《すす》で黒くなり、青い目が怒りでぎらついている。「おれはあの女の子を助けようとしただけだ。血を流していたから、助けたいと思っただけだ。それなのに、あんたはおれが彼女を誘拐したと思ってる」

サントスの肺の中で黒い煙がセメントのようにかたまりだした。バトラーをここから退避させなければならない。もちろんサントス自身も。

ジャクソンを撃つべきだろうか？　そのほうが早急に解決できるだろう。ショットガンを振りまわしているのだから、正当な行為と見なされるはずだ。まるで射殺してほしいと懇願しているようなものだ。だが、答えを知るべき疑問がたくさんある。その最たるものはベッキー・アレンの居場所だ。ジャクソンが死んだら、ベッキー・アレンも道連れになってしまう可能性がある。

サントスは決断した。危険を伴うが、これが真実を知る唯一のチャンスかもしれない。彼女は拳銃をさげた。同僚たちが援護してくれていることはわかっていた。

「ねえ、ジャクソン、その件について話をしましょう。あなたの言い分を聞かせて。方法と場所は変えてほしいの。どこか安全な場所に移動しましょう」

ジャクソンが首を横に振る。「どうせ信じちゃくれないんだ。誰もおれの話なんて信じようとしない」

「そんなことないわ」サントスはあわてて言った。「あなたのお母さんは信じているはずよ」

ジャクソンは冷ややかに笑うと、傍らにあるガソリンの缶を蹴り倒した。次の瞬間、大きな音がして爆発が起こった。ジャクソンは炎が自分のほうに押し寄せてくるのを、陶然として見つめている。炎は猛スピードで地面を進み、燃える蛇のように彼の足首に巻きついて、脚へ這いあがった。

サントスは拳銃を投げ出し、ジャクソンのもとに駆け寄った。ジャクソンの脚だけでなく腕にまで飛び火した炎を、ジャケットで消し止めようとする。防火服に身を包んだ消防士たちが大挙してやってきた。誰かがサントスの顔に酸素マスクを押しつけ、立ちあがらせる。

苦悶《くもん》の叫びがサントスの耳に響いた。ジャクソン・ヘンリーが命拾いしたら、ベッキー・アレンに何が起こったのか白状するだろう。

40

現在

懐中電灯を男に向け、ワイリーはその顔をよく観察した。二十二年経っているので当然といえば当然だが、白髪交じりの縮れた毛の生え際が後退し、深いしわが刻まれた額があらわになっている。だが間違いない。顎の下におぞましい傷跡が見える。彼の写真は、ニュースや長年取っておいた新聞の切り抜きで何度も何度も見ている。この男はジャクソン・ヘンリーだ。ワイリーの家族を殺し、ベッキーを誘拐し、今また彼女を連れ戻しに来た男。

ワイリーは懐中電灯で男を殴りつけたいという衝動を必死にこらえた。血まみれになるまで蹴りつけ、叩きのめし、両親や兄と同じ目に遭わせてやりたい。死んでほしかった。しかし少なくとも今は、怒りを抑えなければならない。この男が家の中に入ってこられないようにしなければ。

「大破した車を見つけて、もしかしたら助けを必要としているんじゃないかと思ってね。ちょうどノックしようとしていたところだ」

「いいえ、わたしたちは大丈夫よ」ひとりではないことをほのめかしてしまい、ワイリーは心の中で自分を蹴飛ばした。「夫とわたしはまったく問題ないわ」嘘をついて信じ込ませ、ジャクソンが帰ってくれることを願う。

「ひどい事故だったようだ。明かりがいくつか見えたから、もし生存者がいるなら嵐を逃れるためにここへ来たんじゃないかと思ったんだ。事故が起きた場所からはこの家が一番近いだろう。まさか、この家に誰か住んでいるなんて思いもしなかった」

ジャクソンはそう言って、ニット帽を脱いだ。

ジャクソンはワイリーが誰なのか気づいていないようだ。少なくとも、うまく知らないふりをしている。ワイリーと祖父母は葬儀を終えてすぐにこの土地を離れた。それから二十年以上、ここを訪れたことは一度もなかったし、ジョージー・ドイルがワイリー・ラークとしてこの町に戻ってきたことを知る者も誰もいないはずだった。

とはいえ、ジャクソン・ヘンリーには絶えず監視の目を光らせていた。ワイリーは車で彼の家の前を通ってみた。当時、母親と暮らしていたあの家だ。タイヤや農機具などのがらくたはほとんど片づけられ、残っているのは庭に止まっている数台の車だけだった。除雪車を運転していたのがこの男だとは思いもしなかった。

「事故に遭った人は来たかい？」ジャクソンが尋ねる。

ワイリーは答える前にひと呼吸置いた。彼女と同じようにジャクソンも監視の目を光らせていたとしたら、夫がいないことや、ここにひとりで滞在していることはすでに知られているかもしれない。もっとも、ワイリーは地元の人たちといっさい交流せず、細心の注意を払っていた。本のための取材も、数カ月前にすべて電話で行った。自分の正体を誰にも知られたくなかったからだ。

「いいえ」努めてさりげない口調で答えた。「わたしも様子を見に行ってみたんだけど、すでに誰かに助けられたあとのようだったわ。わざわざ立ち寄ってくれてありがとう」彼をここから追い出す方法を見つけなければ。

「おれはジャックだ。その道の一キロ半ほど先に住んでる。この家を借りている人がいるとは知らなかったよ。さっきも言ったが、大破した車を見て、様子を見に来たんだ」

「わたしはワイリーよ」そう名乗ったが、ジャクソンは顔色ひとつ変えなかった。

「夫とふたりでこの家を借りているの」どうやら本当に、自分が人生をめちゃくちゃにした女が目の前にいることに気づいていないらしい。けれども、ベッキーと彼女の娘が別の部屋にいることは勘づいているに違いない。

「実を言うと、あなたに手伝ってもらいたいことがあるの」ワイリーは言った。「暖炉の薪を切らしてしまったんだけど、寝ている夫をわざわざ起こしたくなくて。何本か抱えて運んでもらえないかしら?」不自然に聞こえないことを願う。

「お安いご用だ。置いてある場所を教えてくれ」

「向こうの道具小屋なの。一緒に来て、案内するわ」ワイリーは息を詰めて嵐の中を歩き、ジャクソンを古い道具小屋まで連れていった。母屋と納屋のあいだにある、ちっぽけだが頑丈な建物だ。この計画がうまくいくかどうかはわからないが、これ以外に打つ手がなかった。

ワイリーは道具小屋の扉を開け、悲しげな風の音に負けないように叫んだ。「薪はここよ。ふたりで腕いっぱい抱えて運べば、ひと晩乗りきれるわ」

ジャクソンがうなずいたので、ふたりは暗い小屋に足を踏み入れた。「あそこよ」ワイリーは口早に言い、懐中電灯で奥のほうを照らした。その光を頼りに、頑丈で細長い道具はないかと室内に目を走らせる。ドライバーが目にとまり、壁からひったくるように手に取った。

「よく見えないな。もう一度こっちを照らしてくれないか?」

その瞬間、ワイリーは行動を起こした。ジャクソンを背後から突き飛ばし、地面に膝をつかせた。

「うわっ」ジャクソンが驚いて声をあげる。

ワイリーは向きを変えて駆けだした。心臓が早鐘を打っている。背後から足音が聞こえ、首筋に彼の熱い息がかかるような気がした。その瞬間、彼女はあのトウモロコシ畑に戻り、殺人鬼から逃げきろうとしていた。立ち止まることもなければ、相手との距離を確認するために振り返ることもしない。

外へ出て扉を勢いよく閉めると、掛け金をかけ、急いでそこにドライバーを滑り込ませて固定した。その瞬間、体がドアにぶつかる鈍い音がした。

「おい」ジャクソンが大声で言い、ドアを叩く。「出してくれ!」

ジャクソンが重たい木製の扉の隙間に体を押し込もうとしたので、ワイリーは扉に背中を押しつけた。扉はガタガタ揺れたが、急ごしらえの鍵は頑丈だった。とりあえず今のところは持ちこたえられるだろう。

道具小屋の中からしわがれた叫び声と足音、扉に肩をぶつける音が聞こえた。やがてドスンという衝撃音のあと、うめき声をあげて地面に倒れ込む音がした。

そして何も聞こえなくなった。物音ひとつしない。扉の向こう側で何かが動く気配はまったく感じられない。

銃を見つけなくては。ジャクソンをこのまま小屋の中に閉じ込め、家に近づけないようにする手立てを考えなければならない。ベッキーと彼女の娘の身の安全を守り、いざとなったら迷わずジャクソン・ヘンリーを殺すのだ。

41

ワイリーはなかなか戻ってこなかった。少女がソファから滑りおりようとすると、隣にいる母親が体を前後に揺すりながら苦しげにうめいた。「彼が来る、彼が来るわ」

本当に？　父親に見つかったのだろうか？　もしそうなら、みんな殺されてしまう。少女が父親に話しかければ、その隙をついてワイリーが逃げ出し、誰かに助けを求められるかもしれない。少女は懐中電灯を持ってソファから抜け出すと、足音を忍ばせてキッチンへ行った。ちょうどそのとき、ワイリーが裏口のドアから飛び込んできた。

彼女は勢いよく閉めたドアをふさぐように背中を押しつけた。

「わたしの父さんだった？」少女はきいた。

「ええ、彼よ。あそこの椅子を持ってきて」ワイリーはキッチンのテーブルを顎で示した。

少女が椅子を引きずってくると、ワイリーは椅子の二本の脚を傾け、背もたれの一番上の横木を取っ手の下に滑り込ませた。

父親は外のどこかにいるらしい。父親とのあいだを隔てているものは、ほんの数センチの厚みの木製のドアしかない。

「入ってくるよ」少女はあきらめの口調で言った。「どうせ入ってくる」

「いいえ」ワイリーが荒い息をしながら返す。ワイリーが荒い息をしながら返す。「そうはさせない。もしドアを破られても、ここから先は通さないわ。もうあなたたちには指一本触れさせない」

沈黙が流れた。ふたりはしばらくその場に立ったまま、耳を澄まして様子をうかがった。何も起こらなかった。

ワイリーが少女のほうを向いた。「お母さんの名前はベッキーじゃない？」

少女はぎょっとして身をすくめた。ワイリーを信用してもいいのだろうか？

〝きっとわかるわ。わかるはずよ〟と母親は言っていた。

「お願い、どうしても知る必要があるの。彼女の名前はベッキーなの？」

少女がうなずくと、ワイリーは両手で顔を覆って泣きだした。

42

現在

珍しく感情を爆発させてしまって恥ずかしくなり、ワイリーはすぐに涙をぬぐって、信じられない思いで少女をじっと見た。向こうの部屋にいる女性はベッキーだった。この子はベッキーの娘だ。死んでしまったと誰もが思っていた少女は生きていたのだ。そしてワイリーの家族を殺し、ベッキーを監禁し続けていた男は道具小屋に閉じ込めた。

ワイリーは窓に顔を押しつけ、ジャクソンが動きだす気配を見逃すまいと小屋のほうを見た。物音ひとつ聞こえてこない。小屋の扉を押し破ろうとして、けがをしたのかもしれない。あるいはワイリーが油断するのをじっと待ち構えているのだろうか？

こちらは警戒を怠らずに待つよりほかに手はないようだ。待つのは得意だった。あのとき、誰かがトウモロコシ畑まで助けに来てくれるのをじっと待ち続けた。両親と兄とベッキーが助かるよう待ち望んだ。ジャクソン・ヘンリーが彼女の家族を殺した罪で刑務所に入れられるのを、ひたすら待ち続けた。今までどれひとつとして実現しなかったけれど、こうしてベッキーが帰ってきたのだ。

ジャクソン・ヘンリーを待つことはできる。二十二年以上も待ち続けてきたのだ。あと一日くらい、どうってことはない。

ワイリーは少女の手を取り、居間へ連れていった。ベッキーがソファからいなくなっていた。ワイリーはフォルダーから行方不明者のチラシを取り出した。

クローゼットからしくしく泣く声が聞こえたので、ワイリーはゆっくりと扉を開けた。女性は――ベッキーは――床に座り込んで震えていた。ワイリーも身をかがめてもぐり込み、ベッキーの隣に腰をおろすと、懐中電灯をふたりの前の床に置いた。少女はクローゼットの扉のすぐ外側に立ち、ふたりの話に耳を傾けている。

「彼が外にいるんでしょう?」ベッキーが恐怖に震える声で問いかけた。「わたしたちを連れ戻しに来たんだわ」

ワイリーは写真の縁のしわをできるだけ伸ばしてから、ベッキーに手渡した。ベッキーはそこに写っている人物を思い出そうとするかのように、写真をじっと見つめた。ワイリーのほうを見てはいないが、息を殺し、一心に耳を傾けている。

「ベッキー」ワイリーは優しい口調で呼びかけた。「わたしよ。ジョージーよ」

ベッキーが頭をさげ、信じられないといった様子で首を振る。涙が頬を伝い落ち、乾いた血にギザギザの筋ができた。

ワイリーが手を伸ばして親友の手に触れると、ベッキーはやけどでもしたみたいにびくっとした。ワイリーはその手をそっと握り、裏返して手のひらを上にして馬蹄形の傷跡を指でなぞった。「わたしにも同じ傷跡があるの」どうにか冷静な声を保つ。ジャクソン・ヘンリーをそれほど長く道具小屋に閉じ込めておけないことはわかっていたが、とにかくワイリーが何者なのかをベッキーに理解してもらう必要があった。「たしか十歳のときだったわね」ワイリーは言った。「親友として血の誓いを交わしたのは。わたしの母の果物ナイフを使って。あなたのほうが勇気があって、わたしよりも深い傷をつけた。だからこんなに目立つ傷跡が残った。でも、ほら、わたしの手にもあるでしょう?」

ワイリーが片手を差し出すと、ベッキーはその手にちらりと視線を投げ、すぐにそらした。「永遠の親友」ぽつりと言う。

母親が困惑しているのを察し、少女もクローゼットの中に入り込んだ。

ワイリーは相手が何か話し始めるのを待ったが、しばらく沈黙が続いたので、勘違いだったのかもしれないと思い始めた。彼女はベッキーではなく、嵐の中で避難できる場所を探して途方に暮れていた、恐怖に怯えた正体不明の女性だったのだ。急に自分がばかみたいに思える。長い歳月を経た今となっては、どうやって希望を持つべきか忘れてしまったし、その理由も理解していた。あまりにもつらすぎたせいだ。ワイリーは手を引っ込めた。

するとと女性がようやく口を開いた。「あなたがどんな顔をしていたか忘れてしまっていたの。なんていうか、目をきつく閉じると、ちらりと頭をよぎるくらいで」

ベッキーが顔をあげ、涙で光る目でワイリーを見てほほえむ。彼女だった。ワイリーの記憶に残っているベッキーがそこにいた。

「あなたは死んでしまったと思ってた。みんなそう思っていたわ、あなたのお母さん以外は。お母さんはあなたを探すことを決してあきらめなかった」

ベッキーが涙をぬぐう。「母はもうこの世にいないと思っていた。すでに死んだと聞かされていたから。もう誰もわたしを探していないし、気にかけてもいないって」

「みんな気にかけていたわよ、誰もがみんな」ワイリーは安心させようとした。「サントス捜査官はあらゆる手を尽くして、ジャクソン・ヘンリーを有罪にしようとしたの」

「ジャクソン?」ベッキーがきき返し、困惑した様子で眉根を寄せる。

ワイリーはうなずいた。「ええ、ジャクソン・ヘンリーを。わたしの家族を殺し、あなたの失踪に関与した容疑で逮捕できるだけの充分な証拠がなかったの。彼が使用した銃も、わたしの兄のトラックも見つからなかった。でも、心配しないで。今は彼を道具小屋に閉じ込めてあるから。もう二度とあなたに危害を加えることはないわ」

43

ワイリーと母親はクローゼットの中に座り込み、小声で話をしていた。少女はふたりのあいだに体を押し込んで、母親の膝に頭をのせた。タスものけ者にされるのが気に入らないらしく、開け放したクローゼットの扉の前に寝そべった。

母親と少女はワイリーの話に耳を傾けた。ワイリーと母親がまだ幼かった頃の話に——学校、お泊まり会、ケーキとアイスクリームと風船のある誕生日パーティー、プールで過ごした長い午後。少女には想像すらできないようなことばかりだった。

ワイリーと母親は以前から知りあいだったようだ。父親と会う前から。地下のあの部屋で暮らす前から。少女が生まれる前から。

ワイリーは十二歳のときに遠くへ引っ越したこと、作家になったこと、若くして結婚し、セスという名前の息子を授かったことも話した。「まさか結婚するとは思ってもみなかったわ。子どもを持つとも」少女をちらりと見て言う。「あんなことがあったから、自分にはそんな資格はないと思っていたの。だけど息子に会いたいわ。あの子が恋しくてたまらない」

ワイリーはクローゼットから這い出ると、しばらくして写真を持って戻ってきた。

「この子がセス、わたしの息子よ」

どういう意味だろう、と少女は思った。すてきな夫と、楽しげな黒い瞳とくっきりしたえくぼのある息子を持つ資格がないと思っていたなんて。ワイリーはいったいどんな悪いことをしたのだろう？　けれども、少女はワイリーに話を続けてほしかった。彼女の声が耳に心地よかったし、彼女のことをもっと知りたかった。

母親はしばらく黙ったまま、ただ話に耳を傾け、少女の頭を撫でていた。言葉ではうまく言い表せない感情で、少女の胸がうずく。それは悲しみでも怒りでもなく、どちらかというと希望のようなものだった。

「すべてを書き記したら、先へ進めるような気がしたの」ワイリーが言う。「自分の人生を生きて、いい母親になれるんじゃないかって。ここに引きこもって、起こった事実を本にまとめようとしていたけど、本当は向きあいたくなかった」

少女のまぶたが重くなってきた。あたたかくて安全で、母親と一緒にいる。何もかもが大丈夫な気がした。眠りたければ眠ってもかまわない、なんの問題も起こりそうにないのだから。

「あなたのお母さんは今も食料品店で働いているわ」ワイリーが言ったので、少女は目を開けた。母親の口から小さな声がもれる。母親が自分の母親について語ることはめったになかった。とても悲しくなってしまうから。

「でもここに戻ってきてから、あなたのお母さんとは一度も話をしていないの」ワイリーが続けた。「わたしは意気地なしの臆病者だから、誰とも話せなくて」

母親がうつむき、頬を伝って涙がこぼれ落ちたが、少女はじっとしていた。

しばらくすると、母親が口を開いた。「母は死んだと聞かされていたの。あなたの家族も犬も、みんな死んでしまったのは全部わたしのせいだって。でも地下室から抜け出して、家に電話をかけてみたことがあるのよ。電話に出たのは母だった。母は死んでいなかった。だけどわたしは何も言えなくて、電話を切ってしまった」涙をぬぐう。「でも、あなたのご両親は？　お兄さんは？」

「ええ、彼に殺されたわ」

母親ががっくりと肩を落とす。「やっぱり」ささやくような声で言った。「あなたのお兄さんのトラックに乗せられたとき、おまえも殺してやると彼に脅されたの」

「あの晩、両親が砂利道に止めてあったイーサンのトラックを取りに行って、家に持ち帰ったはずなのに」ワイリーがつぶやいた。

「彼はそのトラックをずっとガレージに隠してた」母親は続けた。「わたしたちが逃げるときに乗ってきた車がそうよ。黒く塗り直されていたけど、あれはイーサンのトラックに間違いない。わたしたちはあそこから逃げ出さなければならなかった。運転の仕方なんて知らなかったけど、それしか選択の余地がなかったの。でも、あの雪と氷で――」悔しそうに頭を振る。「道を外れて制御できなくなって、衝突事故を起こしてしまった。本当にごめんなさい」

ワイリーが手を伸ばし、母親の手をそっと握る。ふたりはしばらくそうして座り、じっと待っていた。何を？　小屋に閉じ込めた男が襲いかかってくるのを？　それとも別の誰かが来るのを？

そんなことはどうでもいい。長いあいだで初めて、少女はもう大丈夫かもしれないと思えた。

44

現在

玄関のドアがノックされ、ワイリーとベッキーは黙り込んだ。少女が心配そうにふたりを見あげる。

「お願いだから出ないで」ベッキーがすがるように言った。「きっと彼だわ。友だちが大勢いるの。いつも言ってた、わたしたちがどんなに遠くへ逃げようと、必ず連れ戻すって」

「あなたはもう安全よ。あの男は小屋に閉じ込めたから。誰が来たのか見てこなくちゃ」ワイリーは立ちあがった。「怖いのはわかるけど、警察に来てもらって、あなたを病院へ連れていかないと。これ以上ぐずぐずしていられないわ。ここを離れるべきよ」

ふたたびドアがノックされた。「おーい」男が呼びかける。「大丈夫か？」

「彼だわ」ベッキーが娘を抱き寄せ、できるだけクローゼットの奥へと引っ張り込んだ。「わたしたちを連れ戻しに来たのよ」

「ここにいて、見てくるから」ワイリーは言った。

「だめ、だめよ、置いていかないで」ベッキーが懇願する。

「わたしはどこにも行かないわ、少しだけ待ってて」ワイリーは家の正面の窓に近づき、ブラインドをずらしてみた。「ランディ・カッターよ」ほっとして、ブラインドを元に戻す。「さっきもここに来て、また立ち寄ると言ってくれたの。彼なら助けになってくれる」

「だめ、彼よ」ベッキーが声をひそめて言った。「彼がそうなの、ランディが」

「ランディ・カッター？」ワイリーは困惑して尋ねた。「そんなはずないわ。さっきも言ったように、ジャクソン・ヘンリーが犯人よ。あなたの血がついた布が見つかったのが唯一の証拠だったの。でも、それだけでは不充分だった」

「血？」ベッキーがきく。「血って？」

「ヘンリー家の敷地で、捜索犬があなたの血がついた布の切れ端を発見したんだけど、証拠として充分じゃなかったの。だけど心配しないで、もう二度とあの男があなたたちに危害を加えることはないから」

「自分が誰に誘拐されたかくらいわかってるわ」ベッキーがうろたえた声で食いさがる。「ジョージー、犯人はランディ・カッターなのよ」

ワイリーは一瞬、言葉を失った。ジョージーと呼ばれたのはずいぶん久しぶりだ。

「でも、ジャクソンに違いないって」ワイリーはつぶやいた。殺人事件の数日後、ジャクソン・ヘンリーが武器の不法所持容疑で逮捕されたと祖父母から聞いたし、本を執筆するための調査でも、その事実を確認した。彼は逮捕時に重度のやけどを負い、デモインの熱傷集中治療室で数カ月間治療を受けたあと、回復を待ってアナモサの刑務所に送られ、そこで十八カ月間の刑に服したのだ。

「あなたを誘拐した男は、体の大部分にやけどを負っていたでしょう？　片脚と両腕と首に」ワイリーは問いかけた。ジャクソンが誘拐犯だという考えをまだ捨てきれなかった。

「いいえ」ベッキーが首を横に振る。「わたしの話を聞いて。犯人はランディ・カッターよ」彼女は目に恐怖を浮かべ、ワイリーを見た。「今、彼が外にいる。わたしにはわかるの。あの声をいやというほど知っているから。この二十年以上、ほぼ毎日聞いてきた声だから」ワイリーはベッキーを見てから、確認のために少女に目をやった。

少女がうなずく。

ない。

「なんてことなの」ワイリーは息を吐いた。ランディ・カッターが？　わけがわから

「おーい」ランディの声がした。「ちょっと様子を見に来たら、家のまわりをこそこそうろついてる男がいたんだが」

ジャクソン・ヘンリー。どうしよう、彼を道具小屋に閉じ込めてしまった。どうしてこんなとんでもない誤解をしてしまったのだろう？　なぜみんながこれほどひどい思い違いを？

「彼は立ち去るかもしれない」ワイリーはささやいた。

「それはないわ」ベッキーが物憂げに言う。「彼はわたしたちを決して手放さない」

「なあ、不安になるじゃないか」ランディがドアの向こうから大きな声で言った。

「心配だから入らせてもらうぞ」取っ手をガチャガチャまわす音が聞こえると、恐怖のあまり、ベッキーの口から小さな悲鳴がもれた。

ワイリーはコートのポケットに手を入れて銃を探した。だが、入っていなかった。床を見まわし、ソファのクッションのあたりも探す。どこに消えたの？　銃がなければ三人とも殺されてしまう。

何かで武装しなければならない。思いついたのは、頭上の棚に置いてあるナイフと

手斧だった。ワイリーはそのふたつを手に取ると、ナイフをベッキーの手に押しつけた。「今あるのはこれだけなの」

ワイリーは少女に向かって言った。「わたしが逃げろと言ったら外へ出て、納屋に隠れるのよ。寒いけど隠れる場所はたくさんあるわ。安全が確認できたら、必ず探しに行く」

少女が青ざめた顔でうなずく。ワイリーはそれぞれに懐中電灯を手渡した。「本当に必要なとき以外は消しておいて。居場所を知られたくないから」

足音を忍ばせ、部屋の中を照らしている懐中電灯をひとつひとつ消していくと、暖炉のほのかな明かりだけが残った。これで運命が決まってしまうと思いながら、暖炉の炎に水をかける。炎はシューッという音を吐いて消え、室内は真っ暗になった。

ワイリーは腕時計に目をやった。夜が明けるまで、まだ一時間ほどある。

「きっとうまくいく」ワイリーはささやいた。

その言葉を聞いたベッキーが言う。「わたしは走れないわ。あなたたちについていけないと思う。どうか娘をお願い」

「わたしがふたりともなんとかするから」ワイリーは約束し、ベッキーの手を握った。

「どうしたらいいの？」ベッキーが問いかける。

「わたしたちは別行動を取ったほうがいい。違う場所に隠れましょう。わたしの寝室だった部屋に狭い隙間があったのを覚えてる？」ワイリーはベッキーにきいた。「彼女を連れてそこに隠れて。あそこなら見つかりにくいはず。わたしはこっちに隠れて、彼が押し入ってきた場合に備えるわ」

「タスはどうするの？」少女が尋ねる。

「あの子は大丈夫」ワイリーは安心させるように言った。タスは犬用のベッドに寝そべっている。タスがワイリーの居場所をばらすとは思えない。バスルームに閉じ込めておこうかとも思ったが、やめておいた。いざというときに守ってくれるかもしれない。「懐中電灯を消すのを忘れないで」ワイリーがささやくと、ベッキーと少女は階段をあがっていった。

最適な隠れ場所はどこだろうとワイリーは考えた。ランディが家に侵入してきたときに、すばやく反応する必要がある。銃を探す時間があればよかったのだが、居場所がばれる危険を冒して懐中電灯をつける勇気はなかった。

ワイリーは手斧を持ってソファの後ろの床に座り、様子をうかがうことにした。ここならランディが家に入ってくる音が聞こえる。ワイリーはランディの居場所を把握できるが、彼にはこちらの居場所がわからないはずだ。

身も凍るほどの寒さで、あたりはしんと静まり返っている。暖炉からは炎が燃える音は聞こえず、外の風もやんでいた。ジャクソン・ヘンリーが無事で、道具小屋で凍死していないことを願う。彼に対してとんでもない誤解をしてしまった。不気味な静けさが繭のようにワイリーを包み込んでいた。

刻々と時間が過ぎていく。ワイリーは頭の中で秒数を数えた。ランディはあきらめて帰ったのかもしれない。この寒さではこんなに長く外にはいられないはずだ。しかしワイリーはその考えをすぐに打ち消した。もし本当にランディ・カッターがワイリーの家族を殺し、ベッキーを誘拐した犯人である場合、真相が明るみに出たら、彼は一巻の終わりだ。ベッキーの言うとおりだ。おそらく手段を選ばないだろう。

どうして気づかなかったのか？　ランディ・カッターはワイリーを撃ち、トウモロコシ畑の中までしつこく追いまわした。それなのに犯人が誰なのかわからなかった。しかも実の兄を疑い、兄なら両親を殺しかねないと思った。わたしはまだ十二歳だったのだからと自分に言い聞かせてみても、怒りと罪悪感が胸に渦巻く。

部屋の中が刻一刻と冷え込んでいく。かじかむ手を手斧から離し、両手をこすりあわせてあたためようとした。

ワイリーは耳をそばだてた。何か聞こえた？　ずるずると引きずるようなかすかな音？

その瞬間、恐ろしい考えが頭をかすめた。裏口の割れた窓。段ボールを取り外し、中に手を入れてドアの鍵を開けるのは造作もないことだ。

そのとき、ランディの気配を感じた。足音を聞いたり、姿を見たりする間もなかった。ワイリーはソファの後ろでぴたりと動きを止め、手斧の柄を握りしめた。彼がほんの少し離れたところにいるのがわかり、息を詰める。

カチッという小さな音がして、突然、室内が不気味な光に照らされた。

「ふたりとも」ランディが歌うように言う。「ここにいるのはわかっているんだぞ」

ワイリーは口に手を押し当て、喉から込みあげる悲鳴を必死にこらえた。

ランディの影が壁を這うように移動している。こちらに近づいてくる。「おいおい、おれがおまえたちを手放すと本気で思ったのか？　そんなばかなことがあるか。おまえたちはおれのものだ」

次の瞬間、ランディがそばに立ってワイリーを見おろし、頭にショットガンを突きつけてきた。「そしておまえもな」悔しそうに言う。「あのときにこうしておくべきだったよ」そう言って、彼は引き金を引いた。

何も起こらなかった。ランディが怪訝そうに武器を見おろした瞬間、ワイリーはすばやく立ちあがり、手斧を振りまわした。ワイリーの一撃が彼の肩をとらえる。厚手の防寒着に覆われていたため致命傷を負わせることはできなかったが、バランスを崩した拍子にショットガンが彼の手から転げ落ち、床に落下した。

ワイリーも手斧を取り落とし、それは床を滑って見えなくなった。ふたりがもみあいながら必死に武器を探していると、階段をおりてくる荒々しい足音が聞こえ、ベッキーがひと筋の光の中に入ってきた。彼女はショットガンに飛びついて拾いあげ、ふたりに銃口を向けた。

「やめて」ベッキーが叫ぶ。「やめて！」ランディがワイリーを放すと、ふたりはよろよろと立ちあがった。

「逃げて」ワイリーは少女に言った。「逃げて隠れるのよ。今すぐに」

少女は動かない。

「早く行って」

少女が反抗的に首を横に振る。ワイリーとベッキーは顔を見合わせた。「逃げなさい」ベッキーが命じた。「さあ、早く」

「弾詰まりだ」ランディが自信たっぷりに言う。「引き金を引いても何も起こらないぞ」

「それはどうかしら」ワイリーは言うと、ベッキーがランディにショットガンを向けているあいだにじりじりと少女に近づいた。少女をさっと抱きかかえて部屋を横切り、玄関を開ける。タスがふたりのそばをすり抜けて外へ出ると、ワイリーは玄関ポーチに少女をおろした。「ほら、言われたとおりにして。逃げて隠れなさい。大丈夫よ、約束する」ドアを閉め、少女が納屋に逃げ込んで身をひそめてくれるように祈る。

ベッキーにショットガンを向けられながらも、ランディ・カッターは少しずつ彼女に近づいていた。「動かないで」ベッキーが命じると、彼は動きを止めた。目の前で起こっていることの意味が理解できなかった。長い年月をかけて、ワイリーはどうにか真実と折りあいをつけてきた。ジャクソン・ヘンリーが彼女の家族を殺し、ベッキーを誘拐しておきながら、罪を償うことなく逃げきったと思っていたのだ。ところが今、真犯人が目の前に立っている。殺人事件の翌日、ランディ・カッターが納屋に入ってきたことをワイリーは思い出した。あのときは恐怖で胸が詰まりそうになった。

「銃をよこすんだ、ベッキー」ランディが低い声でなだめるように言った。「おれに危害を加えたくはないだろう。愛してるよ」

ショットガンを持っていられないほど、ベッキーの手がわなわなと震えだした。

「銃を渡して」ワイリーは言った。「わたしがやるわ」

「彼女の言うことを聞くな、ベッキー。今まで面倒を見てきたのは誰だ？　赤ん坊を授けてやったのは？　おれだろう。ほかの誰もおまえのそばにいてくれなかったじゃないか。おれだけだ。おまえがいなくなっても、誰も気にかけなかった」

ベッキーの顔がゆがんだ。彼女は屈しかけている。今にもショットガンを渡してしまいそうだ。

「この男の言うことを聞いちゃだめよ、ベッキー」ワイリーはぴしゃりと言った。「彼はあなたを愛してなんかいない。この男はわたしの両親と兄を殺し、わたしを銃で撃ったあと、あなたをさらった。みんなであなたを探したのよ。町じゅうの人が。何年も。あなたのお母さんは今もあきらめていないわ。一度たりともあきらめなかった」

「ベッキー、ハニー」ランディは少しずつ彼女に近づいた。

ベッキーが引き金を引いた。ランディの背後の壁が破裂し、漆喰《しっくい》の破片が飛び散る。ベッキーはもう一度引き金を引き、今度は天井に命中した。ランディとワイリーは降ってくる破片から頭をかばった。ベッキーは何度も引き金を引き、やがて弾倉が空になった。

45

ワイリーがドアを閉めると、少女はすぐに立ちあがり、玄関のドアを強く叩いた。取っ手をまわしてみたが、鍵がかかっていた。冷たい風が素肌を刺す。「母さん」少女は叫びながらドアを叩いた。「母さん、中に入れて」

寒さが体に染み込んでくる。ベッドと本とテレビと小さな窓のある狭い部屋に戻りたかった。でも、それよりも母親のそばにいたかった。

大人たちが家の中で叫んでいる。少女は目をぎゅっとつぶった。それから、バンッという音が何度か聞こえた。爆発音がするたびに、少女は悲鳴をあげた。

ワイリーとは知りあったばかりだけれど、ずっと前から知っているような気がする。彼女を信用している？　自分でもわからない。膝を軽く突かれるのを感じた。タスが琥珀色《こはくいろ》の目で見あげていた。

隠れなさいとワイリーは言っていた。隠れなくちゃ。

少女はタスを連れて納屋に向かって走った。父親と一緒に家の中にいる母親のことや、銃声のことは考えないようにする。逃げろとワイリーは言っていた。とにかく逃げるのだ。寒さが顔や手に嚙みついてきて、数メートル進むごとに腰まで積もった雪に足を取られそうになったけれど、それでもひたすら前に進んだ。すぐ後ろをついてきたタスとともに納屋の中に入ると、暗い空間を見まわし、隠れられそうな場所を探した。干し草置き場が目にとまり、少女は梯子をのぼり始めた。

46

現在

ベッキーはやけどでもしたかのようにショットガンを放り出し、部屋の隅にうずくまった。

ランディとワイリーは同時に武器に手を伸ばした。ワイリーは手斧をつかみ、ランディがショットガンを拾いあげる。ふたりは同時に武器を振りかざし、相手が先に行動を起こすのを待った。

「あなたがわたしの両親を殺したのね」粉々に砕け散るかと思うほど、ワイリーの声はひどく震えていた。「兄を殴り、首を絞めて殺した末に、遺体を納屋に隠して兄に罪を着せようとした。そればかりか親友を誘拐し、わたしを銃で撃った。なぜなの？どうしてそんなことを？」

ランディは何も言わずにただ笑った。ワイリーは彼に体当たりし、ひとりよがりな優越感をたたえた目に爪を立て、目玉をくり抜いてやりたいという衝動に駆られた。

「わたしたちはここを出ていくわ」ワイリーは言った。「わたしたちにはもう関わらないというなら、あなたに危害は加えない」

ランディが彼女のほうに体を向ける。ワイリーは覚悟を決めた。戦わずして屈するつもりはない。セスとベッキーと少女のことを思い浮かべた。何がなんでも生き延びなければならない。

ワイリーは手斧を振りおろしたが、ランディの肩を軽くかすめるのがやっとだった。彼が手斧をもぎ取ろうとしたので、しっかり握りしめる。ところがランディが急に手を離したせいでワイリーはバランスを崩して後ろに倒れ、床に頭を打ちつけた。めまいに襲われながら、どうにか立ちあがろうとする。

次の攻撃に備えようとしたとき、ランディがワイリーをよけてベッキーのもとへ向かった。

ワイリーは手を伸ばしたが、彼をつかまえ損ねて薪の山を倒してしまい、たきつけが床に散らばった。ランディが目の前に立つと、ベッキーは身をすくめた。彼女は背後の壁に叩きつけられ、その場にくずおれた。

ワイリーはランディに飛びかかったが払いのけられ、床に思いきり打ちつけられた。

うめきながら胎児のように丸くなり、さらなる攻撃から頭をかばおうとする。ランディの荒い息遣いが聞こえた。そばに立ってこちらを見おろし、次の手を考えているのだろう。

ランディがワイリーのそばにかがみ込んだ。「安心しろ」彼がささやく。「すぐに終わる」次の瞬間、ランディはワイリーの髪をつかんで頭を持ちあげ、床に叩きつけた。目の奥で星が爆発し、焼けるような痛みが走る。

意識がはがれ落ちていくのを感じ、世界が真っ暗になった。

数分が経った。いや、数時間かもしれない。ワイリーは無理やり崖っぷちから引き戻された。黒いタールの中を泳いでいるような気分だったが、意識を保っていなければ命は助からないだろう。ベッキーと少女の命も助からない。

頭蓋骨に痛みが広がっていく。ワイリーは喉元に込みあげる吐き気をこらえ、ゆっくりと規則正しい呼吸を続けることに集中した。死んだと思わせる必要はなく、ただ意識を失ったように見せればいい。状況を把握できれば反撃に出られるだろう。

少女が無事に納屋までたどり着き、いい隠れ場所を見つけていることを願った。今こそ行動を起こさなければ。立ちあがり、逆襲するのだ。

足音が聞こえ、ランディが自分を見おろしているのを感じた。

彼がワイリーをのぞき込むと、熱い息が顔にかかった。そのにおいに顔をしかめそうになるのをぐっとこらえた。ニンニクとタマネギ、そして何か別のにおい。恐怖心だとワイリーは確信した。ランディは恐れている。完璧に作りあげた自分の世界がめちゃくちゃに破壊されたからだ。ベッキーと少女が逃げ出したせいで。

ベッキーが娘のために望むもの——自由を得る手助けができるのは、ワイリーしかいない。

ランディがワイリーの脇の下に両手を差し入れ、床を引きずり始めた。途中で足を止め、ドアを開ける。そのとたん冷気が吹きつけてきて、ワイリーは思わずあえぎそうになったが、どうにかじっとしていた。彼はワイリーを玄関ポーチの階段から引きおろし、立ち止まった。

ランディの頭を何がよぎっているのかわかる。ここで凍死させるつもりなのだ。ワイリーのことで、これ以上時間を無駄にしたくないのだろう。少女を取り戻したいのだ。ベッキーはどこだろう？　ジャクソン・ヘンリーは？　ランディに殺されてしまっただろうか？　ようやく見つかった親友をまたしても失ってしまったのか？

ランディはワイリーの腕から手を離すと、赤ん坊のように抱きあげ、肩にもたれさせた。ワイリーは彼の首に頭をもたせかけ、肌がむきだしになった部分に接触しようとした。DNAを、毛髪、汗、細胞をできるだけ多く集めるのだ。

うつ伏せの状態で雪の中に放り投げられ、ワイリーは痛みの衝撃で思わず声をあげそうになった。ランディがそばに来て身をかがめ、床に叩きつけられた側が下になるように頭の位置を変える。熱を持ってずきずきと痛む頭には雪の冷たさがありがたい。彼がどれくらいワイリーを見おろしていたのかわからないが、永遠に思えるほど長く感じられた。

ワイリーがぴくりとも動かずにいると、ランディはようやく離れたらしく、重いブーツがかたい雪を踏みしめる音が聞こえた。今度は少女を探そうとしている。納屋の扉がきしむ音が聞こえるのを待ってから、ワイリーは身じろぎをした。頭が鉛のように重い。よろよろと立ちあがり、雪に刻まれた自分の跡を見おろす。スノーエンジェルの形の上に血の後光が差していた。

倒れまいとして踏ん張り、右に左にふらつきながら納屋へ向かう。ランディをつかまえる方法を見つけなければならないのに、目の前の世界がまだ傾いていた。ようやく納屋のささくれ立った壁に手を触れたところで、身をかがめて胃の中のものをぶちまけた。嘔吐している気配を悟られやしないかと怯えながら、納屋の側面の壁に体を押しつけ、胃が落ち着いてめまいがおさまるよう願った。決着をつけるチャンスは一度しかない。

納屋の扉の狭い隙間から中をのぞき込み、少女かランディのいる気配はないかと暗い室内に目を走らせた。嵐はおさまりつつある。風が静まり、夜は少しずつ明け始めていた。もうじき明るくなるだろう。納屋の中に入ってランディと対決するべきだろうか？　それとも彼が少女を連れて出てくるのを待つべき？　いいえ、それは危険すぎる。行動を起こすなら今しかない。

きしむドアにうっかり触れて気配を感づかれないよう注意しながら、這いつくばって納屋に忍び込んだ。ワイリーのいる場所からランディの姿は見えなかったものの、のそのそと歩く足音と荒い息遣い、積みあげられた箱をかき分けて少女を探している音が聞こえてきた。

ワイリーはブロンコの後部に身をひそめ、武器になるものはないかとあたりを見まわした。納屋の壁のフックには、凶器になりそうな道具類がぶらさがっている――熊手、重そうなシャベル、干し草を積みあげるのに使うピッチフォーク。どれも柄が長く、武器として振りまわすには扱いにくそうだ。だが、ワイリーは鋭いV字形の刃を持つ園芸用の鍬に目をつけた。ランディの攻撃をかわせそうな長さだけれど、振りまわせないほど重くもない。ただし、それを手に入れるためには開けた場所に出る必要があり、確実にランディに見つかってしまうだろう。より俊敏に、賢く行動しなくては。

ワイリーが行動を起こす前に、ランディの姿が見えた。彼は干し草置き場を見あげている。ワイリーは心臓が止まりそうになった。もしあそこに少女が隠れているとすれば、まったくの無防備だ。のぼりおりする場所が一箇所しかないのだから。ワイリーがなすすべもなく見ていると、ランディは干し草置き場に続く梯子をのぼり始めた。もろくなった横木が体の重みで折れ、地面に転がり落ちればいいと祈ったが、梯子は頑丈だった。

ワイリーは深呼吸をすると、納屋の壁に向かって突進し、鍬を手に取った。園芸用具がウィンドチャイムのような甲高い音をたてる。ランディが梯子をおりてくるのを半分期待したが、彼はそのままのぼっていった。

ああ、銃さえあれば。

ワイリーは梯子に駆け寄った。頭上から、ランディが藁をかき分ける音が聞こえてくる。「さあ、出ておいで、おチビちゃん」彼が猫撫で声を出す。「父さんのところにおいで。助けに来たぞ。母さんとおまえを迎えに来たんだよ。家に帰ったら信じられないことが待ってるぞ。帰ってからのお楽しみにするつもりだったが、実はおまえのために子犬を手に入れたんだ。家に帰って見たくないか？」

ワイリーは鍬を片手に持ち、梯子の下の段に片足をかけて、頭上の横木に手を伸ばしたところでためらった。

のぼるにしてもおりるにしても一方通行なのだ、とふたたび思う。ワイリーは梯子をのぼり始めたが、音をたてずに動こうとしても、ブーツが乾燥した横木にこすれ、目の前の梯子を急いでのぼるうちに息が荒くなった。

最上段に近づくと、ランディが待ち構えているかもしれないと警戒しながら、干し草置き場の様子をこっそりうかがった。ところが彼はワイリーのほうを向いておらず、まだ藁の山を蹴っていて、犯罪現場を調べるときのように念入りに探している。

ワイリーはゆっくり体を持ちあげて干し草置き場にあがると、ランディの背後にそっとまわり込み、野球のバットを構えるように鍬を持ちあげた。ところが鍬を振りおろそうとした瞬間、ランディの爪先が何かかたいものに当たった。続いてはっと大きく息をのむ音がして、少女が藁の中から這い出てきた。

「なんだ、こんなところにいたのか」ランディが父親らしい口調を保って言う。「母さんはおまえの髪に何をしたんだ？　ふたりでおれから逃げようとしたのか？　ばかな真似はよせ。さあ、もう家に帰る時間だぞ、ハニー」

短く刈り込まれた少女の頭のところどころに干し草が絡みついている。少女の視線が父親と彼の背後にいるワイリーのあいだで行ったり来たりする。ワイリーは人さし指を唇に当て、そこから離れるよう手を振って促した。

少女はそろそろと横歩きでさがり、ランディとの距離を取ったが、しまいに納屋の広い側面の壁にぶつかった。頭上には両開きの扉があり、解錠すると外側に開く。スライドロックがかかっているだけだ。

「後ろにいるのはわかってるぞ」ランディが振り返りもせずに言った。彼は何も恐れていない。ランディにとって、ワイリーはしつこくつきまとってくる目ざわりな存在にすぎないのだ。「おまえにはずいぶん手こずらされる。敵ながらあっぱれだ。おまえだけがいつも生き残るんだな」

胸に渦巻いていた怒りがふつふつとわきあがった。ランディの頭蓋骨を叩き割り、骨に金属が当たる振動をこの手で感じたい。自分の家族やベッキーがそうしたように、この男に慈悲を乞わせたいが、今はそのときではない。ワイリーは思いとどまり、少女に注意を向けた。

「立って」ワイリーは言った。「梯子をおりて。下におりたら、家へ戻って鍵をかけるのよ。お母さんが無事かどうか確かめて」目をあげた少女の顔には恐怖が刻まれている。「心配しないで。わたしもすぐに戻るから。約束する」少女がゆっくりと立ちあがった。

「動くな」ランディが逆のことを命じ、少女はその場に凍りついた。彼がワイリーのほうに向き直る。

ワイリーが鍬を振りあげ、頭を狙ってくることを彼は予期しているはずだった。そこでワイリーは低い位置に狙いを定めた。

「さあ、行って！」叫ぶと同時に鍬を振り出す。金属の棒は冷たい空気を切り裂き、ランディの膝に命中した。彼は叫び声をあげ、がくんと膝から床にくずおれた。

少女がそばをすり抜けていったのはわかったが、ワイリーのやるべきことはまだ終わっていなかった。ランディが動いている限り、あのふたりは危険にさらされ続けるのだ。

「つまりジャクソン・ヘンリーはずっと無実だったってこと？」ランディの注意を少女からそらすために、ワイリーは問いかけた。「彼はみんなから殺人鬼と呼ばれ続けてきた。でも、本当はあなただったのね」

ランディが小さく肩をすくめ、よろよろと立ちあがる。「おまえたちふたりがあいつの敷地に立ち寄ったのは、うれしい偶然だったよ。しかも捜索犬がベッキーの血がついた布の切れ端を見つけてくれた。ああ、あれは完璧だった」

「でも、あなたには家族がいたでしょう。妻と息子が。ベッキーをどこに監禁していたの？　長いあいだ、どうやって彼女の存在を隠し通したの？」ワイリーは頭を振った。「よくもそんなことができたわね」

ランディがせせら笑う。「ありがたいことに結婚生活は破綻していたし、息子はおれを嫌っていた。リクター農場を買って、準備を進める時間はたっぷりあったから、豚舎を建て、家と地下室を修理したんだ。みんながジャクソン・ヘンリーに疑惑の目を向けてくれたおかげで、おれに容疑がかけられることはなかった」

「あなたには反吐《へど》が出るわ」ワイリーは吐き捨てるように言った。「邪悪で、頭がどうかしてる。そして今度はわたしたち全員を殺そうとしているのね。自分で始めたことを終わらせるために」

ランディは意味ありげにほほえんだ。「おまえとジャクソン・ヘンリーだけだ。あいつがおまえを殺したと警察は考えるだろう。自分で始めたことを終わらせるためにな。ジャクソンは……そうだな、失踪したことにしておくか。おれの得意技だからな、人を消すのは」

ランディを生きたまま納屋から出したら、ベッキーと少女の身に何が起こるかわからない。そう考えたワイリーはしわがれたうなり声をあげ、ふたたび攻撃に出た。今度は鋭く尖った刃を突き出し、厚手の防寒着と彼の肩を貫いた。

ランディが苦痛の叫びをあげて鍬の柄をつかむ。ふたりは一瞬、現実離れした綱引きをする羽目になったが、それも長くは続かなかった。肩に傷を負ったとはいえ、ランディのほうが体格がよく、力も強いので、ワイリーはすぐに鍬をもぎ取られてしまった。

唯一の武器を奪われた以上、ここから脱出しなければならない。少女の姿が見当たらないということは、無事に家までたどり着いたのだろうか？　干し草置き場の扉にちらりと目をやった。子どもの頃、ワイリーはイーサンとともに扉のロープにぶらさがって下の地面へおりるという遊びにとてつもない時間を費やした。ワイリーは扉までの距離を目測し、ランディのそばを通るのは不可能だと瞬時に判断した。やはり、梯子をおりる以外に脱出する方法はないようだ。

ワイリーは滑りやすい藁に足を取られながらも急いで梯子へ向かい、干し草置き場の縁からなんとか両脚をおろした。震える手足を使って梯子の最初の数段を抜かし、納屋の床に向かって飛びおり、骨に響くような衝撃とともに着地した。頭上を見ると、ランディが干し草置き場にぬっとそびえ立っていた。子ども時代の不気味な怪物は、今や生身の人間となった。

納屋の扉の外は雪に覆われた荒地だった。凍《い》てつくような絶望感がワイリーを襲う。両親も兄も助けることができなかった。

だが今は、ベッキーと彼女の娘がいる。今こそ、当時できなかったことのせめてもの罪滅ぼしをするチャンスだ。

「あきらめろ」ランディが下に向かって叫んだ。

ワイリーはふらふらと立ちあがった。頭の傷から流れた血がこめかみを伝い落ちる。そのとき、ふとある考えが浮かんだ。ブロンコ。納屋の奥に止めてある。ワイリーは車に駆け寄ると車体に身をもたせかけ、武器を探して納屋の中を見まわした。せめて完敗するまで戦い続け、ランディの血をできるだけ多く流すことはできるだろう。彼がこちらに背中を向けて干し草置き場の梯子をおり始めた隙を見計らい、ワイリーはすばやく行動に移った。ブロンコのドアを開けて運転席に乗り込み、急いでドアを閉める。

ランディが梯子をおりてくるのを確認しながら、ズボンのポケットから車のキーを探し出した。さらにグローブボックスから懐中電灯をつかみ取り、助手席のシートに置く。

震える手でイグニッションキーを差し込もうとしたが、失敗してキーホルダーを落としてしまった。「しまった」そうつぶやいて運転席と助手席のあいだに手を差し入れて必死に探ると、やがて冷たい金属に指が触れた。

深呼吸をして、どうにか手の震えを止めようとする。イグニッションキーを差し込み、はやる気持ちを抑えて待った。完璧なタイミングでなければならない。シートベルトを締め、三つ数えてキーをまわした。ヘッドライトをつけて、ランディが肩越しに振り返るのと同時に、エンジンが轟音をたてて回転し始めた。

ワイリーはギアを入れ、アクセルを踏み込んだ。ブロンコが突進する。金属と金属がこすれる甲高い音が耳に響き、スピードをあげたブロンコは乗用芝刈り機をこすって大きく右にそれた。ワイリーはハンドルを左に切り、車を正常な進路に戻した。ランディが梯子にしがみつき、どうするべきか決めかねているのがフロントガラス越しに見て取れる。ほんの一瞬だが、彼は決断をためらった。その瞬間、ふたりの目が合い、ランディの目に恐怖が浮かんだ。

おそらく、ワイリーの両親が彼に撃ち殺される直前にも同じ恐怖を覚えただろう。イーサンが手袋をはめた手で首を絞められたときの恐怖。十三歳のベッキーが家族のもとから連れ去られ、口にするのもおぞましい目に遭わされたときの恐怖。そして、怪物のもとで育った少女が味わってきた恐怖。

ワイリーはハンドルをきつく握りしめ、衝撃に備えた。ブロンコはランディの脚にまともに突っ込み、彼は悲鳴をあげた。ランディがボンネットを飛び越えて車の屋根に叩きつけられる直前、ポキッという音が聞こえた。あれは梯子が折れる音だったのか、それともランディの脚の骨が折れる音だったのか、とワイリーはあとで考えることになるだろう。

すぐにブレーキを踏んだが、間に合わなかった。ブロンコが猛スピードで納屋の壁に激突する。木が裂ける音、金属がつぶれる音、ガラスが割れる音が耳に響き渡り、目の前に白い壁が現れた。

47

　ワイリーに逃げろと言われたので、少女は急いで干し草置き場の梯子をおり、納屋を通り抜け、庭を横切って家に戻った。玄関のドアの前にタスが座っていた。寒そうな様子でしょんぼりしている。少女は家の中に入るとドアを閉め、鍵をかけた。

　心臓が早鐘を打っていた。走って居間に行くと、母親はショットガンを持ったまま突っ立っていた。

「母さん？」少女は声をかけた。

「ふたりはどこ？」母親が問いかける。

「納屋」少女は答え、恐る恐る母親を見た。「ワイリーはここに戻ってくるって。でも、父さんはワイリーを殺すつもりだと思う」

「ジョージーよ」母親が言った。「彼女の名前はジョージーなの。わたしの親友だった人よ」

「ジョージー?」少女は困惑して尋ねた。たまらなく不安だった。

「隠れていなさい。あなたには指一本触れさせない。誰にも見つからない場所に隠れて」

「わかった」少女は言ったが、隠れる代わりに家の裏の窓辺へ行った。その窓から納屋が見えるからだ。「早く、早く」少女はつぶやき、ワイリー――ジョージー――が戻ってくることを祈った。もし父親が戻ってきて、彼女が戻ってこなかったら?そのときはどうすればいい?父親だから言うことを聞かなければならないけれど、父親が悪い人だということは知っている。

納屋のほうからエンジンの音が聞こえ、木の裂ける音がしたかと思うと、次の瞬間、車が納屋の壁を突き破ってがくんと止まった。木と破片が車の屋根に降り注ぎ、地面に舞い落ちる。

少女は急いで居間へ引き返し、床に膝をついてソファの下に手を滑り込ませた。厚く積もったほこりの中を手探りし、目当てのものを見つけて立ちあがる。ワイリーには助けが必要だ。

48

現在

ワイリーはじっとしたまま、どこかけがを負っていないか頭の中で確認した。シートベルトに締めつけられて胸が痛いし、明日はものすごく首が痛くなりそうだが、それ以外は無事なようだ。目を開けてみると、フロントガラスが入り組んだクモの巣のようになっていた。どうやら納屋の壁を突き破ったらしい。

うめき声をもらしながらシートベルトを外し、運転席のドアを開けようとしたものの、雪の吹きだまりに阻まれて開かなかった。シフトレバーの上を這って移動し、助手席のドアを試してみると、今度はドアが開いてどうにか外へ出られた。ブロンコからおりたとたん、足元がふらつく。

車の後ろ半分はまだ納屋の中にあり、大きく開いた穴の上で、木の板が風に揺れている。納屋の残った部分が倒壊するかもしれないので、ワイリーは瓦礫《がれき》をよけながら安全な場所まで移動した。急いで外へ出たのは、少女とベッキーの無事を確かめようととっさに判断したからだった。しかしその前にランディを探し、彼が動けなくなっているか、あるいは死んでいることを確かめておく必要がある。

重い足取りで瓦礫を踏んで進み、納屋の中へ戻った。ランディの姿を探して、床をざっと見渡す。どこか近くにいるはずなのに見当たらず、地面に血の筋が残っているだけだ。

うなじの毛がぞわりと逆立つのを感じた。あの衝撃で助かるとは思えない。ワイリーは道具の山からハンマーを手に取ると、古い家具や壊れた農機具をよけながら血の跡をたどった。角を曲がるたびに息を凝らし、ランディがそこにいて、今にも飛びかかってくるのではないかと警戒する。だがついにランディを見つけたとき、彼はうつ伏せに倒れ、曲がって使い物にならなくなった血まみれの右脚を引きずって、軍隊の訓練みたいに床を這いずっていた。

「もう逃げ場はないわよ、ランディ」今度はワイリーが追いつめる番だった。その声を聞いたランディがこちらに顔を向けた瞬間、ワイリーはぞっとして思わず息をのみそうになった。顔の右半分がぐちゃぐちゃで、鼻が不自然な角度に曲がっている。

口を開いてしゃべろうとしているが、唇のあいだから出てくるのは血の泡だけだった。両手で目の前の地面をかきむしり、必死に這い進もうとするものの、そんな力は残っていないようだ。

ワイリーは両手で握ったハンマーに目をやった。造作もないことだ。ひと振りで終わる。これがみんなのためだ。ワイリーは疲れた筋肉と痛む胸の抗議の声を聞きながら、ハンマーを振りあげた。これで少女とベッキーはこの誘拐者から解放される。ワイリー自身も。長年彼女につきまとい、ずっと振り切ろうとしてきた黒い影から、ようやく解放されるのだ。

ランディの呼吸は浅く、痛みに顔をゆがめている。それでも警戒のまなざしで、彼の体の上に干し草をまき散らしながらハンマーを振りかぶるワイリーを見つめていた。

「彼女の名前は？」ワイリーは尋ねた。「ベッキーの娘の名前は？」

ランディがワイリーを見て、目を糸のように細め、意地の悪い笑みを口元に浮かべた。向きを変えて立ち去ろうとすると、ランディに呼び止められたので、ワイリーは立ち止まった。

「最初からおまえを狙っていた」その声は弱々しかったが、あざけるような口ぶりだった。「おまえが標的だった。単におまえの家族が邪魔で、ベッキーはおまえほど速く走れなかったってだけさ」

ワイリーは吐き気に襲われた。一番肝心なときに親友の手を放したばかりか、初めから自分が狙われていたなんて。

その考えを必死に振り払おうとした。何十年ものあいだ、家族を崩壊させた人間と対決することをずっと望んでいたのだ。「わたしの両親を撃ったあと、エアコンを切ったのはなぜ？ 死亡時刻の特定を困難にするため？ もっとも、すぐにばれたけど。しかもあなたは兄を犯人に仕立てあげようとした」ワイリーは怒気を含んだ声で言った。「わたしの両親を銃で撃ったあと、あなたに立ち向かった兄も殺した。そして兄のショットガンを奪って、もう一度両親を撃ち、警察の目を欺こうとした。でも、それもすぐにばれたわ。あなたは自分が思ってるほど利口じゃなかったってことよ」

「いや、うまくいったさ」ランディがかすれる声で返す。「おれがあの事件に関与しているとは誰も疑わなかった。おれは決して油断しなかった。だが、ずっとおまえを見ていたよ」ワイリーは凍りついた。彼の言葉が短剣のように胸に突き刺さる。「あの事件のあともずっとおまえを見ていた。知らなかっただろう。おまえも誘拐してやろうと思ったが、祖父母に連れられて引っ越しやがった。残念だったよ。楽しませてもらおうと思ってたのに」

ワイリーはランディに背を向け、彼の望みどおりの反応を見せることを拒んだ。

「わたしたちはここを立ち去る。じきに警察が来るわ」

「それなら、その前におれが死ぬことを祈ろうか」ランディが小さく笑う。「どっちにしろ行き先はわかってる」

「地獄へ直行ね」ワイリーは満足感とともに言った。

出ていこうとした瞬間、藁の下からランディの手が伸びてきて、足首をつかまれた。ワイリーはバランスを崩して地面に倒れ込んだ。肺から空気が押し出され、痛みが全身を貫く。

油断した。ワイリーはランディの手から逃れようとしたが、彼はうめき声を発しながらもワイリーのウエストバンドをつかみ、自分のほうに引きずり寄せた。その力の強さに驚く。執念深い男だということはわかっていたはずなのに。抵抗しようとしたけれど、万力のようにつかまれ、どこにも逃げられなかった。

ランディはワイリーを仰向けにし、両腕を頭の上にあげさせて身動きが取れないようにした。ワイリーはぐちゃぐちゃになった彼の顔を見あげた。なぜ死ななかったのだろう？　車でひき殺しておくべきだった。組み伏せられて、ワイリーは身をよじった。

「やめて」何度も叫ぶ。このままでは終われない。どうにか片手を振りほどき、ランディのけがをしていない側の顔を引っかいた。彼は痛みにうめいたが、それでもワイリーの手首をつかんで地面に押さえつけた。

「やめてよ!」ワイリーは何度も何度も叫び続けた。

「黙れ」ランディが息を切らし、ワイリーの開いた口いっぱいに藁の塊を詰める。彼女は吐き出そうとしたものの、ちくちくする干し草を頬と喉に詰め込まれ、急に息ができなくなった。パニックになって足をばたばたさせたが、ランディの体が重くてたまらない。

あきらめればすぐ楽になれるだろう。ただ死ぬだけだ。また両親と一緒にいられるようになる。父親の手が頭に置かれるのを感じ、母親の声が本当に聞こえたような気がした――〝さあ笑って〟。そこには祖父母もいるはずだ。〝そろそろ帰っておいで、シュー〟と祖父が言い、祖母はいつものように表情ひとつ変えずに、ただうなずくだろう。そしてイーサンもいる。兄を信じなかったことを、ようやく謝ることができる。〝別にいいさ〟と兄は言うだろう。〝おれはずっとおまえを信じてたけどな〟

今、ランディの手はワイリーの喉を絞めつけていた。もう長くないだろう。顔の前に小さな光がきらきら飛んでいる――手が届きそうなほど、すぐ目の前に。

ところがそこにはベッキーと彼女の娘がいた。さらに、カールした黒髪の少女のベッキーがちらりと笑顔を見せている場面が、途切れ途切れの意識の中に浮かぶ。彼女たちにはワイリーが必要だ。あのふたりを置き去りにするわけにはいかない。もう二度と。

〝手のひらにいっぱいの星〟とベッキーがささやき、ワイリーの手に触れようと手を伸ばしてきたので、ワイリーはほほえんだ。

49

少女は自分が父親と戦えるほど強くないことを知っていたし、ワイリーも腕力では彼にかなわないことはわかっていた。だけど銃さえあれば、そんなことは問題にならない。ワイリーに銃を渡せば、父親は彼女たちに手出しができなくなり、永遠にさよならできる。

雪はすでにやみ、懐中電灯の光が照らし出す世界が魅惑的に見えた。立ち止まってその美しい景色を眺めたいと心のどこかで思ったけれど、進み続けなければならないことはわかっている。納屋までたどり着くと、激しくもみあう音や、手足をばたつかせる音、異様なほどぜいぜいあえぐ声が聞こえてきた。少女が持っている懐中電灯の細い光以外、納屋の中は真っ暗だ。暗闇は怖くない、と少女は自分に言い聞かせた。手が震えていたけれど、荒い息遣いのするほうへ行くと、父親がいた。顔じゅうが血まみれだが、その下にはよく見慣れた激しい怒りが浮かんでいる。父親はワイリーに覆いかぶさり、両手で彼女の首を絞めていた。

彼女を殺そうとしているのだ。父親にはいつも殺すと脅されていたけれど、あまりにも頻繁に口にするので、少女は信じなくなっていた。でも彼は今、ワイリーの顔が紫色になるほど強く首を絞めている。

「その人を放して、父さん」少女はか細い声でおずおずと言った。父親は少女のほうを見ようともしない。「放してってば」さっきよりも大きな声を出す。

今度は父親も娘のほうを見たが、ただ笑っただけだった。父親が少女の言葉に耳を貸したことはない。一度たりとも。少女は猛然と前に進み、父親の背後に立った。

「本気で言ってるの、彼女を放してよ」少女は銃を構えた。ワイリーのポケットから落ちたあと、ソファの下で見つけたものだった。

ランディが手を振りあげ、少女の横面を殴った。衝撃で銃と懐中電灯が納屋の床を滑る。その際にランディがワイリーの喉元から片手を離したので、彼女は反撃のチャンスを得た。身をよじって彼の体の下から抜け出し、手近にあったものをつかんだのだ。ハンマーを。

ワイリーは空気を求めてあえぎながら膝をつくと、残る力を振り絞って腕をあげ、釘抜きの尖った部分でランディの肩を殴りつけた。彼が悪態をついてワイリーに飛びかかる。もう一度ワイリーに覆いかぶさり、首に手をかけた。

「父さん」少女は納屋の床に座ったまま、ふたたび手に取った懐中電灯の光をまっすぐ彼の目に当てた。まぶしい光をさえぎろうとランディが片手をあげる。

「引っ込んでろ」彼が言った。「あっちへ行け、口出しするな」

ワイリーが動きを止めた。反撃をやめたのだ。

少女は懐中電灯をおろし、床を見まわして銃を見つけた。ランディがしきりに目をしばたたいて、力の抜けたワイリーの手の中にあるハンマーに手を伸ばす。「目を閉じてろ、チビ。こんなもの見たくないだろう」

ハンマーを振りあげてワイリーに打ちおろそうとした瞬間、ランディは後頭部に冷たい金属の銃口が押しつけられるのを感じた。

少女は目を閉じて、引き金を引いた。

50

現在

　ワイリーは少女と手をつないで、ふらつく足取りで家に戻った。こめかみの傷がずきずきと痛み、気分が悪く、めまいもする。脳震盪を起こしているに違いない。父親が追ってくるかもしれないと思っているらしく、少女が何度も納屋のほうを振り返っている。「心配しないで」ワイリーは少女の手を握りしめた。「彼は来ないわ」

　よろけながら家の中に入ると、ベッキーがじっと座ったまま、弾の入っていないショットガンをふたりに向けてきた。

「ベッキー」ワイリーはあわてて言った。「大丈夫よ。もう終わったから」

「彼にはあちこちに仲間がいるらしいの。逃げようとしても必ず連れ戻されるわ」ベッキーが震える声で言う。

　一瞬の間を置いて、ベッキーが言っていることをようやく理解した。「ランディは嘘をついていたのよ。あなたたちを怖がらせるために。彼はひとりであなたを誘拐したの。手助けをする仲間なんていなかった。ランディは怪物だった。怪物は彼ひとりよ。そして、もう死んだ」

ベッキーはショットガンを握っていた手の力を抜いた。「死んだの？」ささやくように言う。

「ええ」ワイリーは答えた。ベッキーの娘が引き金を引いたことは言わなかった。その話はあとでゆっくりすればいい。「彼があなたたちに危害を加えることは二度とないわ。約束する」

ベッキーはゆっくりとショットガンをおろして泣きだした。少女が母親に近づく。「大丈夫だよ、母さん」少女はささやきかけた。「大丈夫」

彼女たちがよく見えるように、ワイリーはブラインドをあげた。太陽がのぼり始めている。

「ここを離れないと。あなたたちを病院に連れていく必要があるわ。薪はもうなくなったし、いつまた嵐が来るかわからないから」

「どうやって？」ベッキーが涙を流しながら問いかける。

「ランディのトラックで。キーは持ってる」ワイリーはポケットから車のキーを取り出した。「タイヤもチェーンがついているはずよ」

「わかった」ベッキーが消え入るような声で返す。「道具小屋の男はどうするの?」

ジャクソン・ヘンリー。彼についてひどい誤解をしていた——誰もがそうだった。気の毒なあの男性は、もっとも凶悪な犯罪で起訴されたが、本当は無実だった。刑務所には入れられなかったものの、裁判にかけられ、地域社会で有罪となった。ジャクソンもまた被害者だったのだ。

「小屋の鍵を開けて外に出してあげたわ。きちんと説明しようとしたんだけど、とにかく今は彼のことは心配しないで。彼は無事だから」ワイリーは言った。「あなたは家に帰れるのよ。ご両親と弟と妹に会えるわ」

「信じられない」ベッキーがよろよろとソファに腰をおろす。「夢を見ているみたい」

ワイリーは少女をキッチンへ連れていった。「大丈夫?」そう尋ね、少女の服と手と顔をよく見る。全体に父親の血が飛び散っていた。

少女はうなずいたが、目がうつろだ。ショック状態に陥っているのではないだろうか?

「何も心配いらないわ」ワイリーは少女をシンクの前に連れていき、血まみれの手にペットボトルの水をかけて洗い流した。「もう安全よ。わたしたちはここから立ち去るし、彼はもう二度とあなたに危害を加えることはない」

少女の顎が震えだした。「銃を拾ったの。あなたのポケットから落ちるのを見てたから。触っちゃいけないってわかってたけど、あなたがなかなか戻ってこないから怖くなって。そしたら車が納屋の壁を突き破るのが見えて、あなたが死んでしまったと思った」泣きながら言う。「どうしたらいいのかわからなくなって、あなたを探しに行ったの」

「そうだったのね」ワイリーは湿らせた布で少女の顔を優しく拭いてやった。

少女の顔にかすかな笑みが浮かんだが、すぐにすっと消えた。「父さんを撃っちゃった」声が途切れる。「ごめんなさい」

「ああするしかなかったのよ」ワイリーは少女を安心させようとした。「あなたはわたしの命を救ってくれた。お母さんの命もね。ありがとう」少女に向かって腕を広げる。少女が一瞬ためらってから腕の中に入ってきたので、ワイリーは抱き寄せた。ふたりはしばらくそのままでいた。少女の涙がワイリーのコートの前を濡らしたが、ワイリーは涙を流さなかった。今はまだだめ。泣くのはあとだ。

ワイリーはコートと帽子を腕に抱えて居間へ行った。

屋外を移動するあいだ寒い思いをしないようにベッキーと少女に重ね着をさせる。

ベッキーはぼんやりしているようだ。おそらくショック状態にあるのだろう。ワイリーは少女の手にウールのソックスをはめ、ニット帽をかぶせて耳まですっぽり覆い、首にマフラーを巻いて、目以外はすべて覆われている状態にした。

「わたしを信じてくれるわね？」ワイリーが問いかけると、少女はうなずいた。

ふたりでベッキーに手を貸しながら玄関へ向かう。タスもあとからついてきた。

「準備はいい？」ワイリーは尋ねた。

「うん」少女がくぐもった声で答える。ドアを開けると、風はやんでいて、雪景色がダイヤモンドのようにきらめいてた。

「ワイリー」少女がはにかみながら言う。「わたしの名前はジョージーよ」次の瞬間、三人は淡い日差しの中へ踏み出した。

十五カ月後

ワイリーがこれまで訪れた図書館は、どの州であれ、どの都市であれ、いつもほっとするにおいがした。そして、アイオワ州スピリット・レイクの公共図書館も例外ではなかった。本と紙と糊《のり》とインク、そのすべてが分解のさまざまな段階にあり、かびとバニラのような香りが不安をやわらげてくれる。

ワイリーは『招かれざる宿泊者』の朗読を心待ちにしている五十人の観客を見渡した。最終稿の編集を終えてから一年後に、この本は世に出た。ワイリーは朗読会のツアーに出て、アメリカじゅうをまわりながら、少しずつバーデンに近づいていた。明日、スピリット・レイクを出発して五十キロ近く車を走らせ、故郷にある小さな図書館へ向かうことになっている。そのせいで神経質になっていた。一年以上も故郷に帰っていない。

ベッキーとジョージーが吹雪の中を逃げ出し、農家で起こった一件によってランディ・カッターが死亡すると、図らずも彼らとアイオワ州の小さな町は世間の注目を浴びることになった。警察に一部始終を話し、ベッキーとジョージーが家族との再会を果たしたことを確認してから、ワイリーは自分の家に帰った。オレゴン州に、息子のもとに。ワイリーには償うべきことがたくさんあり、この一年間のすべての時間をそのために費やしてきた。

大人数であろうと少人数であろうと、人前で話すことには決して慣れないものの、図書館や書店はいつもあたたかく迎えてくれ、ワイリーがくつろげるように最善を尽くしてくれる。この図書館もそうだった。折りたたみ椅子は満席で、奥の壁際にも多くの人が並んでいる。

図書館長がワイリーを紹介すると、彼女は観客を見渡し、しぶしぶながらツアーに同行することに同意したセスの姿を探した。十五歳になったセスは夏休みにアルバイトをしていて、恋人もいる。

息子が気乗りしないのは、ワイリーにも理解できた。「わたしが育った場所をあなたに見てもらいたいの」彼女は説明した。「わたしの事件が起こった場所を。どうしてわたしがこんなふうになったのか知ってほしい」

セスはしばらく黙り込んでいたが、最後には同意してくれた。「わかったよ。でも、ドジャースがボストンで試合をするときは観に行けるよね？」

ワイリーはくすりと笑った。彼女に負けず劣らず、息子も野球が大好きなのだ。

「もちろん」ワイリーは約束した。

セスの姿を見つけた。後ろの列に座り、うつむきかげんに携帯電話を見つめている。セスが顔をあげ、ワイリーに見られていることに気づいて、千ワットの笑みを浮かべる。この一年で、ふたりの関係はここまで進展を遂げた。

図書館長がワイリーの紹介を終え、お決まりの拍手が起こると、彼女は演壇に進み出た。

「こんばんは。故郷のアイオワ州に戻り、今夜ここでみなさんとお話しできることをとてもうれしく思います。犯罪ノンフィクション作家として、わたしは他人の人生について書くことには慣れています。わたしが書くのは、想像を絶する事件に見舞われた、ごく普通の人たちについて。その事件が家族や地域社会、残された人たちに与えた影響について。それから加害者についても書きます。彼らの生い立ち、育った環境、心理状態を掘りさげて考え、なぜそんな恐ろしい犯罪を起こしたのか理解しようと努めます。ですから、わたしにとって『招かれざる宿泊者』は、それまでとはまったく違う種類のプロジェクトでした。これは完全に個人的なことだったからです」

そこまで話すと、ワイリーは朗読に入った。いつも最初の数ページを選ぶことにしていた。

最初、十二歳のジョージー・ドイルと親友のベッキー・アレンは大きな音がしたほうに向かって走った。家に戻るのは当然だった。父親も母親もイーサンもいるそこは一番安全な場所だ。だがジョージーとベッキーはその考えが間違っていたことに、遅ればせながら気がついた。

ふたりは音がしたほうにあわてて背を向け、暗い中をトウモロコシ畑に向かって走った。背の高いトウモロコシが密集しているそこなら、身を隠せる。

ジョージーは追いかけてくる足音が聞こえたような気がして振り返った。だが、何も見えなかった。動くものはなく、暗がりに家の輪郭がぼんやりと見えるだけだ。

「もっと速く。急いで」ジョージーはあえぐように息をしながら、ベッキーの手を引いた。しかし必死に走ってもうすぐトウモロコシ畑というところで、ベッキーがつまずいた。悲鳴とともに、つないでいた手が離れる。膝ががくんと折れ、ベッキーが倒れ込んだ。

そこでいつもワイリーの声が途切れてしまう。毎回必ず。これが最大の後悔だ――ベッキーをトウモロコシ畑に、安全な場所に連れていけなかったことが。

ワイリーは目をあげた。ふたりの女性とひとりの少女が集会室に入ってきた。ベッキーの母親、マーゴ・アレンだとすぐにわかった。彼女に会うのは、ワイリーたちが農家から脱出したあと、マーゴとベッキーが病院で再会を果たしたとき以来だ。

ベッキーとジョージーとワイリーが治療を受けている病室に案内されたマーゴは、あざだらけで腫れあがった顔の痩せこけた女性が自分の娘だとはすぐには信じられなかった。

ワイリーは自分が邪魔な侵入者になったような気がした。娘が戻ってきたことと、孫娘がいることを知った衝撃がやわらぐと、マーゴは冷静な目でワイリーを見た。マーゴには決して許してもらえないだろうとワイリーは思った。ベッキーはワイリーの両親の家にいたときに誘拐されたのだ。しかもワイリーだけが逃げ延び、彼女の娘は逃げきれなかったのだから。

そして今、マーゴの隣にベッキーとジョージーが立っていた。ワイリーはためらった。彼らがここに現れるとは思ってもみなかった。ベッキーの前でこの本を朗読する心の準備ができていない。それは間違っている気がした。
けれどベッキーが励ますようにほほえんだので、ワイリーは涙をこらえて朗読を続けた。

「早く立って！　お願いだから」ジョージーは必死になってベッキーの腕を引っ張った。振り返ると、細く差した月の光が納屋の裏から出てきた人影を一瞬照らし出した。ぞっとしながら見守るジョージーの前で、人影が両手を持ちあげて狙いを定める。ジョージーはあわててベッキーの腕を放すと、男に背を向けて走りだした。あともう少し。もう少しでトウモロコシ畑だ。
畑に入った瞬間、ふたたび轟音が響いた。同時に腕に激痛が走って、肺から空気が抜ける。だがジョージーは止まらなかった。かたい地面の上に熱い血を滴らせながら、ひたすら走り続けた。

ワイリーは本をおろし、彼女を見つめて朗読にじっと聞き入っている観客を見渡した。ワイリーがジョージー・ドイルであることも、長年地下室に閉じ込められていたベッキーと彼女の娘が奇跡的に助かったことも、今ではほとんどの人が知っているが、それでも衝撃的な事件だ。

マーゴ・アレンはティッシュペーパーで目頭を押さえ、ジョージーは祖母のハンドバッグの中を引っかきまわし、ベッキーは床に視線を落としていた。

何人かの手があがり、ワイリーは質問に答え始めた。〝作家になろうと決意したのはいつ頃ですか？〟〝なぜ犯罪ノンフィクションを？〟〝自分の物語を書こうと決めた理由は？〟〝ベッキー・アレンはこの本についてどう思っているのですか？〟〝ベッキーと彼女の娘さんとは今も連絡を取っていますか？〟

「ベッキー・アレンと彼女の娘さんは」ワイリーは答えた。「わたしが知る中でもっとも勇敢で強い人たちです。世の中が彼女たちのプライバシーを尊重してくれることを願っています」

「でも、あなたは彼女の悲劇的な体験を本にした。ベッキーはどう思っているんですか？」観客の女性が尋ねる。

本が出版される前、ワイリーは原稿をベッキーに送り、読んで意見を聞かせてほしいと申し出た。ベッキーが望まないなら、出版を取りやめるつもりだと明言して。

〝わたしは読まなくていい〟ベッキーはそう言った。〝あなたを信じているから〟

ワイリーが最終確認を得るために部屋の奥へ目をやると、ベッキーが悲しげな笑みを浮かべてうなずいた。

「ベッキーの許可は得ています」観客に向かって言う。「彼女が許可してくれたからこそ、わたしはこの本を完成させ、出版することができました。これはわたしたちふたりの悲劇です。長年、わたしたちは異なる場所、異なる状況で、この悪夢をともに味わってきたのです」ワイリーは涙をこらえた。「わたしたちはようやくこちら側の世界に出てこられた。親友が戻ってきたことに心から感謝しています」

会場に拍手がわき起こった。

一時間後、ワイリーは最後のサインを、そして最後の写真撮影を終えると、図書館長に礼を述べて、セスとともに出口へ向かった。図書館を出たところで、ベッキーとジョージーとマーゴが待っていた。

「あなたがここまで車を運転してきたなんて信じられない」ワイリーは驚嘆の声をあげた。

「そんなに遠くなかったし、あなたを驚かせたかったの」ベッキーがにっこりする。前回会ったときとはまるで別人のようだ。顔の腫れやあざがなくなり、ワイリーの記憶に残っている友人の表情が戻っていた。えくぼと明るい笑顔。それでもまだ傷跡は残っていて、目立つものもあれば、それほど目立たないものもある。

「こんばんは、ワイリー」ジョージーが恥ずかしそうに言う。少女も見違えるくらい変わっていた。短く刈られていた髪は顎の下あたりまで伸び、黒い髪がくるくるとカールしている。背丈は五、六センチほど伸びて、痩せこけた体も少しふっくらしたようだ。

「まあ驚いた」ワイリーはジョージーをきつく抱きしめた。「ひとまわり大きくなったみたい。それにあなたも」ベッキーの手を握る。「見違えたわ」

ベッキーとジョージーは以前よりも元気そうに見えるが、目にはまだ警戒と怯えの色がにじんでいるのに気づいて、ワイリーは泣きたくなった。気を取り直し、周囲を見まわしてセスの姿を探す。「あれがわたしの息子よ。セス、こっちに来て」

「こんばんは、セス」ベッキーが挨拶する。「ようやく会えてうれしいわ」

「ぼくもです」セスがうなずいた。ベッキーが夏休みの過ごし方についてセスにあれこれ質問を始めると、マーゴがワイリーを脇へ連れていった。

「ベッキーとジョージーから聞いたわ、あの子たちを助けるために、あなたがあらゆる手を尽くしてくれたこと」マーゴはワイリーの手を握りしめた。「わたし、あなたにひどいことを言ってしまって……」

「いいんです」ワイリーは首を横に振った。「お気持ちはわかります。それにベッキーとジョージーがそう言ってくれるのと同じように、わたしも彼女たちに救われたんです」

マーゴの目に涙が光る。「ありがとう。ふたりをわたしのもとに帰してくれてありがとう」

ほかに何を言えばいいのかわからずに困っていると、ベッキーが話に加わってきたのでほっとした。「おなかがすいてる人は？　そこの角を曲がったところに、お酒と料理を出す小さな店があるの。軽く食事をする時間はある？」彼女はワイリーにきいた。

ワイリーがセスを見ると、彼はうなずいた。「腹ぺこだよ」

全員で歩き始める。ワイリーとベッキーは少し遅れて歩きながら、セスがツアー中に起きたおもしろい出来事をジョージーとマーゴに話して聞かせるのを眺めた。

「わたしたちはすばらしい子どもを持ったわね」ベッキーが言う。彼女は空を見あげ、夕日を浴びる感覚を味わった。ワイリーもそうした。あの吹雪の日以来、ささやかな日常の一瞬一瞬を無駄にしたくないと思うようになった。

「ええ、本当に」ワイリーはうなずいた。そして少しためらってから、ずっとききたかったことをベッキーに尋ねた。「本当にバーデンで暮らしていくつもり？　つらくないの？　わたしは遠くへ行きたくてたまらなかったけど」

ベッキーが首を横に振る。「母がここにいるもの。父も。弟と妹もそう遠くないところに住んでいるし。ここを離れるなんてできないわ。帰ってきたばかりなのに」

ワイリーは理解しようとした。「ジョージーのことが心配にならない？　あの事件のことを誰もが知っている土地で育つのよ。彼女は悪夢を見ていない？　あなたは？　たしかにランディ・カッターは死んだわ。でもあなたとジョージーは、オレゴン州でわたしたちと一緒に暮らすこともできるのよ」

口に出せば出すほど名案に思えてくる。ベッキーとジョージーにとっては、バーンはもう何もない――いやな記憶しかない場所なのだ。「その気になれば仕事に就けるし、わたしの家のすぐ近くにはジョージーが通えるいい小学校もある。あなたの家族はいつでも遊びに来られるし、彼らも理解してくれるはずよ。理解できないはずがないでしょう」

ベッキーが足を止める。「たしかにここで暮らすのはつらいわ。でも、どこへ行ってもつらいと思う。ふたりとも悪夢を見るわよ。いいえ、悪夢なんて生やさしいものじゃない」彼女は言い直した。「夢の中で、わたしたちはあの地下室にいるの。コンクリートの床を歩く感触や、彼のにおいを実際に感じる。しかもジョージーは……いいえ、カウンセラーに相談しているから、少しは楽になってるわ」ワイリーが納得のいかない表情を浮かべると、ベッキーはふうっと息をつき、さらに続けた。

「あなたは自分が育った家で両親とお兄さんを亡くした。あの家に帰って本を執筆するのは、さぞかしつらかったでしょうね。だけど、あなたがあそこにいなかったら、ジョージーもわたしも死んでいた。さもなければランディに見つかって、家に連れ戻されていたかもしれない」

「あれはあなたの家なんかじゃない」ワイリーは怒りを覚えた。「監禁部屋よ」

「そうね、たしかに監禁部屋だった。でも、ジョージーがそばにいてくれた。そしてあなたのおかげで、幸運にも本当の家に帰ることができた。わたしが育った家に。毎日が安全で、愛されていると感じていた場所に。わたしは今、昔のままの寝室で、昔のままのベッドに寝ていて、母は廊下のすぐ先にいるの」

「でも……」ワイリーは言いかけた。

「ランディ・カッターに連れ去られた夜からずっと、わたしはこれを望んでいたのよ」ベッキーが続ける。「家に帰ることを。そして今、その家で娘と一緒に暮らしている。物事がすべて完璧に運ぶわけではないし、長い道のりが待ち受けていることはわかってるわ。ジョージーにはもっと長い道のりが待っているかもしれない。けれど、わたしたちは家に帰ることができた。今はそれで充分なの」

ベッキーが手を伸ばし、ワイリーの手を取った。「考えてみて。あなたにとって一番安全な場所はどこ？」

自分には本当の家がない、とワイリーは言いたかった。それはランディ・カッターが彼女から奪った数多くのもののひとつだった。いまだに背後から危険が迫っているのではないかと不安になり、しょっちゅう肩越しに振り返ってしまう。安全な場所はどこにもなかった。

歩道の先に目をやると、セスとジョージーとマーゴが通りの角でふたりを待っている。セスが片手をあげて振った。

ワイリーははっと気づいた。息子だ。どこへ行こうと、どれほど距離が離れていようと、彼女にとっては常に息子が帰るべき場所だった。セスがワイリーにとっての家なのだ。

ワイリーは笑顔で手を振り返し、ベッキーのほうを向いた。「つまり、何も心配いらないってことなのね？」

ふたりはその場にたたずみ、セスとジョージーとマーゴが笑いながら大声で「早く！」と呼びかける様子を眺めた。

「ええ、そう思う」ベッキーが言った。「でも、これだけは聞いて。わたしの身に起こったことについて、あなたはまだ自分を責めているのね。本のあの部分を朗読したときのあなたの反応を見たわ」

ワイリーは首を横に振った。

「だめ、待って」ベッキーが前に立ったので、そのことについてはもう話したくない。ワイリーは彼女の目を見るしかなかった。「ときには手放したほうがいいことがあるし、そうするしかないこともあるのよ」

泣かないように頰の内側を嚙んだが、それでも涙があふれてくる。

「あなたのせいじゃない。悪いのはランディ・カッター、ただひとりよ。だからもう手放して」ベッキーは懇願するように言った。「あなたを責めたことはないわ、ただの一度も。お願いだから、もう自分を責めるのはやめて」

ベッキーがワイリーの手を握る。「わたしたちは血の誓いを交わした永遠の親友でしょう?」

「ええ、永遠の親友よ」ワイリーはささやいた。

謝辞

この小説は、先のパンデミックのさなかに執筆と推敲《すいこう》を行いましたが、ここに至るまでにわたしは一度も孤独を感じませんでした。それは多くの方々のおかげです。

親愛なるエージェント、マリアンヌ・メローラにお礼を言います。わたしの作家としてのキャリアを通じて、あなたは常に多大なる知恵と友情と支援を与えてくれます。また、わたしのためにいろいろな仕事をしてくださっている、ブラント・アンド・ホックマン文芸エージェント社のみなさんにも感謝の言葉をささげます。

プロットというお気に入りのパズルをとくパートナーであり、編集者でもあるエリカ・イムラニにも深い感謝を――厄介なプロットについて、あなたと電話でとことん話しあうのが大好きです――それはいつも冒険だから。広報のエキスパートで非凡なる能力の持ち主、イーマ・フランダースにも、わたしの本を広めるためにたゆまぬ努力をしてくれていることに心から感謝します。また、ハーパーコリンズ・ハーレクイン部門〈パークロウ・ブックス〉のみなさんにも謝意を表します。販売宣伝、デザイン、プロダクションなどのすばらしく優秀なチームが、多岐にわたってわたしとわたしの本をサポートしてくれています。

『招かれざる宿泊者』を早い段階で読んでくださった読者の方々――ジェーン・オーギュスパーガー、モリー・ルーガー、エイミー・フェルド、レノーラ・ヴィンキアー――が貴重なご意見を寄せてくださいました。ありがとうございます。

専門知識を授けてくださったマーク・ダルシング、ドクター・エミリー・グーデンカウフ、ジョン・コンウェイにも深い感謝の意を表します。警察機関、医療分野、農場生活に関する助言を必要とするときは、いつも彼らを頼りにしています。

わたしの優しい家族は、これからもわたしの最大の理解者であり続けてくれるでしょう。両親のミルトンとパトリシア・シュミーダ、きょうだいたちに心からの感謝を。そしていつものことながら、スコット、アレックス、アニーとRJ、グレイシーにも感謝を――愛しているわ、あなたたちがいなかったら、とうてい成し遂げられませんでした。

ディスカッションの議題

一、ワイリーは悲劇的な過去を抱えながらも、暴力という過酷な現実と、被害者とその家族に及ぼす影響に常に向きあわなければならない犯罪ノンフィクション作家になる道を選んだのはなぜだと思いますか？　ワイリーが本を執筆するために、バーデンの生まれ育った家に帰る必要性を感じたのはなぜだと思いますか？

二、この小説の舞台となった町について話しあってみてください。バーデンでの生活は、登場人物の形成にどのような影響を与えたと思いますか？　もし舞台が大都市だったとしたら、物語はどのように違っていたでしょうか？

三、〝この闇は恐れる必要がない……恐れなければならないのは、光の中に出現する怪物なのだから〟という少女の言葉があります。これは何を意味していると思いますか？

四、ワイリーとベッキーは〝永遠の親友〟になることを誓いました。あのような過酷な経験をしたあとで、ふたりの友情はこの先どうなると思いますか？　長く続くでしょうか？　また、そのように思うのはなぜですか？

五、『招かれざる宿泊者』は冬の猛吹雪と夏の猛暑のときを舞台にしています。この物語において天候は、直接的かつ比喩的にどのような役割を果たしていますか？

六、暗闇には三種類ある、と少女は言います。それぞれの登場人物は暗闇とどのような関係にありますか？　そして物語が進むにつれ、その関係はどのように変化していきますか？

七、親であることが、この物語全体に共通するテーマとなっています。それは物語を通してどのように表れていますか？　それぞれの登場人物は、どのように親としての役割に踏み込んでいきましたか？

八、ワイリーとベッキーとジョージーは、これまで多くの苦難を経験してきました。一年後の彼女たちはどうなっていると思いますか？　五年後は？　二十年後は？

九、とらわれの身になってしまうという考えが、物語を通じ、それぞれの登場人物にとってどのように掘りさげられているか話しあってみてください。

十、物語の終盤になると、ある登場人物に対する読者の見方が変化したり、登場人物同士の見方が変わったりするような秘密が明らかになります。この物語の中で、もっとも変化した人物は誰だと思いますか？　また物語を通じて、登場人物に対するあなたの見解はどのように変わりましたか？

訳者あとがき

ヘザー・グーデンカウフの『招かれざる宿泊者』をお届けします。

短い章立てで過去と現在を切り替えながら二元的に語られていくストーリーは、のどかな田園地帯で過去に起きた凄惨な殺人事件をめぐる物語だということが、徐々に明らかになっていきます。

ワイリーは実在の事件や犯罪を題材とした本を書いているノンフィクション作家で、関係がこじれている息子を元夫にまかせて人里離れた古い家に引きこもり、孤独に執筆にいそしんでいます。ところが、そんな彼女を冬の嵐が襲います。食料や暖房用の薪はあるものの、電話は不通になり、外界との連絡手段はありません。そんなときにワイリーは家の前で行き倒れている少年を発見します。凍死寸前の彼をなんとか家に運び入れたものの、なぜ隣家まで何キロもあるような場所にひとりで倒れていたのか、ひと言もしゃべらない少年に謎は深まるばかり。しかも嵐はひどくなる一方で、いずれ停電するのは必至。暗闇を病的に恐れているワイリーは家じゅうの懐中電灯をかき集め、それに備えますが……。

嵐の夜の「予期せぬ訪問者」である少年は、ちっともワイリーの思いどおりになりません。警戒心をむきだしにしていっさいしゃべらず、ワイリーの質問も無視。ワイリーはこの少年に続いて謎の女性も発見するのですが、彼女も敵対的な態度を取るばかりで何も語りません。このふたりはいったい何者なのでしょう?

ワイリーが登場する現在の物語と並行して、過去の事件が語られます。ジョージーという十二歳の少女が両親と兄と親友を失うこの事件は、当時の出来事が少しずつ語られながらも犯人が誰なのか、行方不明の少年と少女はどうなったのか、最後の最後までわかりません。そしてようやくそれが判明したとき、現在と過去、そしてその合間にところどころ挟まれていた誰とも知れない少女の話がつながって、すべてが明らかになります。

現在はワイリーの、過去はジョージーの視点で語られているため、本書にはジョージーの兄、イーサンやその友人ブロックに関わる部分など、あいまいなままで終わっている細部がいくつか存在します。また捜査の様子がそれほど詳しく描かれていない印象ですが、これは過去の話がワイリーの書いた犯罪ノンフィクション本という体裁を取っているからでしょう。本書は謎解きのおもしろさというより、ある時点でまったく違う道に分かれてしまったふたりの少女の人生に焦点を当てているように感じられます。

著者のヘザー・グーデンカウフはアメリカのサウスダコタ州生まれ。生まれつき片方の耳が聞こえず、人一倍本好きな少女に育ったようです。三歳のときに本書の舞台であるアイオワ州に引っ越し、今もそこに住み続けています。

二〇二三年四月

ザ・ミステリ・コレクション

招《まね》かれざる宿泊者《しゆくはくしや》

2023年 7月20日　初版発行

著者　ヘザー・グーデンカウフ

訳者　久賀美緒《くがみお》

発行所　株式会社 二見書房
東京都千代田区神田三崎町2-18-11
電話 03(3515)2311［営業］
03(3515)2313［編集］
振替 00170-4-2639

印刷　株式会社 堀内印刷所
製本　株式会社 村上製本所

ISBN978-4-576-23073-3
https://www.futami.co.jp/

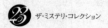

＊の作品は電子書籍もあります。

そして彼女は消えた＊
リサ・ジュエル
氷川由子〔訳〕

15歳の娘エリーが図書館に向ったまま失踪した。10年後、エリーの骨が見つかり…。平凡で幸せな人生の裏でじわじわ起きていた恐怖を描く戦慄のサイコスリラー！

マンハッタン物語
ローレンス・ブロック
田口俊樹／高山真由美〔訳〕

巨大な街、マンハッタンを舞台に、日常からわずかにはずれた人間模様の織りなす光と闇を、J・ディーヴァーはじめ十五人の作家がそれぞれのスタイルで描く短篇集

一ドル銀貨の遺言
ローレンス・ブロック
田口俊樹〔訳〕
〔マット・スカダー・シリーズ〕

タレ込み屋が殺された！ 残された手紙には、彼がゆすった三人のうちの誰かに命を狙われていると書かれていた。自らも恐喝者を装い犯人に近づくが…

過去からの弔鐘
ローレンス・ブロック
田口俊樹〔訳〕
〔マット・スカダー・シリーズ〕

スカダーへの依頼は、ヴィレッジのアパートで殺された娘の過去を探ること。犯人は逮捕後、独房で自殺していた。調査を進めていくうちに意外な真相が…

皆殺し
ローレンス・ブロック
田口俊樹〔訳〕
〔マット・スカダー・シリーズ〕

友人ミックの手下が殺され、犯人探しを請け負ったスカダー。ところが抗争に巻き込まれた周囲の人間も次々に殺され、スカダーとミックはしだいに追いつめられて…

殺しのパレード
ローレンス・ブロック
田口俊樹〔訳〕
〔殺し屋ケラー・シリーズ〕

依頼された標的を始末するため、殺し屋ケラーは新たな旅へ。殺しの計画のずれに揺れる孤独な仕事人の微妙な心理を描く、巨匠ブロックの筆が冴える連作短篇集

殺し屋
ローレンス・ブロック
田口俊樹〔訳〕
〔殺し屋ケラー・シリーズ〕

他人の人生に幕を下ろすため、孤独な男ケラーは今日も旅立つ……。MWA賞受賞作をはじめ、孤独な殺し屋の冒険の数々を絶妙の筆致で描く連作短篇集！

殺し屋最後の仕事
ローレンス・ブロック
田口俊樹〔訳〕
〔殺し屋ケラーシリーズ〕

引退を考えていたケラーに殺しの依頼が。最後の仕事にしようと引き受けるが、それは彼を陥れるための罠だった…ケラーの必死の逃亡が始まる!(解説・伊坂幸太郎)

殺し屋ケラーの帰郷
ローレンス・ブロック
田口俊樹〔訳〕
〔殺し屋ケラーシリーズ〕

殺し屋稼業から引退し、結婚し子供にも恵まれ、幸せな日々をニューオリンズで過ごしていたケラーのもとに新たな殺しの依頼が舞い込む…。(解説・杉江松恋)

死への祈り
ローレンス・ブロック
田口俊樹〔訳〕
〔マット・スカダーシリーズ〕

NYに住む弁護士夫妻が惨殺された数日後、犯人たちも他殺体で発見された。被害者の姪に気がかりな話を聞いたスカダーは、事件の背後に潜む闇に足を踏み入れていく…

死者との誓い
ローレンス・ブロック
田口俊樹〔訳〕
〔マット・スカダーシリーズ〕

弁護士ホルツマンがマンハッタンの路上で殺害された。その直後ホームレスの男が逮捕され、事件は解決したかに見えたが意外な真相が…PWA最優秀長編賞受賞作!

死者の長い列
ローレンス・ブロック
田口俊樹〔訳〕
〔マット・スカダーシリーズ〕

年に一度、秘密の会を催す男たち。メンバーの半数が謎の死をとげていた。不審を抱いた会員の依頼を受け、スカダーは意外な事実に直面していく。(解説・法月綸太郎)

慈悲深い死
ローレンス・ブロック
田口俊樹〔訳〕
〔マット・スカダーシリーズ〕

酒を断ったスカダーは、安ホテルとアル中自主治療の集会とを往復する日々。そんななか、女優志願の娘がニューヨークで失踪し、調査を依頼されるが…

獣たちの墓
ローレンス・ブロック
田口俊樹〔訳〕
〔マット・スカダーシリーズ〕

麻薬密売人の若妻が誘拐された。要求に応じて大金を払うが、彼女は無惨なバラバラ死体となって送り返された。依頼を受けたスカダーは常軌を逸した残虐な犯人を追う……

＊の作品は電子書籍もあります。

処刑宣告
ローレンス・ブロック
田口俊樹［訳］
〔マット・スカダー シリーズ〕

法では裁けぬ『悪人』たちを処刑する、と新聞に犯行を予告する姿なき殺人鬼。次の犠牲者は誰だ？ NYを震撼させる連続予告殺人の謎にマット・スカダーが挑む！

償いの報酬
ローレンス・ブロック
田口俊樹［訳］
〔マット・スカダー シリーズ〕

AAの集会で幼なじみのジャックに会ったスカダー。犯罪常習者のジャックは過去の罪を償う〝埋め合わせ〟を実践しているというが、その矢先、何者かに射殺されてしまう！

聖なる酒場の挽歌
ローレンス・ブロック
田口俊樹［訳］
〔マット・スカダー シリーズ〕

裏帳簿を盗まれた酒場の店主と、女房殺害の嫌疑をかけられたセールスマン。彼らを苦境から救うべく同時に二つの事件の調査にのりだしたスカダーだが…

倒錯の舞踏
ローレンス・ブロック
田口俊樹［訳］
〔マット・スカダー シリーズ〕

レンタルビデオに猟奇殺人の一部始終が収録されていた！ スカダーはビデオに映る犯人らしき男を偶然目撃するが…。MWA最優秀長篇賞に輝く傑作！

冬を怖れた女
ローレンス・ブロック
田口俊樹［訳］
〔マット・スカダー シリーズ〕

警察内部の腐敗を暴露し同僚たちの憎悪の的となった刑事は、娼婦からも告訴される。身の潔白を主張し調査を依頼するが、娼婦は殺害され刑事に嫌疑が…

墓場への切符
ローレンス・ブロック
田口俊樹［訳］
〔マット・スカダー シリーズ〕

娼婦エレインの協力を得て刑務所に送りこんだ犯罪者がとうとう出所することに…復讐に燃える彼の目的は、スカダーとその女たちを全員葬り去ること！

メイドの秘密とホテルの死体 ＊
ニタ・プローズ
村山美雪［訳］

モーリーは地元の高級ホテルで働く客室メイド。ある日清掃のために入った客室で富豪の男の死体を発見。人づきあいが苦手で誤解を招きやすい性格が災いし疑惑の目が

完璧すぎる結婚＊
グリア・ヘンドリックス＆サラ・ペッカネン
風早柊佐［訳］

裕福で優しいリチャードとの結婚を前にネリーには悩みがあった。一方、リチャードの前妻ヴァネッサは元夫の婚約を知り…。騙されること請け合いの驚愕サスペンス！

誠実な嘘＊
マイケル・ロボサム
田辺千幸［訳］

恋人との子を妊娠中のアガサと、高収入の夫との三人目を妊娠中のメグは出産時期が近いことから仲よくなるが…。二人の女性の数奇な運命を描く戦慄のスリラー！

２０３４ 米中戦争＊
エリオット・アッカーマン／ジェイムズ・スタヴリディス
熊谷千寿［訳］

２０３４年、南シナ海で米海軍が「航行の自由」作戦中、船籍不明のトロール船に遭遇。偶然を装う中国軍の罠なのか？ 米軍最高司令官が予見する最も危険なシナリオ

私の唇は嘘をつく
ジュリー・クラーク
小林さゆり［訳］

キャットは10年前、自分の人生を変えた詐欺師メグを捜しつづけていたが、ついにあるパーティーで見つける。今度は自分がメグに復讐する番だと心に誓うが…。

錯綜
キャサリン・コールター
林 啓恵［訳］
〔ＦＢＩシリーズ〕

捜査官の妹が何者かに襲われ、バスルームには大量の血が!? 一方、リンカーン記念堂で全裸の凍死体が発見された。早速サビッチとシャーロックが捜査に乗り出すが…

残響
キャサリン・コールター
林 啓恵［訳］
〔ＦＢＩ シリーズ〕

ジョアンナはカルト教団を運営する亡夫の親族と距離を置き、娘と静かに暮らしていた。が、娘の〝能力〟に気づいた教団は娘の誘拐を目論む。母娘は逃げ出すが……

死角
キャサリン・コールター
林 啓恵［訳］
〔ＦＢＩシリーズ〕

あどけない少年に執拗に忍び寄る魔手！ 事件の裏に隠された驚くべき真相とは？ 謎めく誘拐事件に夫婦ＦＢＩ捜査官Ｓ＆Ｓコンビも真相究明に乗りだすが……

＊の作品は電子書籍もあります。

失踪
キャサリン・コールター
林 啓恵［訳］
〔FBIシリーズ〕
FBI女性捜査官ルースは休暇中に洞窟で突然倒れ記憶を失ってしまう。一方、サビッチ行きつけの店の芸人が何者かに誘拐され、サビッチを名指しした脅迫電話が…！

袋小路
キャサリン・コールター
林 啓恵［訳］
〔FBIシリーズ〕
全米震撼の連続誘拐殺人を解決した直後、サビッチのもとに妹の自殺未遂の報せが入る…。『迷路』の名コンビが夫婦となって大活躍！ 絶賛FBIシリーズ第二弾!!

追憶
キャサリン・コールター
林 啓恵［訳］
〔FBIシリーズ〕
首都ワシントンを震撼させた最高裁判所判事の殺害事件。殺人者の魔手はサビッチたちの身辺にも！ 夫婦FBI捜査官サビッチ&シャーロックが難事件に挑む！

土壇場
キャサリン・コールター
林 啓恵［訳］
〔FBIシリーズ〕
深夜の教会で司祭が殺された。被害者は新任捜査官デーンの双子の兄。やがて事件があるTVドラマを模した連続殺人と判明し…!? 待望のFBIシリーズ第三弾！

謀略
キャサリン・コールター
林 啓恵［訳］
〔FBIシリーズ〕
婚約者の死で一時帰国を余儀なくされた駐英大使のナタリーは何者かに命を狙われ、若きFBI捜査官デイビスに助けを求める。一方あのサイコパスが施設から脱走し…

迷走
キャサリン・コールター
水川玲［訳］
〔新FBIシリーズ〕
テロ組織による爆破事件が起こり、大統領も命を狙われる。人を殺さないのがモットーの組織に何が？ 英国貴族のFBI捜査官が伝説の暗殺者に挑む！ 第三弾！

誘発
キャサリン・コールター
林 啓恵［訳］
〔FBIシリーズ〕
空港で自爆テロをしようとした男をシャーロックが取り押さえたころ、サビッチはある殺人事件の捜査に取りかかるが、なぜか犯人には犯行時の記憶がなく…。報復の連鎖！